천하 무적 운가장 6

2023년 8월 11일 초판 1쇄 인쇄
2023년 8월 17일 초판 1쇄 발행

지은이 운천룡
발행인 강준규

기획 이기헌 왕소현 임동관 박경무 강민구 조익현
책임편집 금선정
마케팅지원 이원선

발행처 (주)로크미디어
출판등록 2003년 3월 24일
주소 서울시 마포구 마포대로 45 일진빌딩 6층
Tel (02)3273-5135 **Fax** (02)3273-5134
홈페이지 rokmedia.com **E-mail** rokmedia@empas.com

© 운천룡, 2023

값 9,000원

ISBN 979-11-408-0926-4 (6권)
ISBN 979-11-408-0920-2 04810 (세트)

차례

제一장

자신의 가문만 봐도 알 수 있었다.

정파라는 허울을 뒤집어쓰고서는 지금 하는 행동들을 봐라.

자신들의 이익만을 위해서 움직이고 있었다.

사실 제갈군은 무황 담무광을 가장 존경했다.

그런 담무광을 배척하고 무림맹을 세운 무리를 별로 좋아하지 않았다.

거기에 자신의 가문이 섞여 있었다.

그 후로 제갈군은 엇나가기 시작했다.

물론 가문을 크게 키우는 데는 도움을 주겠지만 적극성은 사라진 것이다.

집에 있는 것조차 싫었다.

그렇다고 마땅히 갈 곳도 없었다.

그러던 찰나에 운가장에 가라는 얘기를 들었고, 기분 전환이나 할 겸 온 것이다.

제갈군은 그 결정을 자신이 지금까지 한 것 중에 가장 잘한 결정이라고 생각했다.

지금도 보라.

자신이 모시기로 한 장주님의 인품을 말이다.

저것은 절대로 거짓이 아니었다.

점점 천룡에게 빠져들어 가는 제갈군이었다.

'저분의 품속에 있으면 나도 저렇게 행복해질 수 있을까?'

자신도 모르게 그런 생각이 들었다.

왠지 모르게 오늘따라 조방이 너무도 부러운 제갈군이었다.

　　　　　　　　　　　　＊

무당파에선 신룡지회의 준비로 분주했다.

중원 각지에서 오는 중요한 손님들을 위해 객방과 전각들을 새로이 보수하고 청소하고 있었다.

다들 들뜬 마음으로 준비를 하고 있었다.

하지만 단 한 사람만이 시름에 빠진 채 즐기지 못하고 있었다.

'하아, 아무도 내 말을 믿지 않는군…… 무당검수 애들은 정신이 나태해졌다며 수련동에 끌려갔고…….'

머리를 감싸 쥐며 고개를 숙였다.

'내가 그동안 장난을 너무 쳤구나. 다들 장난으로 알고 있지 않은가.'

현진은 밖에서도 유명했지만, 무당파 내에서도 유명했다.

바로 엄청난 장난기로 말이다.

툭하면 장난치고 거짓으로 속이고 해서 혼나기도 많이 혼났다.

하지만 그것으로 인해 무당파 분위기가 유하게 변했기에 적당한 장난은 봐줬던 것이다.

하지만 그런 것들이 독이 되어 돌아왔다.

아무리 항변하고 애원해도 믿지 않았다.

"업보로다, 업보야……."

현진의 말에 누군가 뒤에서 받아쳤다.

"그걸 이제 아셨습니까?"

깜짝 놀라 뒤를 돌아보니 준수한 얼굴의 청년이 현진을 바라보며 환하게 웃고 있었다.

"아, 진천 사질이구나."

진천.

어느 문파든 아끼는 제자가 있는 법이다.

아끼는 이유는 바로 그 사람이 그 문파의 미래이기 때문이다.

진천은 바로 무당의 미래였다.

현 장문인인 현허진인이 진천을 제자로 삼고는 너무도 기쁜 나머지 원시천존에게 감사의 백 일 기도를 드렸다는 설이 있었다.

무당을 위해 원시천존이 보내 준 아이라 굳게 믿을 정도로 뛰어났다.

어린 나이에 이미 무당의 양의무극신공(兩儀無極神功)과 태극신공(太極神功)을 구 성까지 익힌 기재였다.

거기에 하늘이 내린 신체라는 천무지체(天武之體)였다.

자신의 재능과 자신의 신체에 대해 잘 아는 그였다.

그리고 성격이 활달해 누구나 좋아하는 인물이었다.

무당의 신룡.

암튼 그런 진천이 현진을 찾아왔다.

"여기까지 무슨 일이냐?"

"사부님께서 사숙께 전하라는 말씀이 있어서 왔습니다."

"장문인께서?"

"네."

"말해라."

"제자 현진은 일주일간 면벽을 하라고 전하라 하셨습니다."

"면벽이라······."

"사숙, 사부님께서 이번엔 정말로 화가 나신 모양입니다. 장난이 과하셨습니다."

자신의 사질까지 저리 말하고 있었다.

이제는 모르겠다는 심정으로 자포자기하는 현진이었다.

"그래. 복잡한 이 마음…… 달래는 데는 면벽만 한 게 없지. 알겠다고 전하거라."

"네. 사숙."

인사를 하고는 곧바로 장문인 처소로 발걸음을 옮기는 진천을 보며 현진이 안타까운 표정으로 웃었다.

"저놈은 알까? 자신의 재능이 얼마나 부질없는지를……. 에라, 나도 모르겠다. 될 대로 돼라."

그러고는 일어나 바지를 탈탈 털고는 면벽동으로 걸음을 옮기는 현진이었다.

현진이 면벽에 들어가는 그날 무당산 아래 원시현(鄖西縣)에 천룡 일행이 들어오고 있었다.

신룡지회가 다가와서 그런지 수많은 사람이 현 내에 모여들고 있었다.

"와, 젊은 열기가 느껴지네요."

태성의 말에 다들 고개를 끄덕였다.

그 모습을 제갈군이 보며 웃었다.

"뭐야? 너 왜 웃어?"

"웃겨서 그럽니다."

●

"뭐가?"

"다들 지금 모습을 보십시오. 생김새로 보았을 때 제일 후기지수 같은 모습을 하고 계시지 않습니까."

제갈군의 말처럼 천룡과 무광, 천명과 태성은 누가 봐도 신룡지회를 참석하기 위해 온 후기지수였다.

그래서 더 위화감이 없이 즐기고 있는 것인지도 몰랐다.

"그런가? 암튼 일단 배부터 채우자. 배고파 죽겠다."

천룡의 말에 다들 동의한다는 표정으로 객잔을 찾았고 그중 한 곳에 자리를 잡았다.

객잔 안은 이미 많은 사람들로 자리가 거의 꽉 차 있었다.

그중에 여러 사람이 먹을 수 있는 큰 탁자만 남아 있었기에 그곳에 앉아 음식을 주문했다.

음식이 나와서 먹고 있는데 누군가가 다가와 말을 걸었다.

"하하, 식사 중에 죄송합니다."

"아닙니다. 무슨 일이신지?"

"객잔에 자리가 전부 차서 그러는데 죄송하지만, 옆에 남는 자리에 좀 앉아도 되겠습니까?"

그 말에 주변을 둘러보니 들어올 때와 다르게 모든 자리가 꽉 차 있었다.

천룡이 고개를 끄덕이며 말했다.

"물론입니다. 자, 자. 앉으십시오."

그러고는 음식들을 한쪽으로 몰아 자리를 만들어 주었다.

그 모습에 청년이 포권을 하며 감사 인사를 했다.

"하하, 정말 감사합니다. 애들아, 이쪽!"

청년의 부름에 남녀 무리가 다가와서 감사 인사를 했다.

"감사합니다."

"아닙니다. 편하게 식사하시지요."

그리 말하고 다시 먹는 것에 집중하는 천룡이었다.

잠시 후에 청년 무리가 주문한 음식도 나오고 상이 꽉 들어찼다.

청년은 술병을 들어 천룡에게 권했다.

"이것도 인연인데 한 잔 받으시겠습니까?"

청년의 말에 천룡이 웃으며 말했다.

"좋습니다."

청년이 술잔 가득히 술을 따라 주고는 물었다.

"하하, 통성명이나 하시죠. 저는 해남검파(海南劍派)에서 온 양위라고 합니다."

"아, 그러시는군요. 저는 운가장에서 온 운천룡이라고 합니다."

"운가장요?"

처음 들어 본다는 표정으로 갸우뚱하는 양위였다.

"아, 생긴 지 얼마 안 되었습니다."

"아, 그러시군요. 하하. 뭐 어떻습니까? 앞으로 크게 이름을 날리면 되는 것이지요. 자, 자 여기 친구들도 소개해 드리겠습니다. 저랑 같이 온 저희 해남검파의 식구들입니다."

양위의 말에 한 명씩 일어나 자신을 소개했고, 역시나 운가장 사람들도 자신들의 소개를 했다.

그리고 마지막에 제갈군의 소개에 다들 놀랐다.

"제갈세가 분이십니까? 오, 영광입니다."

"하하. 네, 뭐."

다른 이들이 소개를 할 때는 무덤덤하다가 자신이 소개했을 때 돌변하니 당황한 제갈군이었다.

"제갈군이라고 하면…… 헉! 제갈세가의 미래라고 불리는 분이 아니십니까? 소와룡(小臥龍) 제갈군!"

온 객잔이 떠나가라 소리치며 말하는 양위였다.

제갈군이 난감한 표정을 지으며 말렸다.

"하하, 그 정도는 아닙니다. 그만하시죠."

"그만하다니요? 하하, 여기에 와서 이렇게 유명하신 분을 뵙다니 영광입니다."

그러면서 자꾸 포권을 하는 양위였다.

마음 같아서는 쥐어박아서 내쫓고 싶었지만 자신 혼자가 아니었기에 참았다.

한편 자리에 앉아 있는 천룡의 제자들 역시 속이 부글부글 끓고 있었다.

-사형! 저 새끼들 손봐야 하는 거 아닙니까? 사부랑 대화할 때랑 저 뺀질이랑 대화할 때랑 너무 차이가 나는데요?

-맞습니다! 저에게 맡겨 주십시오. 아주 사부님 앞에서 고개
도 못 들게 만들어 주겠습니다.

-아니, 내가 직접 그렇게 만들겠다!

그렇게 으르렁거리고 있는데 천룡의 전음이 날아왔다.

-하지 마라. 그냥 웃어넘겨라.

너무 화가 난 나머지 천룡이 들을 수 있다는 것을 망각하
고 전음으로 대화한 것이다.

-그래도…….

-하지 마.

-네…….

셋은 시무룩해져서 고개를 숙였다.

그런 모습을 본 양위는 다르게 생각했다.

'흥! 명성에 밀리니 창피한 것을 깨달았나 보군. 쯧쯧. 어
디서 그런 듣지도 보지도 못한 곳에서 온 걸 자랑스럽게 얘
기하다니…… 이래서 초출 내기들이란…….'

속으로는 이들을 비웃으면서 겉으로는 세상 다정한 표정
을 지었다.

그렇게 서로 영양가 없는 대화로 시간을 보내고 식사를 끝
냈다.

"이렇게 만난 것도 인연인데 제가 전부 계산하겠습니다."

"아니, 그러지 않으셔도……."

"아닙니다. 하하. 정 부담스러우시다면 부탁 하나만 들어

주시지요.”

“무슨 부탁입니까?”

“저희와 동행하시죠. 저는 그것으로 충분합니다.”

양위는 제갈군을 이 일행의 대장으로 보았다.

양위는 지금, 이 순간을 제갈군과 친해질 기회라 여겼다.

하지만 실상은 열심히 천룡에게 전음을 보내는 제갈군이
다.

-어. 어찌할까요?

-길 안내 받는 셈치고 따라가자.

-네. 알겠습니다.

“하하. 알겠습니다. 그럼 같이 가도록 하시지요.”

“감사합니다. 하하.”

그렇게 객잔을 나와 무당산으로 이동을 시작한 천룡 일행
이었다.

가는 길 동안 양위는 쉴 새 없이 떠들었다.

제갈군의 표정이 썩어 들어갔지만 양위는 전혀 눈치채지
못하고 떠들기 바빴다.

-야. 야. 저거 봐라. 크크. 저 녀석 표정 썩어 들어간다.

-그래도 대단한 인내심이네요. 저 같으면 벌써 주먹 날아갔
습니다.

-저놈 진짜 눈치 없다. 저러고 어찌 강호에서 살아 나가려고.

세 명의 대화처럼 참다 참은 제갈군의 인내심이 폭발하려

고 하는 그때, 뒤에서 누군가가 제갈군을 불렀다.

"제갈 아우! 제갈 아우 맞지?"

제갈군이 뒤를 돌아보자 그곳에 푸른색 경장을 입은 남자가 환하게 웃고 있었다.

제갈군은 반갑게 외치며 그에게 달려갔다.

"황보 형님!"

"하하, 역시 아우가 맞았구먼."

황보세가의 미래.

황보강이었다.

제갈군은 황보강의 손을 맞잡으며 반가워했다.

그런 황보강의 뒤에는 덩치가 산만 한 남성과 가녀린 여성이 뒤에 따라오고 있었다.

가녀린 여성 역시 제갈군을 보며 반가워했다.

"꺄아! 제갈 오라버니!"

"하하, 백리소소구나. 오랜만이다. 팽형도 간만이오."

"흥! 뭐, 반갑소."

"팽욱 오라버니! 말 좀 부드럽게 하세요."

팽욱이라는 자가 툴툴거리며 말하자 백리소소가 허리에 손을 얹고 잔소리했다. 팽욱이라는 자의 표정을 보았을 때 크게 한바탕할 것 같았다.

공기가 무거워지는 기분이 들었다.

그런데 웬걸?

의외로 순순히 사과하는 것이다.

"아, 미, 미안. 제갈 형. 미안하오. 내가 먼 길을 오느라 조금 피곤해서 예민했었나 보오."

"하하, 아닙니다. 충분히 이해합니다. 자, 자. 이쪽으로 오십시오. 제 일행분들을 소개해 드리겠습니다."

"오, 자네가 일행이 있어? 하하하, 이거 오래 살고 볼 일이구먼. 그 누구와도 어울리는 것을 싫어하지 않았는가?"

"아이참, 형님도. 그게 언제 적 이야기입니까? 지금은 그러지 않습니다."

"오라버니 정말이에요? 우와, 오라버니와 일행이 될 정도면 대단한 사람들이겠네요."

"암! 대단하지. 자, 가시죠."

제갈군은 황보강 일행을 데리고 와 천룡에게 인사를 시켰다.

"여기는 황보세가의 장남이자 소가주인 황보강 형님이십니다. 그리고 여기는 하북팽가의 차남이신 팽욱, 여기는 백리세가의 막내인 백리소소라고 합니다."

"반갑습니다."

"반가워요."

"반갑소."

각자가 인사를 하자 천룡 일행도 인사를 했다.

그런데 운가장이라는 곳에서 왔다고 인사를 하자 다들 고개를 갸웃거리며 표정이 굳었다.

"하하. 그, 그렇군요. 뭐 아무튼 반갑습니다."

처음과는 달리 미적지근한 반응을 보이는 그들이었다.

반면에 해남검파 사람들을 소개할 때는 다시 활기찬 표정으로 바뀌었다.

"오오, 해남검파! 아니, 그곳에서 여기까지 오셨습니까? 대단하십니다."

"하하, 중원 친목 모임인데 어찌 저희가 참석을 안 하겠습니까?"

완벽하게 천룡 일행은 무시하고 있었다.

그 모습에 가장 난감해하는 것이 제갈군이었다.

자기 딴에는 가장 좋아하는 형님이기에 소개를 해 주려 한 것인데 상황이 이리되자 안절부절못하는 것이다.

그런 제갈군에게 천룡이 말했다.

"흠, 아무래도 너랑은 같이 못 가겠다."

"네? 그게 무슨? 제, 제가 잘못했습니다."

천룡의 말을 오해한 제갈군은 울상이 되었다.

"아니, 아니. 널 내치겠다는 것이 아니고 너랑 같이 가면 계속 이런 일이 일어날 것이 아니냐."

천룡의 말에 대번에 그 뜻을 파악한 제갈군이었다.

"아, 그렇군요. 저는 잘 알려져 있기 때문에……."

"그렇지. 반면에 우리는 조용히 구경하러 온 것인데, 계속 이런 식이면 서로 불편하지 않겠냐. 그러니 따로 가자는 거지."

"죄송합니다. 제가 생각이 짧았습니다. 이러고서 무슨 머리를 쓴다고……."

자책하는 제갈군이었다.

그런 제갈군의 어깨를 토닥이며 말했다.

"하하, 이게 머리 쓰는 거랑 무슨 관계라고. 아무튼, 우리는 천천히 갈 테니 저들과 먼저 올라가거라."

"알겠습니다. 그럼 저 먼저 올라가겠습니다."

"그래그래."

제갈군은 천룡에게 인사를 하고는 저만치 앞서가는 황보강 일행과 양위 일행과 합류했다.

그 모습을 바라보던 천룡이 말했다.

"여전히 눈에 보이는 것만으로 판단하는구나."

처음에 세상에 나왔을 때 옷차림새로 사람을 판단하던 것이 떠올랐다.

"어쩔 수 없지요. 그래서 다들 명성에 목숨을 거는 것입니다."

"그래도 직접 당하니 씁쓸하네요."

다들 씁쓸한 표정으로 서 있었다.

"됐다. 우리는 느긋하게 구경하며 올라가자."

"네."

다시 무당산을 향해 천천히 걸어가기 시작한 천룡 일행이
다.

무당파로 가는 길에는 무당산이라는 글이 새겨진 산문이
있다.

그곳에서 무당파의 도인들이 사람들을 안내하고 있었다.

천룡 일행도 도인들에게 자신들의 소속을 말하고 온 목적
을 말했다.

"그러니까 저기 저분은 신룡지회에 참석하러 오신 분이고,
나머지 분들은 현진 도장을 뵈러 오신 분들이라고요?"

"그렇습니다. 은혜를 받은 적이 있어 이렇게 찾아왔습니
다."

그 말에 천룡 일행의 위아래를 훑어보는 도인이었다.

"현진 도장께서는 지금 안 계십니다. 다음에 다시 오십시
오."

"네? 분명 여기 계신다고 했는데."

"하하, 그분 이름을 대고 오는 사람이 한둘인 줄 아십니
까? 다음에 그분이 계실 때 오십시오."

"그럼 저희도 저기 저 사람 일행이니 같이 올라가 기다리
겠습니다."

그러면서 조방을 가리켰다.

도인은 이들을 보고는 고개를 절레절레 흔들었다.

워낙에 유명한 자들이 몰려오다 보니 이런 사람들이 한둘씩 나왔다.

복장을 보아하니 그래도 있는 집 자식들 같았다.

이런 자들에겐 특효약이 있었다.

열이면 열, 백이면 백.

그곳을 배정받으면 난감해하며 다음을 기약하고 내려갔다.

"알겠소. 그럼 나를 따라오시오."

"하하, 고맙소."

도인이 안내한 곳은 허름하다 못해 무너져 내리기 일보 직전의 전각이었다.

"자, 여기서 쉬고 계시오."

"아니, 이게 무엇이오! 이건 폐가잖소!"

집 상태를 보고 무광이 버럭 화를 냈다.

"싫으면 나가시면 됩니다."

의기양양한 표정으로 무광을 바라보는 도인이었다.

부글부글 끓어올랐다.

자신들은 정말로 초대를 받아서 온 것인데 이런 대접이라니, 마음 같아서 무당산을 통째로 뒤집어엎고 싶었다.

─참아. 그냥 온 김에 경치 구경하고, 조방이 신룡지회 하는

거 구경하다 가자.

-네.

천룡이 괜찮다는데 어쩌겠는가.

"고, 고맙소."

무광의 말에 오히려 도인이 놀랐다.

'헉! 이걸 감내해 낸다고? 뭐 하는 놈들이지? 아씨, 어쩌지? 다시 배정할 수도 없고……. 에이 별일이야 있겠어? 자기들이 좋다고 한 거니 나도 모르겠다.'

원래 계획대로라면 이들은 지금 산문을 지나 하산하고 있어야 했다.

그런데 웬걸 당당히 여기서 머물겠다고 한 것이다.

사실 이곳은 버려진 곳이고, 원래대로라면 절대로 안내해서는 안 되는 곳이다.

그러나 딱히 유명한 애들도 아닌 것 같고 큰일이야 있겠냐 싶어서 그냥 넘어가려 하는 것이다.

"하하. 그, 그럼 편히 쉬시오."

도인이 당황한 표정으로 서둘러 내려갔다.

그 모습에 무광이 말했다.

"저 봐, 저 봐! 일부러 우리 여기에 배정한 거라니까?"

"지금이라도 잡아 올까요?"

태성이 이를 갈며 도인이 내려간 곳을 노려보며 말했다.

"아서라. 됐고 여기 청소나 좀 하자. 그래도 먹고 자고 하려며 치워야지."

천룡의 말에 전각을 보니 먼지가 그득했다.

못해도 몇 년은 사람 손길을 전혀 타지 않은 것 같았다.

"원래 무당이 이랬던가?"

"아니오! 무당 하면 얼마나 광명정대하고 욕심 없기로 유명한데요. 뭘까요? 여기 장문인이라도 잡아 와서 물어볼까요?"

무광이 태연하게 말하자, 천룡이 손을 내저으며 말했다.

"됐어. 그래도 여기 보니 예전 생각나고 좋네. 기억나지?"

천룡의 말에 다들 주변을 둘러보았다.

"그러네요. 저희 수련할 때 아버지가 임시로 사셨던 그 집과 비슷하네요."

"사부님, 옛날로 돌아온 것 같고 좋네요."

무광과 천명의 말에 태성이 눈을 반짝이며 말했다.

"제가 멧돼지라도 잡아 올게요."

태성의 말에 무광이 화들짝 놀라며 말했다.

"뭐? 야! 여기 도문이야."

무광이 안 된다고 하자 천명이 나섰다.

"사형, 저번에 그 현진이라는 아이가 그러지 않았습니까? 요즘 무당도 고기 먹는다고. 무인들은 고기를 먹는다고 했으니 먹어도 될 거 같습니다."

"맞아요, 대사형. 그리고 여길 보세요. 완전 외진 데다가 사람은 코빼기도 안 보이잖아요."

"그런가? 그래! 모르겠다. 이딴 곳에 배정해 주고 고기 구워 먹었다고 지랄하면 아주 작살을 내 버리지, 뭐."

"대사형…… 체통 좀……."

"뭐, 체통? 내가 언제부터 체통을 챙겼다고."

"알긴 잘 아시네요."

"뭐, 인마? 이게 무당산 온 기념으로 한판할래?"

"하하하, 저, 전 멧돼지 잡으러……."

재빨리 깊은 산 속으로 몸을 날리는 태성이었다.

"어휴! 저게 진짜 요새 아주 기어올라!"

"하하하. 사형도 참. 귀엽기만 한데, 왜 그러십니까?"

"뭐? 너도 미쳤구나? 저게 귀여워? 징그럽지."

둘이 투덕거리고 있을 때 어디선가 한기가 느껴졌다.

살짝 뒤를 돌아보니 천룡의 표정이 굳어 있었다.

"인제 그만 떠들고 청소하자. 응?"

"네……."

고개를 푹 숙이고 청소를 하기 위해 천천히 전각으로 향하는 무광과 천명이었다.

　

꺄

　

조방은 천룡의 명에 의해 신룡지회에 참석을 했다.

하지만 아는 이가 한 명도 없어서 그저 한 곳에 가만히 있었다.

앉아서 지켜보고 있으니 말이 친목 도무지 이건 무슨 파벌 만들기 장소 같았다.

조금이라도 유망한 자가 있으면 끌어들이기 위해 모두가 눈치 싸움이 장난이 아니었다.

그 눈치 싸움에서 조방은 제외되었다.

이름도 알려지지 않았고 가문도 그다지 좋지 않은 조방은 일찌감치 제외되었었다.

"하아, 어렵다. 어려워."

그렇게 한숨을 쉬고 있을 때 누군가가 말을 걸어왔다.

"소형제는 무슨 고민이 그렇게 많아서 한숨을 쉬시는 겁니까?"

갑작스럽게 들려온 목소리에 고개를 들어 보니 푸른 경장을 입고, 푸른 영웅건을 두른 청년이 환하게 웃으며 쳐다보고 있었다.

"아, 이런 제 소개를 먼저 한다는 것이…… 하하, 저는 남궁세가에서 온 남궁건이라고 합니다."

그러면서 포권을 했다.

"아! 전 상산조가 조방이라고 합니다."

그리고 같이 포권을 하였다.

"오, 상산조가! 한때 신창조가라 불리던 명가가 아닙니까? 아직 명맥이 이어지고 있었군요. 하하하. 이거 정말 반갑습니다."

"하하. 잊혀진 이름인데도 그리 불러 주셔서 정말 감사합니다."

"무슨 말씀이십니까? 상산의 신창조가라면 엄청 유명한 가문이 아닙니까? 당연히 그렇게 불러 드려야지요."

조방은 남궁건에게 커다란 호감을 느꼈다.

한때 세상 사람들이 신의 창을 다루는 가문이라 하여 지칭하던 이름.

그 세가를 존경하는 의미로 부르던 이름이 바로 신창조가(神槍趙家)였다.

자신의 가문을 신창조가라고 불러 주어서 그런 게 아니라 왠지 가족 같은 기분이 들었다고 할까?

반면 남궁건 역시 그런 기분이 들어 조방에게 말을 건 것이다.

낯설지 않은 느낌.

친근한 느낌이 그를 조방에게 오게 한 것이다.

사실 이곳에서 남궁건은 불청객이다.

여기 온 대부분의 무인은 무림맹 소속이다.

이곳에서 자신은 이방인이나 다름없었다.

남궁세가에서는 남궁건이 이곳에 가는 것을 결사반대했었다.

그러나 남궁건은 나가지 못할 이유가 없다며 오히려 나가지 않는다면 세상 사람들이 남궁세가를 비웃을 거라며 이렇게 참석한 것이다.

자신 하나를 희생해서 가문의 비웃음을 막을 수 있다는 생각에.

"이렇게 만난 것도 인연인데, 우리 같이 다니는 것이 어떻습니까?"

남궁건의 말에 조방 역시 흔쾌히 허락했다.

혼자 다니기 뻘쭘하던 참이었다.

그러던 찰나에 남궁건이 구원의 손길을 내보인 것이다.

그렇게 둘이 대화를 하고 있을 때 멀지 않은 곳에서 다른 이들이 이들을 두고 비웃고 있었다.

"크크크. 어디래?"

"무슨 신창조가?"

"뭐야, 거긴 예전에 망한 곳 아닌가? 하나는 곧 망할 집안이고 하나는 예전에 망한 집안이네. 크크. 둘이 잘 어울리네."

"하하하하."

그들의 목소리가 안 들릴 조방이 아니었다.

조방이 그들을 노려보며 창을 움켜쥐자 남궁건이 말렸다.

"그러지 마십시오. 그냥 한 귀로 듣고 한 귀로 흘려들으십시오."

"분하지도 않습니까?"

"하하하, 뭐, 이제 시작인데요. 벌써 그러면 어찌 이 긴긴 신룡지회를 버티겠습니까?"

"네?"

"신룡지회는 더 이상 예전의 친목 모임이 아닙니다. 이곳
도 많이 썩어서 파벌에 들어 있지 않은 자는 우리처럼 소외
시키지요."

"아니! 그게 무슨!"

"그것이 지금의 강호입니다. 그러니 열 내 봐야 다른 놈들
이 또 나타납니다."

"그것참 씁쓸하군요."

"그러니 상대하지 마시고 다른 곳으로 옮깁시다."

그러면서 자리를 옮기려 하는데, 저쪽 구석에서 누군가가
말을 걸어왔다.

"이곳으로 오시오. 나도 혼자이니 나도 끼워 주시겠소?"

소리가 난 곳을 바라보니 붉은색 경장을 입은 청년이 이곳
을 바라보며 웃고 있었다.

특이하게 옆머리의 머리카락 색이 붉은색이었다.

"하하하, 마다할 이유가 없지요."

"그대들의 사문은 아까 들었으니 나만 소개하면 되겠군요.
나는 적룡문의 적풍이라하오."

"아! 적 소협이셨군요. 하하, 이거 반갑습니다. 그런데 제
가 견식이 얇아서 적룡문이라는 곳은 처음 듣습니다. 죄송합
니다."

"하하하, 아니오. 생긴 지 얼마 안 되어서 아직 이름이 알려지지 않았소. 그러니 너무 마음 쓰지 마시오."

"감사합니다."

남궁건은 포권을 하며 말했다.

그런 남궁건을 보며 환하게 웃는 적풍이었다.

"하하하, 정말 남궁 소협은 대단하시군요. 천하의 정의신검(正義神劍)이 저처럼 이름도 없는 자에게 사과라니. 이 적모 정말로 감탄하였소."

그러면서 포권을 하는 적풍이었다.

"아닙니다. 허명일 뿐입니다. 하하."

"자, 자. 우리끼리 서로 금칠하다가는 끝이 없겠소. 이동합시다. 내가 배정받은 전각에 곡차를 좀 숨겨 두었소."

"곡차요?"

남궁건의 말에 적풍이 술잔을 입으로 가져가는 시늉을 했다.

"하하하하, 그렇군요. 곡차라…… 좋습니다!"

그렇게 세 사람이 웃으며 자리를 뜨자 멀리서 그것을 지켜보던 팽강이 비웃으며 말했다.

"흥! 정의신검 좋아하시네. 이번 친선비무에서 내 반드시 네놈을 때려눕히고 말겠다."

그러면서 남궁건을 바라보며 이를 가는 팽강이었다.

"오라버니, 같은 육룡사봉(六龍四鳳)이면서 왜 이리 싫어하시는 거예요?"

"소소, 너는 모른다. 저 가문과 우리 가문이 얼마나 오랫동안 앙숙이었는지. 거기에 우리 할아버님께서 무림맹의 맹주이신데 저놈들은 가입조차 하지 않았다! 그러니 어찌 이쁘게 보겠느냐."

백리소소의 말에도 이를 갈며 남궁건을 노려보았다.

그 모습을 뒤에 지켜보던 제갈군이 고개를 흔들며 생각했다.

'멍청한 놈. 너희 가문은 죽었다가 깨어나도 남궁세가를 이길 수 없다. 아니…… 절대로 건들면 안 되는 가문이지. 거기다가…….'

조방을 바라보는 제갈군이었다.

'화룡지체가 신룡지회에 참석한 걸 알면 한바탕 난리가 나겠지? 이번 신룡지회는 재밌겠군.'

입가에 미소가 번지는 제갈군이었다.

천룡 일행이 무당에 온 지도 벌써 일주일이 지나고 있었다.

그 와중에 천룡 일행은 무당산 곳곳을 아주 원 없이 탐방하고 다녔다.

역시 명산으로 불리는 산이니만큼 볼 것이 많았다.

실컷 구경을 다하고 이제 신룡지회를 구경하러 장내로 이동했다.

천룡 일행이 떠나고 텅 빈 전각을 면벽을 마치고 산에서 내려오던 현진이 발견했다.

"응? 저기 폐가가 언제 수리가 되었지?"

그랬다.

도인이 안내해 준 폐가는 어느새 수리까지 다 된 상태로 말끔해진 상태였다.

무광과 제자들이 천룡을 이런 누추한 곳에 재울 수 없다며 수리를 한 것이다.

"거참, 신령지회 때문인가? 장문인도 참. 이런 거에 신경을 다 쓰시고."

현진은 그저 그러려니 하고 다시 걸음을 옮겼다.

본문으로 들어서니 수많은 후기지수가 모여서 바글거리고 있었다.

넓은 무당의 곳곳에 사람들이 가득 들어차 있었다.

특히나 친선비무가 열릴 예정인 연무장에 많은 사람이 모여 있었다.

그 모습을 보곤 현진이 미소 지었다.

"얼마 만이냐, 이렇게 무당이 활기찬 것이. 하아, 그래 내가 그동안 너무 걱정만 하고 살았던 거지."

그러면서 장문인이 있는 곳을 향해 걸어갔다.

현진이 장문인을 만나러 사라질 때 천룡 일행이 장내에 모습을 드러냈다.

"우와, 사람 많네? 이렇게 많은 후기지수가 있었나?"

"하하, 아버지도 참. 중원에 문파가 몇 개고 무인이 몇 명인데요. 이름 없는 문파들에겐 이곳이 명성을 올릴 수 있는 최고의 장소입니다."

무광의 설명을 들으며 주변을 두리번거리는 천룡이었다.

그때 천룡의 시야에 조방이 들어왔다.

조방은 사람이 없는 구석에서 누군가와 대화를 하며 웃고 있었다.

"하하, 방이 녀석 벌써 친구들을 사귀었…… 엥?"

"왜요?"

"저거 태성이 아들 아니냐?"

천룡의 말에 조방이 있는 곳을 바라보니 용적풍이 환하게 웃으며 떠들고 있었다.

"그러네요? 이야, 우리 아들이 참석했을 거라곤 상상 못했는데요?"

"그 옆은 제 처조카군요. 남궁건."

"어? 그러네? 어쩌다 쟤들이 뭉쳐 있냐?"

무광은 고개를 갸웃거렸다.

용적풍이 천룡을 만나러 왔을 당시에 조방은 천룡이 준 비급을 가지고 수련하고 있었고, 남궁건이 만나러 왔을 때는 유가연을 호위하는 임무를 맡았기에 만나지 못했다.

그런데도 저들은 운명처럼 자연스레 모인 것이다.

"그것참 신기하네. 사부, 정말로 인연이라는 게 존재하나 봐요."

"그러게 말이다. 하하. 아무튼, 다행이네. 조방 혼자서 외로이 있을까 봐 찾았는데."

"우리 아들놈도 아는 놈이 없어서 혼자였을 텐데 잘되었네요."

천룡과 제자들은 조방과 용적풍, 남궁건이 환하게 웃으며 떠들고 있는 모습을 흐뭇하게 바라보았다.

그때 한 무리가 그들에게 다가가는 것이 보였다.

"어라? 딱 봐도 시비 걸러 가는 모습인데? 그러지 않고서야 저리 한적한 곳에 일부러 가진 않겠지."

"하하, 시비가 아니라 죽으러 가는 길 아닙니까?"

"쟤들이 알고 저러겠냐? 어찌 처신하나 지켜볼까?"

흥미진진한 얼굴로 바라보는 천룡 일행이었다.

"거기 좀 비키지? 거긴 우리 자린데?"

그 말에 조방과 용적풍의 미간이 찡그려졌다.

말도 안 되는 억지 아닌가.

"뭐라? 하하, 이곳이 어찌 자네들 자린가?"

"하하, 자린가? 말이 짧구나?"

"너야말로 혓바닥이 절반이구나. 어떻게 내가 좀 늘려 줄까?"

용적풍의 말에 시비를 건 남자의 얼굴이 붉어졌다.

"이딴 말에 화내는 걸 보니 수행이 부족한 놈이네. 가서 수행이나 더해라."

그리 말하고 다시 신경을 꺼 버리는 용적풍이었다.

"딱 봐도 약해빠진 놈들이 주둥이만 살았구나!"

부르르 떨면서 계속 시비를 거는 남자였다.

그 소리에 다들 어리둥절한 표정을 지었다.

아니, 아무런 연관도 없는 자신들에게 와서 왜 저 지랄이란 말인가.

그러다 용적풍이 손뼉을 치며 말했다.

"아! 너 지금 나한테 시비를 거는 거였구나? 미안. 미안."

"뭐?"

"내가 이렇게 눈치가 없어요. 너는 나한테 시비를 거는데 내가 상대를 안 해 줬으니 얼마나 기분이 상했겠어. 그치?"

"이놈이…… 얼마나 대단한 놈들이길래 이러는지 보자. 어디 문파냐?"

"왜? 어디 어디 문파면 어쩌게? 응? 내가 유명한 문파면 꼬리 말고 도망가게? 그러는 넌 어디 문파인데?"

"나는 혈호방의 소방주다!"

"아항! 사파의 오문육방 중의 한 곳이구나? 그래서?"

"뭐?"

"그래서 뭐 어쩌라고."

저렇게 나오니 할 말이 없어진 혈호방의 소방주였다.

자신의 정체를 밝히면 아무리 정파라도 꼬리를 말고 자리를 피했다.

그만큼 혈호방의 명성은 대단했다.

소방주는 사람들의 그런 모습을 보며 우월감을 즐겼다.

그래서 딱 봐도 약해 보이는 자들만 골라서 이렇게 시비를 걸고 다니는 것이었다.

그중에서도 가장 약해 보이는 무리를 발견하고 이렇게 시비를 건 것이다.

어찌 알았냐고?

사람들의 눈을 피해 이런 외진 구석에서 숨어 있는 애들이 강하겠는가?

당연히 약하니 이렇게 숨어 있다고 생각한 것이다.

그런데 웬걸?

무서워하긴커녕 너무 당당했다.

오히려 너무 당당해서 본인이 당황할 정도였다.

그런 소방주를 보며 용적풍이 말했다.

"너는 내가 어디 문파인지 알면 진짜 큰일 나. 지금 내가 기회 주는 거야. 꺼져."

'뭐지? 사룡방인가? 아님 용문방? 아씨, 어디 놈이길래 이리 당당하지?'

그래도 뒤에 자신을 따르는 중소 문파의 후계자들이 있기에 여기서 피할 수는 없었다.

자신이 강하게 나가도 혈호방의 소방주인 자신을 공격할 거란 생각은 안 했기 때문이었다.

거기다가 나름 무공에도 자신이 있었다.

"닥쳐라! 입만 번지르르 하구나. 하마터면 거기에 넘어갈 뻔했다."

소방주의 말에 용적풍의 표정이 변했다.

"입만 번지르르한 거 아닌데? 보여 줄까? 다른 것도 번지르르한 거?"

"그래! 어디 한번 보여 봐……. 컥!"

계속 말로 떠드는 소방주의 목을 순식간에 잡아채 조르는 용적풍이었다.

몸이 허공에 뜬 채로 버둥거리는 소방주였다.

용적풍의 손을 풀어 보려고 내공까지 동원해 힘을 주었지만 요지부동이었다.

용적풍의 눈은 이미 빨갛게 변해 있었다.

용적풍은 소방주를 자신의 얼굴로 끌어당긴 후에 나직하게 말했다.

"잘 들어라. 나는 네놈 따위가 겸상할 수 있는 사람이 아니다. 마지막 기회다. 조용히 꺼져라."

방금 한 수로 용적풍과의 차이를 실감한 소방주는 숨이 막히는 와중에도 고개를 끄덕였다.

"대답해야지."

"커컥."

"아, 미안."

그러면서 목을 살짝 풀어 주었다.

"아, 알았어. 내, 내가 잘못했어."

곧바로 사과하는 소방주였다.

의외였다.

"어라? 의외네? 바로 사과를 하고."

그런데 소방주가 사과를 한 이유가 있었다.

바로 용적풍의 내공이었다.

자신은 저 내공을 분명히 알고 있었다.

왜냐고?

용태성이 와서 뒤집어 놓고 간 적이 있기 때문이었다.

그때의 모습은 아직도 소방주를 공포에 떨게 했다.

당시 천하무적이라고 생각했던 자신의 아비가 그 앞에서 손발이 닳도록 빌었다.

근데 방금 이자에게서 그분의 향기가 났다.

소방주는 순간 알았다.

왜 자신의 정체를 알면 큰일 난다고 하는지.

거기다가 저 옆에 나 있는 붉은 머리카락과 용태성과 같은 붉은 눈.

확실했다.

온몸에 식은땀이 흘렀다.

그 모습에 용적풍이 웃으며 말했다.

"어라? 내 정체 알았구나?"

사악하게 웃는 용적풍을 보며 부르르 떠는 소방주였다.

"어찌할까, 흠."

턱을 쓰다듬으며 고민을 하는 용적풍이었다.

그때 뒤에서 남궁건이 말렸다.

"적 형. 그 정도면 되었습니다. 무시하시고 다른 곳으로 가시죠."

"하하, 남궁 형. 그게 무슨 말입니까? 여기는 오전 내내 저희가 맡았던 자립니다. 안 그러냐?"

그러면서 소방주에게 물었다.

"으응. 마, 맞아."

"내 정체를 알고도 말이 짧다?"

"마, 맞습니다."

"하하. 보십시오. 맞다지 않습니까."

"그래도……."

그런 남궁건에게 조방이 말했다.

"적 형의 말도 일리가 있습니다. 남궁 형. 피하는 게 능사는 아닙니다. 강하게 나갈 때는 강하게 나가야 합니다. 우리는 강호인이 아닙니까. 약하면 잡아먹힙니다."

자신의 편을 들어주자 환하게 웃는 용적풍이었다.

반면 남궁건은 심각한 표정으로 생각에 잠겼다.

그 모습에 용적풍이 소방주에게 나직하게 말했다.

"우리 일행이 지금 중요한 순간인 거 같으니까 방해하지 말고 꺼져."

"네!"

소방주는 자신의 일행을 데리고 서둘러 그 자리를 피했다.

남궁건은 한참 동안 조용히 눈을 감고 무언가를 생각했다.

그러다가 눈을 떴다.

"하아."

작은 깨달음이었다.

그러나 큰 깨달음이기도 했다.

자신을 얽매이던 것을 풀어 버렸으니까.

"고맙습니다. 적 형 덕분에 한 단계 더 발전할 수 있었습니다."

"하하, 그것이 어찌 제 덕입니까? 다 남궁 형이 그동안 노력한 결실이지요."

"하하하. 고맙습니다. 조 형."

셋은 무엇이 그리도 즐거운지 계속 웃었다.

그 모습을 멀리서 보던 천룡 일행 역시 미소 지었다.

"우리를 보는 것 같아 좋네요."

천룡은 고개를 끄덕이며 흐뭇한 미소를 지었다.

"적풍이는 성격이 완전 지 아비 닮았네."

무광의 말에 태성이 웃으며 말했다.

"크크크, 그죠? 누가 봐도 제 새끼라는 게 확 표가 나죠?"

무엇이 즐거운지 계속 웃는 태성이었다.

"쟤들끼리 더 놀게 우린 피해 주자."

"네."

태성은 용적풍을 대견한 눈빛으로 바라보다가 천룡을 따라 이동했다.

한 여인이 수심에 찬 얼굴로 바깥 풍경을 보고 있었다.

그녀의 이름은 모용혜.

모용세가의 막내였다.

그녀가 이렇게 한숨을 쉬는 이유는 그녀의 혼처 때문이었다.

그녀의 아버지는 그녀를 빨리 시집보내려 하고 있었다.

그 이유는 조금이라도 가문이 이름을 날리고 있을 때 딸을 좋은 곳으로 시집보내려고 하는 것이다.

딸이라도 편하게 살게 하려고.

현재 모용세가의 가세는 기울대로 기울어 있었다.

남들 눈에만 아직 그렇게 보이지 않을 뿐이지 위기 상황이었다.

가주는 알 수 없는 병환에 누워 있었고, 세가를 이을 소가주 역시 무공에 진전이 없는 상태였다.

그녀는 반대했다.

세가가 지금 위기인데 어찌 자신만 빠져나갈 수 있느냐고.

결사반대하며 뛰쳐 나온 것이다.

그러다가 답답한 마음에 바람이나 쐴 겸 해서 신룡지회에
온 것이다.

막상 이곳에 왔지만 다른 것들은 눈에 들어오지 않았다.

오히려 다른 사람들이 즐거워하는 모습에 자괴감만 들었
다.

다들 저렇게 행복한데 왜 자신만 이런지.

그러다가 우연히 사람들이 한 무리를 비웃는 소리를 들었
다.

"크큿, 못난 놈들끼리 뭉쳐서 잘들 논다."

"야, 그래도 정의신검은 유명하지 않냐?"

"그럼 뭐 해? 무림맹한테 찍혔는데. 남궁세가도 머지않아
끝날걸?"

"남궁세가는 천검문하고 연이 있잖아. 쉽게 안 망하지."

"얘가 뭘 모르네. 천검문이 아무리 강해도 무림맹에 척을
지면서까지 남궁가를 감쌀 것 같아?"

"천검문 정도면 가능하지 않나?"

"그 얘기 못 들었냐? 무림맹 초청에 천검문 문주가 직접
갔다는 거? 그게 뭔 얘기겠냐. 잘 보이려고 간 거 아니냐."

"저, 정말? 문주가 직접 갔다고?"

"그래. 이제 알겠지? 왜 남궁세가가 위기인지?"

"응."

소문이 퍼지면서 전혀 다른 이야기로 변한 모양이다.

사람들이 말하는 무리를 보니 구석에 세 명이 앉아서 수다를 떨고 있었다.

그 이야기를 들은 모용혜는 저들에게 호감이 갔다.

자신과 같은 처지라고 느껴서일까?

자신도 모르게 그들을 향해 발걸음을 옮겼다.

"저, 실례합니다."

모용혜의 말에 세 사람은 고개를 돌렸다.

"말씀 중에 죄송한데…… 저도 일행이 없어서요. 같이 동참을 해도 될까요? 멀리서 보니 분위기가 좋아 보여서……."

모용혜의 말에 남궁건이 포권을 하며 말했다.

"하하, 그 무슨 말씀입니까? 사해는 전부 동도 아닙니까. 자, 자. 여기 앉으십시오."

"감사합니다."

모용혜는 환하게 웃으며 자리에 앉았다.

자리에 앉자 남궁건이 말했다.

"저는 남궁세가에서 온 남궁건입니다."

"하하, 나는 적풍이라 하오."

"반가워요. 저는 모용세가(慕容世家)의 모용혜라고 해요."

"모용세가셨군요. 전에 가주님을 한 번 뵌 적이 있는데…… 건강에는 차도가 좀 있으신지."

"……아직."

모용혜가 우울한 표정으로 고개를 숙이자 남궁건이 재빨리 사과했다.

"죄, 죄송합니다. 소생이 큰 실수를 했습니다."

"아, 아니에요. 저희 아버님 걱정해서 하신 말씀이신데요. 그런데……."

말을 하다 말고 한 곳을 바라보는 모용혜였다.

그곳을 바라보니 얼굴이 새빨개진 채로 고개를 숙이고 있는 조방이 보였다.

"저분은 소개해 주지 않으실 건가요?"

모용혜의 지목에 조방은 세상 당황하며 허둥지둥했다.

"혁. 그, 저, 아니……."

그 모습에 남궁건과 용적풍은 살며시 미소 지었다.

조방의 모습이 재밌었기 때문이었다.

그리고 왜 저러는지 깨달았다.

모용혜에게 반한 것이다.

"하하, 이 사람 뭐 하는가? 모용 소저께서 묻지 않는가."

서로 친구가 되기로 한 세 사람.

친구가 된 이후 첫 장난이 시작되었다.

"앗. 그, 저, 저는 조, 조바, 방이라고 합니다."

"허허, 이 사람. 자네 이름이 조조바방이 아니잖은가? 제대로 소개를 해야지, 제대로."

용적풍의 말에 조방의 얼굴은 더 빨개졌다.

모용혜는 그런 조방을 보며 웃었다.

엄청 순수한 사람이었다.

모용혜는 아름다웠다.

그냥 아름다운 게 아니고 눈이 부실 정도로 아름다웠다.

어려서부터 그녀를 바라보던 남자들의 음흉한 시선에 적응이 된 그녀다.

그런데 이 남자들은 자신을 보고 전혀 그런 눈빛을 보이지 않았다.

그냥 한 명의 사람으로 바라보았다.

한 명만 빼고, 말이다.

조방의 시선은 달랐다.

순수하게 자신을 바라보고 있었다.

그리고 무엇보다 자신을 제대로 못 보고 있었다.

"풋!"

웃음이 나왔다.

이런 기분이 얼마 만인지 모르겠다.

그러다가 정색을 하며 말했다.

"제가 미우세요? 자꾸 저를 피하시는데…… 저 그냥 갈까요."

모용혜의 말에 조방이 기겁을 하며 격하게 손사래를 쳤다.

"헉! 아, 아닙니다! 그, 그 무슨 말씀이십니까! 저, 절대 아닙니다."

"그럼? 좋으세요?"

"네⋯⋯. 아, 아니, 아니 그, 그게 아니고."

자신도 모르게 대답했다가 다시 당황하여 손사래를 치는 조방이었다.

얼굴은 붉다 못해 터지기 일보 직전이었다.

"하하하하! 그 정도만 하십시오. 이 녀석 이러다가 얼굴 터지겠습니다."

"하하하하. 자네. 하하하하."

둘의 말에 모용혜가 아차 하는 표정으로 조방에게 사과를 했다.

"죄, 죄송해요. 저도 모르게 그만 장난기가 동해서."

도대체 자신도 왜 이렇게 행동했는지 모를 일이었다.

그저 자연스럽게 조방에게 장난을 치고 싶었다.

모용혜의 사과에 다시 격하게 반응하는 조방이었다.

"아, 아닙니다! 계속하셔도 됩니다!"

자기가 무슨 말을 하는지도 모르는 것 같았다.

그런 조방을 보며 다시 웃는 모용혜였다.

─아무래도 저 친구 단단히 빠진 것 같은데?

─그러게 말일세. 하하, 좀 도와줄까?

-어찌 도와주어야 하나?

-글쎄, 흠.

조방을 돕고 싶었지만, 그들 역시 이런 쪽에는 어떤 경험도 없었다.

그때 모용혜가 가려운 곳을 긁어 주었다.

"저도 같이 다녀도 될까요?"

모용혜의 말에 조방의 표정이 환해졌다.

그 모습에 남궁건과 용적풍이 조방을 대신해 대답했다.

"하하, 좋지요. 이런 게 신룡지회의 묘미 아니겠습니까? 새로운 사람을 만나는 것."

"환영입니다. 하하."

"감사해요! 조방 소협도 저 환영하시는 거죠?"

모용혜가 자신을 콕 집어 지목하며 물어오자 크게 당황한 조방이 말을 더듬으며 말했다.

"그, 그럼요. 다, 당연한 말씀을……."

자꾸 조방이 쑥스러워하며 말을 더듬자, 보다 못한 용적풍이 전음으로 말했다.

-좀 당당해지게! 그래서야 어디 여자가 자네를 듬직하게 생각하겠는가?

그 말에 조방이 화들짝 놀랐다.

맞는 말이었다.

이래선 안 되었다.

처음으로 좋아하는 여인이 나타났는데 이대로 놓칠 수는 없었다.

조방은 용기를 내었다.

남자답게 당당해지기로.

조방은 고개를 들어 모용혜를 뚫어지게 쳐다보며 당당하게 말했다.

"모용 소저 좋아합니다!"

"엥?"

"헐……."

갑작스러운 고백.

용적풍과 남궁건은 어이없는 표정으로 조방을 바라봤다.

중간 과정이 완전히 삭제된 고백이었다.

특히나 용적풍의 표정은 가관이었다.

'당당해지라니까 바로 고백이냐?'

"네? 그, 그게 무슨……."

크게 당황한 모용혜.

이런 적은 처음이었다.

첫 만남에 이렇게 호감이 간 남자도 처음이지만, 첫 만남에 곧바로 고백을 들어 본 것도 처음이었다.

기분이 좋으면서도 당황스러운 모용혜였다.

생각해 보니 이곳에 온 것도, 그리고 조방을 만난 것.

그리고 첫 만남에 그 남자에게 호감이 갔던 것 모두 인연인 것만 같았다.

그렇게 생각하니 조방의 고백은 숙명과도 같게 느껴진 것이다.

얼굴이 붉어진 채로 고개를 숙인 모용혜를 보며 용적풍과 남궁건이 고개를 절레절레 흔들었다.

보아하니 화가 난 것 같았다.

세상 어느 여자가 저런 고백을 받아들인단 말인가.

자신을 우습게 안다고 생각했을 것이다.

―불쌍한 친구.

―아이고, 왜 저런…….

이제 모용혜의 입에서 거절과 함께 자신을 무시하는 거냐는 말이 나오겠거니 하며 귀를 기울였다.

그리고 상심에 빠진 조방을 어찌 달래 줘야 하나 하고 고민했다.

그런데 웬걸?

"네…… 저도요……."

엄청 작은 목소리로 전혀 상상도 못 한 답변이 흘러 나왔다.

"엥? 진짜?"

"……말도 안 돼……."

상상도 못 한 고백에 이어 예상을 뛰어 넘은 답변.

모용혜는 귀까지 빨개진 채로 고개를 푹 숙이고 있었다.

-세상에 저게 먹히네.

-그러게. 우리가 그동안 잘못 안 것이 아닐까?

용적풍과 남궁건이 전음으로 대화했다.

멍한 표정으로 순식간에 연인 탄생을 지켜보는 둘이었다.

어느덧 저녁이 되었고 용적풍과 남궁건, 그리고 조방과 모용혜는 조용히 친목을 다지기 위해 외곽으로 이동했다.

그들의 손에는 고기와 술이 잔뜩 들려 있었다.

그렇게 이동하던 중에 산 한쪽 구석에 있는 전각을 발견했다.

"어? 저런 곳에도 전각이 있네?"

"수행하시는 분이 계신 곳인가?"

무당과는 조금 떨어진 곳에 있는 생각보다 큰 전각.

가까이 가 보니 누군가가 급하게 수리한 흔적이 역력했다.

"사람들이 많이 몰리니 방이 부족할까 싶어 급하게 수리한 모양인데?"

"그렇군. 그런데 이런 곳에 배정받는 사람은 어떤 사람일까?"

"저기 짐들을 보아하니 이미 배정을 받은 모양이군."

"말하지 않았는가. 이곳은 소리 없는 가문들의 위세장이라고. 분명 이름 없는 가문일걸세."

"천하의 무당이 이렇게 사람을 차별한단 말인가?"

"무당은 뭐 사람 사는 곳이 아닌가? 사람 마음이 다 거기서 거기지."

이들은 이런 전각에 머무는 자들을 마음속으로 위로했다.

그나마 다른 곳보다 크고 넓다는 것에 위안으로 삼으면 될 것 같다고 생각하며.

왠지 자신들과 같은 처지 같아 동질감이 느껴졌다.

"그러지 말고 여기서 기다렸다가 저 전각의 일행과 술이나 한잔하세."

"그래도 되려나? 우리는 불청객이 되는 거 아닌가?"

조방의 말에 용적풍이 답했다.

"허허, 이 친구. 여기는 친목 도모를 위한 신룡지회네. 친목 도모를 하러 왔다 하면 되지."

"맞네. 싫다고 하면 그때 이동해도 되지 않겠나."

그렇게 생각하며 그 앞에 바위 등에 걸쳐 앉아 경치를 구경했다.

"그래도 여기 경치 하나는 끝내주는군. 하하."

"그러게 말일세. 어찌 보면 여기가 제일 명당이군. 조용하고 경치 좋고. 하하."

"이곳 사람들과 친해지면 아예 이쪽으로 옮기세. 보아하니 방도 여러 개인 것 같은데."

"그러세. 하하하."

"모용 소저, 괜찮겠지요?"

"네? 네. 저는 뭐 상관없어요."

그러면서 조방을 바라보았다.

조방만 곁에 있으면 된다는 눈빛 같았다.

"아휴, 뜨겁다. 뜨거워. 이거 질투 나서 같이 못 있겠네."

"하하하, 자네도 후딱 내려가서 맘에 드는 사람에게 고백하고 오시게. 혹시 아나? 하하."

그렇게 시끌벅적하게 떠들고 있을 때 뒤에서 목소리가 들려왔다.

"누가 여기서 이렇게 떠드나 했더니 네놈들이었구나?"

갑작스럽게 들려오는 목소리.

다들 화들짝 놀라며 거리를 벌리고 경계했다.

그런데.

"어?"

"헉!"

"서, 설마, 여기가?"

목소리의 주인공은 바로 태성이었다.

"아, 아버지?"

용적풍의 말에 모용혜와 조방이 깜짝 놀랐다.

조방은 새로 사귄 친구의 아버지가 용태성이라는 사실에 놀랐고, 모용혜는 자기 또래로 보이는 자에게 아버지라 부르는 것에 놀랐다.

질투 난다고 자신을 놀리는 건가 하고 생각하는 모용혜였다.

"수, 숙부님."

남궁건의 입에서 나온 말에 이번엔 모든 이가 고개를 홱 돌리며 놀랐다.

"엥? 숙부님?"

전에 만남에서 숙부님으로 부르기로 한 남궁건이었다.

그리고 조방의 입에서 나온 한마디.

"도, 도련님. 이게 무슨 말입니까? 아드님요? 그리고 숙부님요?"

허둥대며 물어오는 조방이었다.

그 말에 전부 다 조방에게 고개를 돌리며 합창을 했다.

"도련님?"

조방의 입에서 나온 말이 제일 충격이었다.

도련님이라니?

아니, 상산조가의 유일한 계승자라 하지 않았었나?

그 모습에 태성이 웃으며 말했다.

"니들도 인연은 인연인 것 같다. 알아서 이렇게 모이고. 크크큭."

무엇이 그렇게 재밌는지 그냥 웃기만 하는 태성이었다.

어안이 벙벙해 있을 때 뒤이어 들려오는 목소리들.

"우리가 여기 있는 줄 어찌 알고 와 있다냐?"

"그러게 말입니다. 허허."

뒤를 돌아보니 천룡을 선두로 해서 무광과 천명이 올라오고 있었다.

용적풍과 남궁건이 재빨리 달려가 천룡에게 인사를 했다.

"소손 용적풍! 조부님을 뵈옵니다!"

"어르신. 남궁건이 인사 올립니다."

용적풍과 남궁건은 인사를 하고 서로 속으로 놀라고 있었다.

'조, 조부님?'

'어르신?'

그리 생각하며 무광과 천명에게도 인사를 했다.

그리고 대망의 조방.

달려가 부복하며 큰 소리로 외쳤다.

"주군! 이 어찌 된 일입니까? 서, 설마 주군께서 머무시는 곳이 이곳입니까?"

조방의 모습에 용적풍과 남궁건은 경악을 하며 놀라고 있었다.

"하하, 어쩌다 보니 그리 되었다."

천룡의 말에 분노하는 조방.

"감히 주군을 이런 누추한 곳에 모시다니! 소신이 당장 가서 항의하고 오겠습니다!"

천하무적 용가장

당장이라도 뛰어 내려가 무당을 불살라 버릴 것 같은 모습이었다.

그런 조방을 천룡이 달랬다.

"여기가 맘에 들어서 온 것이니 신경 쓰지 말거라. 그나저나 어쩌다 너희들이 이렇게 모인 것이냐?"

천룡의 물음에 다들 서로를 바라만 볼 뿐 말을 하지 못했다.

그냥 마음이 가서 친구 하기로 한 것인데 이렇게 인연이 연결될 줄은 몰랐다.

"그리고…… 거기 아리따우신 분은 누구시고?"

천룡이 자신을 지목하자 멍한 얼굴로 있던 모용혜가 화들짝 놀라며 대답했다.

"네? 네? 저, 저는……."

지금 이 상황이 무슨 상황인지 정리도 안 되고 혼란스러운 가운데 말을 걸어오자 머릿속이 새하얗게 변해 버린 모용혜였다.

그 모습에 조방이 나서서 말했다.

"제가 좋아하는 여인입니다."

조방의 말에 천룡의 얼굴이 환해지며 엄청나게 기뻐했다.

"오오! 그것이 정말이냐? 하하하하, 이것 참 경사로고."

조방은 자기 일을 저리도 기뻐해 주는 천룡을 보며 마음속으로 감사 인사를 했다.

옆에 있던 무광이 물었다.

"어디 가문이신가?"

"네? 저, 저는 모, 모용세가의 여식 모용혜라고 합니다. 저, 어찌 불러 드려야 할지……. 아니, 그 전에 지금 이게 무, 무슨 상황인지 설명 좀……."

여전히 혼란스러워했다.

그러나 설명을 해 줘야 할 동료들은 입을 다물고 있었다.

"오호, 모용세가! 모용승 가주는 잘 있는가?"

모용승은 자신의 아버지 성함이다.

그런데 저자는 아버지의 성함을 마치 동네 친구 부르듯이 부르고 있었다.

"하하, 자네 부친과는 친분이 있으니 그리 경계 안 해도 된다. 아무래도 너희들끼리 정리를 좀 하고 와야겠구나. 이대로는 대화가 안 되겠어."

"그래라. 가서 상황 설명도 하고 너희들끼리 우리와 어떤 사이인지 정리도 좀 하고 그러고 와라."

천명이 자신의 어깨에 들려 있는 멧돼지를 내려놓으며 말했다.

"정리하고 오면 내가 아주 맛있게 멧돼지 구워 주마."

네 사람은 그 말을 따라 정리를 위해 자리를 이동했다.

"자, 자. 우리 정리를 좀 해 보세. 자네…… 아버지가 숙부 님이셨나?"

"저분을 말하는 거면 맞네. 근데 자네는 어찌 우리 아버지를 아는가?"

"저기 계신 분이 우리 아버지의 매형 되시네. 조방 자네는…… 저분의 수하였나?"

"그, 그러네. 자는 운가장 장주님의 수하네."

세 사람의 대화에 전혀 끼어들지 못하는 한 명.

모용혜가 말했다.

"지금 뭐라는 거예요. 저도 좀 알려 줘요!"

모용혜의 말에 용적풍이 한숨을 쉬며 말했다.

"하아, 사실대로 말씀드리겠습니다. 저는 사실 구룡방의 소방주 용적풍이라고 합니다. 저기 계신 저분은 저희 아버지. 그러니까 구룡방의 방주이시며 삼황의 일인이신 사황이시죠."

"네? 뭐라고요? 응?"

모용혜가 놀라든 말든 계속 소개를 하는 용적풍이었다.

"저기 멧돼지를 굽고 계시는 분은 검황이시고, 그 옆에서 군침을 흘리시는 분이…… 바로 무황이십니다."

설명하라고 했더니 이해가 안 되는 말들만 나열하는 용적풍이었다.

"그리고 저기 가운데에 앉아 계시는 저분. 저분이 저기 계시는 저 세 분의 스승님이십니다."

"……."

용적풍이 가리키는 곳을 바라보니 천룡이 제자들과 웃으며 무언가를 대화하고 있었다.

아무리 봐도 자신 또래의 남자들이었다.

그런데 뭐?

삼황이고 그 스승이라고?

그 말을 지금 믿으라고 하는 것인가?

거기에 자신이 좋아하는 남자 역시 이들과 합세하여 자신을 놀리는 것 같았다.

"저기요. 제가 우스워요? 그렇게 놀리면 제가 믿을 거 같아요? 제가 바보로 보여요?"

점점 언성이 올라가는 모용혜였다.

"아니! 말이 되는 소릴 해야 믿지! 뭐라고요? 삼황? 그리고 삼황의 사부님?"

"이, 이보시오. 소저. 정말이오."

용적풍이 당황한 얼굴로 말하자, 모용혜가 잘 걸렸다는 표정으로 쏘아붙였다.

"그 표정! 내 이럴 줄 알았어. 걸리니까 지금 당황하시는 거잖아욧! 여기로 오자고 한 것도 다 이렇게 절 놀리시려고 준비한 거예요?"

모용혜는 허리에 손을 얹은 뒤에 잔소리를 시작했다.

"다 큰 남자들이 이런 장난이나 치고 정말!"

그 말에 조방이 나섰다.

"어찌하면 믿겠소?"

"흥! 몰라요!"

"그럼 이건 어떻소. 나는 화룡지체요. 그것을 보이면 믿겠소?"

조방의 말에 모용혜는 어이가 없었다.

아니, 갑자기 거기서 화룡지체가 왜 나온단 말인가?

자신이 아무리 무림 쪽 정보에 약하다고는 하나 화룡지체를 모를 정도로 바보는 아니었다.

"나 참나! 이제 하다 하다 화룡지체예요? 진짜 저 화내요! 그만하세요!"

그 말에 용적풍과 남궁건이 말렸다.

"그러네. 자네, 그건 좀 과했어. 아무리 믿지 못한다 해도 그건 너무 갔네."

"모용 소저가 믿지 않는다고 그렇게 마구 지르면 어찌하나. 어서 사과하게. 지금 그런 장난을 칠 때가 아닐세!"

다들 안 믿었다.

"하아, 기다리게."

그리고 터덜터덜 한 곳으로 이동하는 조방이었다.

"어허, 이 사람 우리가 편 안 들어 줬다고 그러는……."

화르르륵-!

용적풍은 말을 하다 말고 입을 쩍 벌렸다.

거대한 화룡이 그 위용을 드러내고 있었다.

    화룡에게 인정을 받아 이제 자유자재로 화룡을 다룰 수 있
는 조방이었다.

"이게 화룡일세. 내 안에 잠재되어 있지."

"……!"

다들 말도 안 되는 광경에 경악하고 있었다.

특히 모용혜의 눈은 찢어질 듯이 커졌다.

"지, 진짜……였어요?"

모용혜의 물음에 조방이 고개를 끄덕였다.

"그, 그럼 저분들도…… 지, 진짜?"

역시 고개를 끄덕였다.

털썩-!

모용혜가 바닥에 주저앉자, 조방이 화룡을 집어넣고 다급
하게 달려왔다.

"모용 소저! 괜찮소?"

걱정 가득한 얼굴로 자신을 바라보는 남자.

조방을 보며 그래도 좀 진정이 되는 모용혜였다.

한편 그 옆에서 화룡을 목격한 둘은 여전히 경악 속에서
벗어나지 못하고 있었다.

"마, 맙소사! 내가 지금 뭘 본 거야?"

"저, 정말로 존재하는 거였다니. 미친!"

"그럼 차기 절대자는 조방인가?"

"화룡지체는 절대자의 운명을 타고났으니 그렇겠지."

그 말과 함께 부담스러운 얼굴로 조방을 바라보는 두 사람이었다.

모용혜를 달래던 조방은 자신을 향한 뜨거운 눈빛이 느껴지자 그곳으로 고개를 돌렸다.

남궁건과 용적풍이 서로를 바라보며 고개를 끄덕이고는 자신을 향해 오고 있었다.

"친하게 지내세 친구. 하하하."

"우리 우정 변하면 안 되네! 알겠는가?"

갑자기 엄청 다정하고, 친한 척을 해 오는 그들이었다.

"왜, 왜들 이러나? 갑자기!"

"하하, 왜 이러긴! 미래의 중원 일인자에게 잘 보이려 하는 게지."

"맞네! 우리 버리면 안 되네. 알겠지?"

농인 거 같은데 진지하게 말하는 둘을 보며 조방은 자신도 모르게 웃음을 터트렸다.

지금까지 자신을 이렇게 대한 자들은 이들이 처음이었다.

정말로 진실한 친구를 얻은 기분이었다.

"앞으로 하는 거 봐서."

조방 역시 상상도 못 한 대답을 한 것이다.

"뭐? 뭐라고?"

"이 사람! 우리가 한 방 먹었네. 하하."

"왜? 잘 보이겠다며?"

그 모습에 모용혜 역시 마음을 진정시키며 조방을 바라보았다.

비록 놀라긴 했지만, 자신이 선택한 남자가 어떤 남자인지 확실하게 알았기 때문이었다.

'그래. 이것이 운명일지도.'

그 후로도 한참을 서로에 대해 이야기 나누고는 저 멀리서 고기 먹으라는 천명의 부름에 다들 힘차게 대답하며 달려갔다.

천명이 구운 멧돼지 구이를 아주 배불리 먹고 다들 술을 마시고 있었다.

술을 마시며 조방이 모용혜에게 밑도 끝도 없이 고백한 것과 신룡지회에서 있었던 일들을 얘기하며 즐거운 시간을 보냈다.

그러다가 모용세가의 일을 물었다.

"저런…… 아버님께서 몸이 편찮으시다고?"

"네……. 원인을 알 수 없는 병환에 거동이 많이 불편하십니다."

"원인을 알 수가 없어?"

"네. 중원에서 날고 긴다는 의원들을 다 불렀는데 아무도 모른다며 고개를 흔들고 갔어요…….”

“흠, 천의문에도 문의를 해 보았나?”

“그분께서는 황궁에 가셨다고…… 그래서 결국 못 모셨어요.”

천룡과 함께 황궁에 갔을 때 왔었나 보다.

그것보다 천의문 전체가 초지의문으로 개명하고 상락으로 이전했다는 사실을 깜박했다.

“아…… 그렇구나. 마침 우리가 그 천의문주를 잘 알거든? 신룡지회가 끝나거든 함께 가 보자.”

“네? 저, 정말이세요? 정말…….”

“하하, 뭘 그렇게 감동하고 그러느냐.”

“감사합니다. 정말로…… 감사합니다.”

모용혜는 계속 고개를 숙이며 감사 인사를 했다.

그런 모용혜에게 천룡이 말했다.

“그렇게 고마우면 우리 조방이 잘 부탁해.”

천룡의 말에 모용혜와 조방이 화들짝 놀랐다.

“네?”

“주, 주군.”

그런 둘의 반응은 무시하고 말을 계속하는 천룡.

“내가 아끼는 수하다. 수하이기 전에 내 가족이다. 그러니 잘 부탁한다.”

천룡의 말에 모용혜는 얼굴이 붉어진 채로 고개를 끄덕였다. 조방은 그런 천룡의 말에 감격해 아무 말도 못 하고 있었다.

즐거운 시간을 보내고 있을 때 누군가가 올라오는 것이 느껴졌다.

용적풍과 남궁건이 누군가 하면서 그곳을 바라보았다.

어둠 속에서 모습을 드러낸 것은 제갈군이었다.

"하하, 다들 여기 계셨군요. 겨우 찾았네요."

"어? 여기는 어찌 알고 왔어?"

"아! 아까 안내하겠다고 같이 간 도인 찾아서 물어봤죠. 그랬더니 화들짝 놀라면서 죄지은 사람처럼 숨김없이 얘기해 주던데요?"

"죄지은 사람?"

"네. 뭐라더라? 아, 현진 도장을 찾아온 사람들은 주로 여기로 안내한다고 하더라고요. 그럼 이 허물어져 가는 전각을 보고 알아서 다음에 오겠다며 간다고."

"아…… 그래서 우리가 여기 머문다고 했을 때 그렇게 당황을 했군."

천룡과 제갈군이 서로 아는 사이처럼 편하게 대화를 하자 용적풍과 남궁건의 눈에 궁금증이 일었다.

"저, 조부님, 저분은 제갈세가에…… 소와룡이라 불리는 제갈군 아닙니까?"

용적풍의 물음에 천룡이 고개를 끄덕였다.

용적풍의 말에 그 옆에 있던 제갈군이 포권을 하면 자기소
개를 했다.

"아, 죄송합니다! 제가 먼저 소개를 했어야 했는데……. 저
는 말씀하신 대로 제갈세가의 제갈군이라고 합니다. 그런
데…… 방금…… 조부님이라고?"

그리 말하고는 천룡을 다시 바라보았다.

"걔 내 아들이야."

태성이 답해 줬다.

"네?"

고개를 태성에게 홱 돌리며 놀라는 제갈군이었다.

"내 아들. 용적풍. 현재 구룡방 소방주."

"세상에. 하하, 이거 반갑습니다. 사해를 진동하는 구룡방
의 소방주님을 만나 뵙다니. 영광입니다."

"아, 네. 네. 그런데 어찌 아는 사이이신지?"

용적풍의 물음에 남궁건과 모용혜가 고개를 돌려 집중했
다.

자신들도 궁금했기 때문이었다.

어찌 된 것이 이 일행은 파도 파도 숨겨진 무언가가 계속
나오고 있었다.

"아! 저, 저는 그러니까……."

제갈군은 난감했다.

그래도 명색이 제갈세가의 미래로 추앙받고 있고, 세상 사

람들이 소와룡이라 부르며 치켜세워 주는데 거기다가 대고 운가장의 하인이라고 말하기가 그랬다.

그래서 머뭇거렸다.

그때 천룡이 말했다.

"우리 군사다. 앞으로 잘 부탁하고, 무슨 일 있어서 우리 도움이 필요하면 제갈군사와 얘기하면 된다."

"아, 운가장의 군사셨군요. 하하. 그럼요! 머리하면 제갈세가 아닙니까. 거기에 소와룡이라 불리는 희대의 천재분이 군사시라니. 역시 조부님은 대단하십니다!"

"대단하십니다!"

남궁건도 따라서 외쳤다.

모용혜는 다시금 운가장이라는 신비한 곳에 놀랐다.

천하에서 가장 깐깐하고 다루기 힘들다는 천재.

그가 바로 소와룡 제갈군이었다.

오죽했으면 제갈세가의 가주조차도 포기했다고 했을까.

그런 자가 자신의 가문도 아니고 다른 가문의 군사로 들어간 것이다.

한편 제갈군 역시 놀라고 있었다.

천룡의 말에.

제갈군은 천룡을 말없이 바라보았다.

그런 제갈군을 향해 한쪽 눈을 찡긋하는 천룡이었다.

그 모습에 제갈군은 웃으며 속으로 답했다.

'감사합니다…… 장주님…….'

마음 한쪽에 따뜻함이 차오르고 있었다.

❧

시간이 흘러 어느덧 신룡지회의 꽃, 친선비무의 날이 밝았다.

친선비무는 누군가 한 명이 올라가 자신과 가문, 그리고 익히고 있는 무공을 소개하고 한 명을 지목하여 대결하는 방식이었다.

지목받은 사람 역시 올라가 자신의 가문과 무공을 소개하고 비무에 응하면 된다.

비무에 응하지 않더라도 가문과 무공은 소개해야 한다.

문제는 비무에 응하지 않고 가문과 경지를 소개하는 것은 우리 가문은 겁쟁이라는 소리기 때문에 약해도 어쩔 수 없이 비무에 참여해야 했다.

그나마 다행인 것은 친선비무이기 때문에 크게 다치는 사람은 없다는 것이고, 실수로 크게 다쳐도 그 주최를 한 문파에서 최선을 다해 치료해 주었다.

그 전에 주최 측에서 준비한 고수가 불상사가 일어나기 전에 차단하겠지만.

이번 주최 측은 무려 무당이었다.

그러니 더욱더 안심되어 더 많은 사람이 참여하였다.

처음에 참석하는 가문들은 주로 이름 없는 가문들이었다.

반나절이 넘는 동안 수많은 문파가 자신들의 소개를 하며 열심히 친선비무를 하였다.

많은 사람이 비무를 즐기며 구경하고 있을 때, 한 일행이 누군가를 보며 이야기하고 있었다.

"어라? 저놈 그때 그놈 아냐?"

"누구요?"

"저기 저 창 든 놈."

"아! 그때 뭐랬더라? 어디에 몸담고 있다고 한 거 같은데."

"운가장."

"아, 맞다. 그런데 저놈은 여기 왜 있대요?"

"설마, 신룡지회에 참석한 것은 아니겠죠?"

"하하하, 설마. 아니지……. 운가장으로 참석할 수도 있겠네. 가만있어 보자……."

무언가를 생각하며 턱을 긁는 자.

바로 해남검파에서 온 양위였다.

그 뒤에 있는 일행 역시 해남검파의 식구들이었다.

"왜 그러십니까?"

"크크크, 재밌겠어. 저놈 가지고 놀아야겠다."

"네?"

"나를 지목하기로 한 놈은 언제 나오지?"

"이제 곧 나옵니다."

"알았다. 너희는 여기서 잘 봐라. 이 대사형이 아주 재밌는 광경을 보여 줄 테니."

그러면서 혀로 입술을 핥으며 먹잇감을 보는 눈빛으로 조방을 바라보았다.

다시 시간은 흐르고 양위가 지목되었다.

"하하하, 만나서 반갑습니다. 저는 해남검파의 대제자 양위라고 합니다. 제 무공은 해남무쌍검(海南無双劍)입니다."

그리고 자신이 섭외하고 지목하게 한 자를 가뿐히 이기고 사람들의 환호를 들으며 인사했다.

"하하하, 감사합니다. 감사합니다."

인사를 하는 양위에게 심판을 보던 도인이 다가와 말했다.

"자, 이제 다음 상대를 지목해 주시지요."

도인의 말에 양위는 한참을 고민하는 척하며 사방을 둘러봤다.

그러다가 정말로 우연히 발견한 것처럼 조방을 가리키며 말했다.

"오! 저분을 지목하겠습니다. 하하, 여기서 또 뵙는군요."

양위의 말에 아는 자인가 보다 하며 도인은 조방에게 다가 갔다.

한편 지목을 당한 조방은 당황했다.

설마 이 많은 사람 중에 자신을 콕 집어 지목할 줄은 몰랐다.

"하하, 이보게, 나가서 잘하고 오시게."

용적풍이 별거 아니라는 말투로 조방의 어깨를 두드려 주었다.

"걱정하지 말게. 그리고 적당히 해야 하네. 무조건 힘 조절. 알았지?"

남궁건은 조방에게 신신당부를 했다.

무엇을 염려하는지 잘 아는 조방은 고개를 끄덕였다.

"이번 기회에 모든 사람에게 각인시키고 오시게나. 신창조 가가 세상에 다시 나왔다고."

용적풍의 말에 조방의 눈빛이 변했다.

목표가 생긴 것이다.

"조 소협, 조심하시고 잘하고 오세요."

걱정스러운 눈빛으로 자신을 바라보는 모용혜까지.

조방은 고개를 끄덕이며 도인을 따라 비무장으로 올라갔다.

조방이 올라서자 양위는 정중히 포권을 하며 말했다.

"이거 제가 큰 결례를 저지른 것은 아닌지요."

"하하, 아니오. 오히려 감사하오. 덕분에 우리 가문을 사람들에게 알릴 수 있게 되었으니."

그 모습에 양위는 비웃었다.

'크크크, 멍청한 놈. 그래, 실컷 감사해라. 오늘 너는 멀쩡

히 걸어 나갈 수 없다.'

중앙으로 온 조방이 모두에게 포권을 하며 자신을 소개했다.

"상산조가(常山趙家)에서 온 조방이오! 무공은 염화혼원창(炎火混元槍)이오."

조방의 소개에 장내가 시끌거렸다.

"상산조가? 어디였지?"

"그러게. 어디서 많이 들어봤는데."

"신창조가(神槍趙家)! 과거에 신창조가라 불리던 가문이다!"

"오오, 신창조가였구나! 창을 귀신같이 다룬다는 가문! 그런데 멸문한 것이 아니었어?"

"신창조가에 염화혼원창이라는 무공이 있었나?"

다들 조방의 등장에 웅성거렸다.

그 모습에 양위의 표정이 일그러졌다.

'뭐야? 운가장의 수하 아니었어? 신창조가라니. 젠장, 나보다 더 주목받고 있잖아!'

조방에게 모든 사람이 시선이 집중되자 심기가 불편해진 양위였다.

이건 자신의 계획에 어긋나는 일이었다.

하필 정체가 과거에 명성을 날렸던 상산조가라니.

세상 사람들은 창을 귀신같이 다루는 가문이라 하여 신창조가로 불렀다.

그래서 세상 사람들에겐 신창조가라는 이름으로 더 알려져 있었다.

멸문했다는 가문에 유일한 후계자의 등장.

이것만큼 시선을 끄는 것이 또 있을까.

양위는 이를 갈았다.

멋지게 저자를 눕히고 모든 사람에게 관심을 한 몸에 받는 것이 목적이었는데 모두 틀어진 것이다.

'가만두지 않겠다.'

조방을 향해 이를 가는 양위였다.

그리고 관중석 한 곳에서 한 사람이 놀란 얼굴로 벌떡 일어서고 있었다.

"뭐, 뭐야! 저 자식이 왜 여기서 나와!"

"어라? 그러네. 그때 너한테 꼼짝 못 하던 놈 아니야?"

"조방! 네놈 때문에 내가 아버지에게 맞을 걸 생각하면……."

당가의 소공자 당명이었다.

"그런데 저놈이 왜 여기에 있지? 아니, 무공을 익혔다고? 어찌? 그럴 수가…… 그보다 아버지가 잡으러 가셨는데? 제길. 아버지와 엇갈렸구나. 운도 좋은 놈이군."

그러다가 무언가 번뜩 생각이 떠올랐다.

"그렇군, 흐흐. 이건 내게 기회군. 저놈을 잡아다가 아버지에게 바쳐야겠다. 크크크크."

사악한 눈빛으로 비무장을 바라보는 당명이었다.

비무장에서는 심판이 둘을 중앙으로 부르고 있었다.

"자, 규칙은 모두 잘 알고 있겠지?"

무당파 도인의 말에 둘은 고개를 끄덕였다.

"좋다! 시작!"

까강—!

시작과 동시에 달려든 양위.

검을 뽑지는 않았지만 매서운 기세로 조방을 공격했다.

조방 역시 재빨리 자신의 창으로 검집을 막아섰다.

다시 거리를 벌리며 멀어진 두 사람.

"큭, 한 수 재간은 있는 모양이다?"

양위의 말에도 조방의 표정은 변화가 없었다.

조방은 방금 생각이 났다.

저자가 누구인지를.

그리고 저자가 자신의 주군에게 한 짓을.

감히 하늘 같은 주군을 모욕한 자.

용서할 수 없었다.

한편 자신의 공격을 받고도 조방의 표정에 변화가 없자 자존심이 상한 양위였다.

"건방진."

최창—!

양위가 쌍검을 뽑아 들고 조방을 향해 돌진했다.

"무쌍이검……."

퍼억-!

"커억!"

퍼퍽-! 퍽-!

"커컥"

퍼퍼퍽-! 퍼퍼퍼퍽-!

미처 공격을 들어가기도 전에 조방이 휘두른 창대에 사정 없이 맞기 시작하는 양위였다.

초식도 없었다.

그저 막 때리고 있었다.

그런데도 양위는 막지 못했다.

순식간에 사방이 조용해졌고, 맞는 소리만 들려왔다.

한참을 진짜 인정사정없이 패더니 창을 공중에 던져 한 바 퀴 돌려받았다.

빠악-!

창을 뒤집어 뭉뚝한 뒤쪽으로 양위의 복부를 강하게 찔렀 다.

쿠다당탕-!

비무장 끝까지 날아가서 기절한 양위.

눈동자가 뒤집힌 채로 거품을 물고 기절한 양위를 보며 조 방이 나직하게 말했다.

"주군을 무시한 대가다. 그나마 사람들이 많아서 그 정도로 끝난 것을 다행으로 알아라."

무시무시한 눈빛으로 쓰러진 양위를 잠시 바라보다가 군중을 향해 포권을 하는 조방이었다.

"부족한 실력을 봐 주셔서 정말 감사합니다!"

그리고 사방을 향해 고개를 숙였다.

압도적인 차이.

"와아아아아!"

"미친! 엄청나잖아!"

"역시 신창조가라는 것인가? 하하하."

"기억하겠어! 조방!"

중원 사람들에게 신창조가의 조방이 뇌리에 새겨지는 순간이었다.

제二장

딱 봐도 엄청난 고수의 탄생.

바로 이것이다.

사람들이 신룡지회에 참석하는 이유가.

조방처럼 한 방에 모든 사람에게 자신의 존재를 각인시킬 수 있는 곳.

바로 그것이 신룡지회였다.

특히 당가의 소가주 당명의 놀라움은 이루 말할 수 없었다.

"아, 아니, 어떻게? 내가 아는 그놈 맞나?"

"다, 다른 사람 아냐?"

이해가 되지 않았다.

자신이 아는 조방은 무공을 할 수 없는 체질이었다.

내기를 끌어 올리기만 해도 엄청난 고통에 빠져 데굴데굴 구르던 놈이었다.

그런데 저런 압도적인 모습을 보인다고?

믿을 수 없었다.

한편 조방은 가슴이 뛰었다.

사람들이, 세상이 자신의 가문을 외치고 있었다.

이 순간이 오기를 그동안 얼마나 희망했던가.

감격스러웠다.

'흑! 이 모든 게 주군 덕이다.'

그 와중에도 천룡을 생각하는 조방이었다.

조방이 아무 말 없이 서 있자 심판을 보던 도인이 다가가서 말했다.

"다음 사람을 지목해 주시겠소이까?"

도인의 말에 조방이 화들짝 놀라며 대답했다.

"헉! 아! 네! 알겠습니다."

그리고 주변을 둘러봤다.

하지만 아는 이가 없으니 누구를 지목하기도 난처했다.

'젠장, 아는 사람이 있어야지.'

그렇다고 남궁건이나 용적풍을 지목하기도 난처했다.

그때 한 사람이 눈에 들어왔다.

초롱초롱한 눈으로 자신을 바라보는 한 사람.

조방은 자신도 모르게 그를 가리켰다.

"저기 저분을 지목합니다."

조방의 손가락을 따라 고개를 돌리니 그곳에는 환하게 웃으며 자신이냐고 묻는 동작을 하는 한 남자가 있었다.

조방은 미소 지으며 고개를 끄덕였다.

그런데 도인의 표정이 예사롭지 않았다.

"정말로 저 사람이 맞소? 저기 저 흰색 도복을 입고 환하게 웃으며…… 손가락으로 자신의 얼굴을 가리키는……."

"네! 저분 맞습니다."

"……끄응."

도인은 차마 나오라는 말을 못 했다.

저자는 바로 무당의 제자였기 때문이었다.

무당의 신룡.

진천.

바로 그였다.

"하하하. 사숙! 저를 지목했는데 어찌 고민하십니까!"

그리 말하며 재빨리 경공으로 비무대로 날아오른 진천이었다.

그리고 도인이 미처 말리기도 전에 큰 소리로 말했다.

"무당파 진천! 무공은 양의무극신공(兩儀無極神功)이오!"

주최 측이자 한때 무림의 양대 산맥이라 불리던 곳.

바로 무당의 등장이었다.

"우와와와!"

"무당이다! 하하하. 무당이 나왔어!"

"저자 불쌍하군. 하필이면 지목한 사람이 무당의 용이라 불리는 진천이라니."

"진천은 천무지체라는 소문이 있던데?"

"그거 소문 아닐세. 진짜일세. 차기 천하제일인!"

"뭐? 그럼 조방이라는 친구가 불쌍해서 어쩌나. 하필 상대가 천무지체라니."

"저자도 알고 그랬겠나? 하하. 바로 이것이 친선비무의 묘미 아니겠나!"

"하하하, 그렇지. 그렇지."

진천의 등장에 다들 조방의 패배를 기정사실화하고 있었다. 반면에 진천은 그런 자들의 소란에 신경을 쓰지 않았다.

자신이 보았을 때 눈앞의 남자는 정말로 강했기 때문이었다. 두근거리는 마음으로 조방을 바라보았다.

"하하, 저 사람들의 말은 신경 쓰지 마시오. 우리 한번 신명 나게 어울려 봅시다."

조방 역시 그런 진천의 모습에 심장이 뛰는 것을 느꼈다.

"배려 감사합니다. 좋습니다! 이왕 이렇게 된 거 한번 어울려 봅시다!"

그리고 둘은 심판을 보는 도인을 바라봤다.

빨리 시작 안 하고 뭐 하냐는 눈빛이었다.

둘의 눈빛에 도인은 결국 고개를 흔들며 손을 들었다 내렸다.

"시작하시오!"

"이보시오, 형제! 지금부터는 집중하시오. 하하. 나의 무공이 좀 매섭소."

"하하. 알겠습니다! 언제든 오시오!"

둘의 말이 끝남과 동시에 진천은 손을 들어 흔들었다.

순식간에 수십 개의 손이 생겨난 것처럼 잔상이 일어났다.

"천강산수(天罡産手)."

머리 위로 흔들던 수십 개의 손이 강기가 되어 일제히 조방을 향해 쏟아졌다.

쐐애액-!

자신을 향해 날아오는 수십 개의 강기들.

조방은 창을 정면으로 바로 잡은 뒤에 창 날로 날아오는 강기들을 하나하나 쳐 내기 시작했다.

까강-! 깡깡-! 까가깡-!

튕겨 나간 강기들은 비무대 아래로 떨어졌고, 강기가 떨어진 곳은 손바닥 자국이 선명하게 찍혔다.

"와아아아!"

"미친. 엄청나게 멋있는데? 무당에 저렇게 멋진 무공이 있었단 말인가?"

"우와! 저 공격을 저렇게 아무렇지 않게 받아 내다니. 조방이라는 자도 만만치 않았군."

"그러게 말일세. 우리 눈이 틀렸던 게야!"

관중의 환호성이 들려왔다.

"하하, 역시 제 눈이 틀리지 않았군요. 그리 쉽게 막을 공격이 아니었는데. 이제 진짜로 갑니다."

그러더니 양손에 각기 다른 종류의 기운이 맺히기 시작했다.

"구궁적양수(九宮赤陽手)"

오른손을 내밀며 외치고, 왼손을 마저 내밀며 외쳤다.

"사상풍뢰장(四象風雷掌)"

그 모습에 사람들이 환호했다.

"와아! 저, 저것 봐!"

"미친! 각기 다른 기운을 나누어서 다룬다고? 그게 가능해?"

"아까 말했잖냐! 양의무극신공이라고. 그럼 가능하지!"

"미쳤다. 미쳤어!"

진천의 모습에 사람들은 흥분하기 시작했다.

"일점만변(一點萬變)"

조방의 창이 자신의 전면을 전부 뒤덮을 정도로 빠르게 퍼져 나갔다.

"헉!"

장력을 날리던 진천은 그 공격에 화들짝 놀라며 재빨리 옆으로 이동했다.

그리고 공격을 마저 하기 위해 조방의 옆구리 쪽으로, 그 유명한 무당의 경공인 제운종(梯雲縱)을 펼치며 미끄러져 들어갔다.

순식간에 거리를 좁히며 들어온 진천.

그리고 양손을 조방의 옆구리로 내밀었다.

일촉즉발의 위기.

그때 뜨거운 공기가 진천을 휘감았다.

"큭! 무슨?"

온몸에 소름이 돋았다.

피해야 한다는 생각이 진천의 뇌리를 스쳤고, 공격을 마무리하지 못하고 재빨리 뒤로 피하는 진천이었다.

아니나 다를까, 진천이 방금 있던 곳에서 엄청난 굉음이 들여왔다.

콰아아앙-!

조금만 늦었으면 저 공격에 자신이 당할 뻔했다.

비무장의 한가운데가 뻥 뚫려 있었다.

이 비무장의 바닥은 청강석을 깔아 만든 것이기에 쉽게 파손이 되지 않았다.

그런 청강석을 아주 먼지로 만든 공격이었다.

"후와! 위험!"

바닥을 보며 한숨을 쉬고 이마에 땀을 닦는 진천이었다.

"세상에! 저거 봤어?"

"와! 미친. 바닥이 박살 났어!"

"지금까지 저기에 올라간 그 누구도 저 비무장 바닥을 박살 낸 자가 없었는데."

뒤에서 들려오는 사람들의 반응에 진천 역시 고개를 끄덕였다.

"대단합니다! 하마터면 위험했습니다."

"저야말로."

둘은 서로를 바라보며 미소를 지었다.

방금 전의 격돌로 알았다.

진정한 호적수라는 것을.

한편 진천이 비무에 참석했다는 사실을 알리기 위해 한 명이 다급하게 장문인실로 달려갔다.

장문인은 현진과 다과를 즐기고 있었다.

"장문인! 진천이 비무에 참석했습니다!"

"뭐? 그놈이 왜? 내가 자중하라고 그리 말했거늘."

"지목을 받아서 어쩔 수 없었습니다."

"허어, 진천이를 아는 자더냐?"

"아닙니다. 그냥 무작위로 찍은 것으로 보입니다."

"하긴…… 세상에 나간 적이 없으니 아는 자가 있을 리 없지. 이런, 쯧쯧. 그러니 내가 가지 말라고 그리 말했건만. 어쩌누, 그 녀석의 상대가 되는 녀석이 없을 것인데."

장문인의 말에 현진이 거들었다.

"그러게 말입니다. 천무지체나 되는 놈이 애들 노는 데 가서 그러고 싶은지. 그래. 그 상대방은 몇 초나 버티던가?"

현진의 물음에 도인이 머뭇거렸다.

"묻지 않느냐? 설마…… 힘 조절을 못 해 큰 사달이 난 것이냐?"

벌떡-!

현진이 일어나며 다급하게 물었다.

진천의 힘이라면 당연히 그럴 수 있었다.

"아, 아닙니다! 아직도 싸우고 있습니다. 수십 합이 넘어가도록 승부가 나지 않고 있습니다."

"뭐?"

"헉! 그게 정말인가?"

"네! 사실입니다. 그래서 제가 이렇게 다급하게 달려온 것 아닙니까?"

도인의 말에 장문인과 현진이 서로를 바라봤다.

"그게…… 가능한가?"

"그 정도 고수가 신룡이라고요? 제가 아는 한 없는……."

말을 하다 말고 누군가가 떠올랐다.

천무지체와 같은 오행체를 지닌 자가.

"서, 설마……."

부들부들 떠는 현진을 보며 장문인이 물었다.

"왜? 뭐라도 떠오른 것이냐?"

"그, 그것이……."

현진이 다시 말을 못 하고 머뭇거리자 장문인이 호통을 쳤다.

"또, 또! 장난을 치려는 것이냐?"

"아, 아닙니다! 지, 지금 당장 비무대로 가 봐야겠습니다. 급합니다!"

"뭐가?"

"지금 진천이 상대하는 자가 제가 아는 그 사람이라면 진천이가 집니다!"

"무슨 소리냐? 그게? 진천이가 지다니? 진천이는 천무지체다! 하늘이 내린 무골!"

"화룡! 화룡지체가 왔을 수도 있습니다. 진천이는 목의 기운을 가진 천무지체! 천무지체는 화룡지체에게 안 됩니다!"

"그, 그게 무슨? 나를 놀리는 것이냐? 오행체가 그리 쉽게 세상에 나오는 것인 줄 아느냐! 진천이도 수백 년 만에 나온 무골이다!"

"제가 이 두 눈으로 똑똑히 봤습니다! 화룡을……."

다시 말하다 말고 멈춘 현진.

화룡이 왔다는 것은 바로 누군가도 왔다는 소리였다.

화룡은 바로 그 사람의 수하였으니까.

온몸에 식은땀을 흘리며 장문인에게 말했다.

"장문인. 그, 급합니다. 지, 지금 당장 가야 합니다."

그리 말하고 엄청난 속도로 비무대를 향해 날아가는 현진이었다.

장문인은 도인을 바라보며 물었다.

"저놈…… 말을 어디까지 믿어야 하냐?"

"그, 글쎄요. 아무튼, 엄청난 자가 나타난 것은 사실입니다."

"하아, 그래. 가 보자꾸나."

장문인 역시 빠르게 비무대로 향했다.

현진이 다급하게 내려와서 본 비무장은 그야말로 가관이었다.

"맙소사…… 정말로 왔구나……. 그분이 왔어."

현진은 망연자실했다.

그분이 무당을 부디 좋게 보셨어야 할 텐데 하며 걱정했다.

그리 걱정하는 현진의 눈에 보인 광경은 천무지체의 무신현상과 화룡지체의 화룡현신이었다.

그 엄청난 힘에 비무장은 이미 초토화가 되어 있었다.

심판을 보던 도인 역시 저 멀리 피해 있는 상태였다.

비무장의 사람들은 이미 멀찌감치 떨어져서 이 엄청난 광경을 숨도 못 쉬고 지켜보고 있었다.

"맙……소사……."

"지금 내가 보는 광경이 사실인 건가?"

"처, 천무지체와 화……룡이라니."

하나만 나와도 세상을 들썩인다는 전설의 신체들이 둘이
나 나왔다.

"하하, 어쩐지 강하다 했더니 화룡지체였군."

진천이 웃으며 말했다.

"그대로 정말 강하군. 이렇게까지 막상막하일 줄은 몰랐
다."

조방 역시 웃으며 말했다.

"그래도 승부는 승부. 이제 마무리를 봐야겠지?"

"그렇군. 그전에 여기 사람들 먼저 대피를 시켜야 하지 않
겠나?"

조방의 말에 장내를 둘러본 진천이 고개를 끄덕였다.

그리고 웅후한 내공으로 외쳤다.

"이제 우리는 최후 초식을 내보일 것이오! 그러니 최대한
멀리 피하시오! 근처에 있다가는 위험할 수도 있소이다!"

진천의 말에 다들 최대한 뒤로 물러서기 시작했다.

하지만 단 한 명도 그곳을 벗어나는 이는 없었다.

태어나서 다시는 볼 수 없는 전설적인 존재들의 대결이었
다. 죽으면 죽었지 절대 이곳을 벗어나진 않을 것이다.

사람들이 어느 정도 거리를 벌리며 멀어지자 진천이 기세
를 끌어 올렸다.

"하하하, 자 간다!"

"와라!"

쿠쿠쿠쿠-!

진천이 끌어 올리는 내공에 땅이 흔들리기 시작했다.

조방은 현신한 화룡을 창으로 몰아넣고 있었다.

용암처럼 시뻘겋게 변한 조방의 창.

엄청난 기운에 옷과 머리카락이 하늘로 치솟은 진천.

둘은 서로를 마주 보며 미소 지었다.

그리고.

"자허풍뢰(紫虛風雷)"

"염화폭열창(炎火爆熱槍)"

뀨우우웅-!

엄청난 힘의 격돌과 함께 기이한 소리가 세상을 흔들었다.

투명한 파동이 저 멀리 구경하는 사람들에게까지 날아갔
다.

후웅-!

"으악! 이게 뭐야!"

"방금 그건 뭐야?"

웅성거리는 사람들.

그와 동시에 세상이 무너지는 듯한 폭발이 일어났다.

쿠콰콰콰콰쾅--!

보이지 않는 파동이 휩쓸고 지나간 자리가 뒤집히면서 거
대한 폭발을 일으킨 것이다.

"으아아악! 피해라!"

"이곳으로 온다아! 피햇!"

"사람 살려!"

자신들을 향해 다가오는 폭풍을 피해 다급하게 도망을 치는 사람들이었다.

쿠쿠쿠쿠쿠쿠-!

거대한 폭발이 가라앉으면서 자욱한 먼지가 비무장이 있던 곳을 가득 메웠다.

간신히 폭발의 범위에서 벗어난 사람들은 먼지가 걷히기만을 기다리며 비무장이 있던 곳을 주시했다.

휘이잉-!

사람들의 바람을 들었을까?

시원한 바람이 불어와 장내에 자욱했던 먼지들을 걷어 내기 시작했다.

서서히 걷히는 먼지.

그 속에 두 그림자가 보였다.

바닥에 무릎을 꿇고 있는 자와 오롯이 서 있는 자.

그림자만으로도 누가 승리자인지 알 수 있었다.

오롯이 서 있는 자는 창을 들고 있었으니까.

"저길 봐! 창을 든 자가 서 있어."

"그렇다면…… 조방?"

"신창! 신창조가의 승리다!"

"우와와와! 최강의 신룡 탄생이다!"

그때 무당의 장문인인 현허가 도착을 했다.

현허진인은 초토화된 비무장과 그 비무장 중심에 무릎을 꿇고 입가에 피를 흘리는 진천을 보았다.

그리고 창을 든 채로 당당하게 진천을 바라보는 조방을 보았다.

그의 두 눈이 떨리고 있었다.

"저, 정말이었는가? 현진의 말이…… 모두 사실이었어?"

그 순간 조방이 창을 높이 들며 외쳤다.

"나는! 상산조가의 조방이다!"

천하에 신창조가라 불리던 가문이 부활하는 순간이었다.

조방의 선언에 모든 사람이 환호했다.

새로운 영웅의 탄생과 몰락했던 가문의 부활.

이것은 모든 사람을 흥분하게 만들기에 충분했다.

모두가 환호하는 것은 아니었다.

"미, 미친! 화, 화룡지체라니……. 이, 이게 말이 돼?"

당가의 소가주는 정신이 나가기 일보 직전이었다.

"저 병신이…… 화룡지체라니……."

믿을 수 없었다.

자신한테도 꼼짝 못 하고 당하던 병신이 아니던가.

그랬는데 그놈이 화룡지체란다.

"어, 어서 아버지께 알려야 해. 지금 내가 이러고 있을 때가 아니야."

그리고 재빨리 정신을 차리고 다급하게 자신의 가문으로 떠나는 당명이었다.

당가뿐 아니라 황보세가와 하북팽가 역시 충격이었다.

새로운 경쟁자의 등장이었기 때문이었다.

"진천 하나로도 벅찰 판인데…… 그보다 더한 화룡지체라니……."

황보강이 기운 빠진 목소리로 중얼거렸다.

"에잇! 왜 나에겐 저런 행운이 오지 않는 거야!"

애꿎은 바닥만 자신의 도로 내려치는 팽욱.

그리고 이것을 심각하게 바라보는 중들이 있었다.

"원각 스님, 아무래도 심상치 않습니다."

"그렇지. 오행체 중에 둘……. 아니, 나까지 셋인가? 이건 심각한 징조다. 주지 스님과 상담을 해야겠어."

"맞습니다. 몇백 년에 한 명이 나올까 말까 한 오행체가 벌써 셋이라니요. 이건 무언가 심상치 않은 조짐입니다."

원각이라 불리는 중은 그 말에 고개를 끄덕였다.

"오행체가 세상에 나오는 이유는 무언가 큰일이 벌어지니 그것에 대비하라는 뜻이라고 했다. 그런데 하나도 아니고 셋이야. 세상이 멸망할 일이라도 오는 것인가?"

그리고 붉게 물들어 가는 하늘을 바라보았다.

"어서 가자. 이렇게 지체하고 있을 때가 아니다."

"네!"

다급하게 그 자리를 떠나는 중들까지.

이렇게 모든 사람을 충격으로 몰아넣었던 신룡지회가 끝이 났다.

⁕

천룡 일행은 무당 장문인인 현허진인의 초대를 받아 장문인실에 모여 있었다.

처음에 천룡 일행을 만났을 때 현허진인은 깜짝 놀랐다.

딱 봐도 어려 보이는 자들에게 현진이 쩔쩔매는 것이었다.

그래서 장내가 정리되어 현진이 다시 장난을 치는 건가 싶어 유심히 보았는데 장난이 아니었다.

현진의 표정은 진심이었다.

그때 천룡은 쓰러져 있는 진천에게 다가가 하얀 기운을 불어넣어 주었다.

그것을 본 현허진인은 경악했다.

세상에서 가장 선하고 생명이 가득한 기운이 느껴졌기 때문이었다.

모든 도인이 목표로 하는 경지가 눈앞에 펼쳐지고 있었다.

처음에는 지상에 마실 나온 선인으로 착각했다.

그러나 이야기를 듣고 이어지는 경악과 충격의 연속 속에 정신을 차릴 수 없었다.

지금도 이렇게 마주 앉아 차를 마시고는 있지만 믿기지 않았다.

한편 현진은 계속 눈치를 살피고 있었다.

현진이 눈치를 살피는 이유는 다름 아닌 천룡이 머무는 전각을 보았기 때문이었다.

천룡 일행이 짐을 가져오겠다며 나가길래 현진이 자신이 안내하겠다며 따라간 것이 화근이었다.

무당 최고의 손님으로 극진히 접대해도 부족할 판에 다 무너져 가는 폐가에 모신 것을 알게 된 것이다.

당장 이곳으로 안내를 한 도인을 잡아 혼구멍을 내주겠다고 방방 뛰는 현진을 천룡이 만류했다.

그런 천룡에게 크게 감명을 한 현진이었다.

하지만 마음속에 작은 찜찜함이 남아 있었기에 이렇게 눈치를 보며 앉아 있는 것이었다.

"먼저 저 아이를 보살펴 주셔서 감사합니다."

"하하, 아닙니다. 그 아이를 치유할 능력이 있음인데 어찌 머뭇거리겠습니까. 당연히 해야 할 일을 했을 뿐입니다."

천룡의 대답에 현허진인은 감탄했다.

말 한마디 한마디에 정기(正氣)가 느껴졌다.

그러고 보니 얼마 전에 현진이 얘기한 것이 생각이 났다.

아주 중요한 손님이 올 것이니 미리 준비해야 한다고.

이건 중요한 정도가 아니었다.

현허 또한 천룡을 비롯한 삼황의 눈치를 살폈다.

천하가 완벽하게 속고 있었다.

'허허, 뭐? 무황은 늙었고, 검황은 방랑벽이니 괜찮다고?'

그리고 태성을 보았다.

'사황은…… 신경 쓰지 않아도 된다고? 자네들은 정말 큰 실수를 한 것 같군.'

진지하게 무림맹을 나와야 하나 고민하는 현허진인이었다.

그런 현허진인에게 천룡이 말했다.

"부쩍 피곤해 보이십니다. 하긴 오늘 하루 동안 너무 많은 일이 있으셨죠? 하하."

"아, 아닙니다."

"아니에요. 저희는 이런 상황을 많이 겪어서 다 이해합니다. 오늘은 푹 쉬시고 내일 다시 이야기하시죠."

천룡의 말에 차마 아니라고 말을 못 하는 현허진인이었다.

지금 그의 머릿속이 너무도 복잡해, 솔직히 천룡 일행을 신경 쓰기도 힘들었다.

"그, 그럼 빈도가 오늘은 손님들께 결례를 좀 하겠습니다."

"아닙니다. 결례라니요. 말도 없이 갑자기 찾아온 저희가 결례죠. 그럼 저희는 이만 건너가 보겠습니다."

"알겠습니다. 그럼 편히 쉬시길 바랍니다."

현허진인의 인사에 천룡 역시 정중히 답례하고 밖으로 나갔다. 천룡 일행이 모두 나가고 나자, 다리에 힘이 풀린 현허진인이 그 자리에 주저앉았다.

"허어, 내가 아직 공부가 덜 되었구나. 이리도 마음을 진정시키질 못하다니."

그러면서 계속 도덕경(道德經)을 중얼거리는 현허진인이었다.

한편 현진의 안내를 받아 접객당으로 이동하는 천룡 일행.

무광이 현진을 보고 물었다.

"야, 우리 초대해 놓고 말 안 했냐? 너희 장문인이 저리 놀라는 거 보니 전혀 모르고 있던 눈치던데?"

무광의 말에 현진이 고개를 조아리며 말했다.

"아, 아닙니다. 분명히 말씀을 드렸습니다."

"그런데 왜 저러시냐?"

"그, 그게. 제가 장난기가 좀 많아서…… 사고를 좀 많이 쳤습니다. 그래서 그런지 제가 엉뚱한 말을 하면 믿지를 않으셔서……."

"뭐? 아니, 뭘 얼마나 했길래 자기 사제 말도 안 믿냐?"

부끄러운지 고개를 푹 숙이고 아무 말도 못 하는 현진이었다.

"되었다. 그나저나 아까 엄청나게 놀랐다. 세상에 천무지체라니."

"그러게 말입니다. 그런데 무언가 이상하지 않습니까?"

"뭐가?"

"벌써 오행체 중에서 세 명이나 나왔습니다. 전설에 의하면 오행체가 등장하는 것은 그에 걸맞은 위기를 극복하기 위함이라는데…….."

무광과 천명의 대화에 현진이 고개를 갸웃거렸다.

오행체 중에 셋이라니.

그럼 자신의 사질과 조방 외에 또 한 명이 더 있다는 얘기였다.

궁금했지만 저기에 낄 엄두가 나지 않았기에 그저 묵묵히 듣는 수밖에 없었다.

"에이, 천무지체는 모르겠고, 화룡지체랑 빙령지체는 우리 아버지께서 만드신 거잖냐."

"그렇긴 하지만."

"뭘 걱정하냐. 설마, 아버지가 감당하지 못할 위기라도 온다는 말이냐?"

무광의 말에 천룡을 바라보는 천명이었다.

솔직히 천룡이 막지 못하는 위기를 생각해 봤다.

그건 재앙이었다.

천룡이 막지 못하는데 세상 누가 그것을 막는단 말인가.

말도 안 되는 상상이었다.

"하하, 제가 너무 예민했었나 봅니다."

"그래그래. 너 요새 좀 예민해. 오늘은 푹 쉬어."

"네. 사형."

한편 현진은 대화에서 엄청난 말을 들었다.

'헉! 비, 빙령지체라고? 그, 그리고 뭐를 해? 뭘 만들어?'

두 귀로 들었음에도 이해가 되지 않았다.

전설 속에 신체들을 만들었다고 하지 않는가.

이들과 있으면 항상 이랬다.

현실과 동떨어진 상황이 항상 벌어졌다.

'그래. 신경 쓰지 말자. 나랑은 다른 세상 이야기다.'

그리 생각하니 맘이 편해졌다.

어서 안내해 주고 들어가 쉬어야겠다고 생각하는 현진이었다.

❦

모용혜는 오늘 본 광경을 잊을 수 없었다.

어제 들었을 때는 실감이 나지 않았는데 오늘 본 조방의 모습은 그녀의 마음을 완전히 무너뜨렸다.

거기에 그 엄청나게 강한 무위.

가슴이 떨렸다.

특히 마지막에 조방의 몸에서 화룡이 솟구칠 때는 알 수 없는 격한 감동까지 일었다.

아직도 그때의 흥분이 가라앉지 않고 있었다.

하지만 자신은 지금 남자에게 빠져 있을 때가 아니었다.

아버지가 병환으로 몸져눕지 않으셨던가.

갑자기 슬픔이 밀려왔다.

그때 혼자 있는 모용혜에게 조방이 다가왔다.

"무엇을 그리 생각하고 계십니까?"

조방의 물음에 모용혜가 슬픈 웃음을 보이며 말했다.

"집에 계신 아버지가 생각나서요."

"아, 편찮으시다고 하셨죠."

조방의 말에 모용혜가 갑자기 생각이 난 듯 조방에게 고개를 들이밀며 말했다.

"맞다! 천공의선과 아는 사이라고 하셨죠!"

"그렇죠."

"저 좀 도와주세요."

"네! 말씀만 하세요. 제가 도울 수 있는 일이라면 무엇이든 돕겠습니다."

"천공의선 좀 소개시켜 주세요! 그분이라면 아버지를 치료하실 수 있을지도 몰라요."

간절하게 자신의 손을 잡으며 울먹이는 그녀를 보며 조방은 고개를 끄덕였다.

"알겠습니다. 나름대로 친분이 있으니 그분께 직접 부탁드려 보겠습니다."

"그분께 저도 같이 갔으면 해요."

"네?"

"안 되나요? 소개만 해 주세요. 부탁은 제가 할게요. 제발요."

조방은 난감했다.

자신은 혼자가 아니었기 때문이었다.

그래도 차마 모용혜의 부탁을 거절할 수 없었다.

조방이 말했다.

"일단 제 주군께 허락을 받고 오겠습니다. 잠시만 기다려 주시겠습니까?"

"네! 알겠어요."

"그럼 잠시 다녀오겠습니다."

그리 말하고 천룡이 있는 전각으로 향하는 조방이었다.

얼마간의 시간이 지난 후.

환한 모습의 조방이 모습을 드러냈다.

"모용 소저, 주군께서 허락하셨습니다. 더욱이 혹시 모르니 자신도 힘을 보태시겠다고 합니다."

"저, 정말인가요?"

"그렇습니다. 하하. 이런 말 하긴 좀 그렇지만 저희 주군은 신이십니다. 그러니 믿으십시오. 가주님은 쾌차하셔서 일어나실 겁니다."

천룡에 대한 맹목적인 믿음이 보였다.

모용혜는 그런 조방을 보며 그저 미소 지을 뿐이었다.

'대단한 믿음이구나. 천룡이라는 분은 정말 좋으신 분인가 보다. 이분에게 이런 충성심을 얻으시다니.'

"감사해요. 정말……."

울먹이는 그녀를 토닥이며 위로해 주는 조방이었다.

그때 누군가가 풀숲을 헤치고 나타났다.

깜짝 놀란 조방이 경계를 하며 말했다.

"누구요!"

그러자 모습을 드러낸 남자.

바로 진천이었다.

"접니다. 진천."

"아! 진천 소협이셨군요. 미안합니다."

"아닙니다. 기척 없이 온 제가 죄송합니다. 방해가 된 것은 아닌지."

진천이 모용혜와 조방을 번갈아 보며 머뭇거렸다.

그러자 모용혜가 웃으며 자리를 비켜 주었다.

"전 이만 들어가 쉴게요. 얘기 나누세요."

모용혜가 사라지자 진천이 헛기침을 하며 말을 해 왔다.

"큼. 그, 부탁이 있어서 왔소."

"부탁요?"

조방의 반문에 진천이 고개를 끄덕였다.

"무슨?"

"나와…… 친구가 되어 주지 않겠소?"

"네?"

뜬금없는 부탁에 조방이 눈을 동그랗게 뜨고 되물었다.

그러자 진천이 쑥스러운 듯이 말했다.

"사실 나는 친구가 없소. 평생을 여기 무당에서만 살아와서 더욱더 그렇소. 아직 세상 경험도 없고, 무공 외에는 아는 것이 없소. 하지만…… 그대와 친구가 되고 싶소."

진천의 말에 조방은 예전의 자신을 떠올렸다.

자신도 다른 사람들처럼 친구를 사귀고 우정을 나누며 세상을 살아 보고 싶었다.

그때는 꿈같은 이야기였지만.

조방이 옛 생각에 잠시 머뭇거리자 진천이 고개를 숙이고 말했다.

"미, 미안하오. 갑작스럽게 이런 이야기를 해서. 오늘 일은 못 들은 것으로 해 주시오."

조방의 행동이 자신과 친구가 되고 싶은 생각이 없다고 생각한 진천은 재빠르게 그곳을 벗어나려 했다.

그때.

"가긴 어디를 가나. 친구가 되었으면 술 한잔해야지."

조방의 반말에 진천이 놀란 눈으로 그를 바라보았다.

그런 진천을 보며 환하게 웃으며 말했다.

"왜? 친구끼리는 존대를 하는 게 아닐세. 싫은가?"

조방의 말에 진천이 고개를 가로저었다.

"말로 해야지. 친구."

"아, 알았네."

감격한 듯한 표정을 보이는 진천의 손을 붙잡고 끌어당겼다.

"자, 가세! 내 다른 친우들도 소개해 줄 테니."

"고, 고맙네."

그 말에 조방이 말했다.

"친구끼리 고마운 거 없네. 아시겠나?"

"알겠네."

그리고 조방에게 이끌려 이동하는 진천의 표정은 그 어느 때보다 행복해 보였다.

그토록 원하던 꿈을 하나 이루었기에.

이동하는 중에 조방이 물었다.

"아니, 그런데 여태까지 친구도 안 사귀고 뭐 했는가?"

조방의 물음에 진천이 씁쓸한 미소를 지으며 말했다.

"자네도 알다시피 나는 천무지체일세."

"알지."

조방의 말에 진천이 고개를 흔들며 말했다.

"아니야. 자네는 모르는군. 오행체에 대해 전혀 몰라."

"무슨 소린가?"

"오행체로 태어난 자는 함부로 돌아다닐 수 없네."

"아니, 왜?"

"노리는 사람이 많거든…… 제자든, 아니면 미래의 적을 제거하는 목적이든."

진천의 말을 들으니 맞는 말 같았다.

"축복받은 신체라고 무조건 좋은 것은 아닐세. 나 같은 고 아라면 더욱더 위험하지. 다행히 나는 현재 사부님을 만나 이렇게 무사할 수 있었네."

조방은 이동하면서 진천의 말을 경청했다.

"하지만 그래도 불안하셨는지 사부님께선 나를 강호에 단 한 번도 내보내신 적이 없다네. 너무 위험하다고 하시더군."

"무엇이 말인가?"

조방이 정말 모르겠다는 표정으로 물어오자 진천이 웃으며 말했다.

"자네는 정말 좋은 분들을 만난 것 같군. 이렇게 아무것도 모른 채 여태껏 무사할 수 있다는 게."

"좋은 분들은 맞지."

"자네나 나나 아직 이 힘을 온전히 사용하는 게 아니네. 오 행체의 진짜 위력은 상상을 초월하지. 그런 힘을 제대로 조 절하여 사용할 수 있느냐? 아닐세. 까딱 잘못했다간 중원에 재앙이 펼쳐지네."

그 순간 조방은 신교에서 있었던 일이 떠올랐다.

정신을 잃고 나서 벌어진 일.

신교 전체가 엄청난 화마 속에 잠겨 있었다.

자신은 기억에 없지만, 자신이 한 일이 확실했다.

그 기억이 떠오르자 지금 진천이 하는 말이 무엇을 말하는지 확실하게 깨달았다.

"그렇군. 자네 말이 맞아. 내가 그동안 너무 안일하게 생각해 왔군."

"무엇이 말인가?"

"나는 한 번 그것을 경험했네. 나 자신도 모르게 폭주해서…… 죄 없는 이들을 모두 죽일 뻔한……."

"정말로 그런 일이 있었는가? 나는 다행히 아직 없었네. 아무튼, 그래서 나는 친구를 사귈 수 없었네. 하지만 자네라면 이야기가 달라지지. 나와 같은 오행체니까."

진천의 말에 지금 자신은 얼마나 큰 행운 속에 살고 있는 것인지 절실히 깨달았다.

'주군…… 나의 주군…….'

마음속으로 천룡을 떠올리며 진심으로 감사하는 마음을 다시 되새기는 조방이었다.

"걱정하지 말게! 앞으로 자네에게 위기가 닥치면 내가 도와주겠네!"

"정말인가?"

"하하하, 친구 아닌가?"

"고, 고맙네."

서로가 환하게 웃으며 다른 일행이 있는 전각을 향해 걸어
가는 둘이었다.

❧

며칠 뒤, 천룡 일행은 무당을 떠나기 위해 장문인과 인사
를 하고 있었다.

"하하, 장문인 정말 잘 쉬다 갑니다."

"아닙니다! 장주님. 제대로 대접을 못 해 드려서 송구할 따
름입니다."

"아닙니다. 아니에요. 정말 잘 대접 받고 가니 걱정하지 마
시길 바랍니다."

이렇게 둘이 한참 서로 인사를 주거니 받거니 하다가 장문
인인 현허진인이 조심스럽게 말했다.

"저…… 외람되지만 제가 부탁을 하나 드려도 되는지요."

조심스럽게 물어오는 장문인의 모습에 천룡이 고개를 갸
웃거리며 말했다.

"부탁요? 네. 말씀하세요. 제가 들어드릴 수 있는 것이라
면 들어드리겠습니다."

천룡의 허락에도 쉽사리 말을 꺼내지 못하는 현허진인이
었다.

"어려워 마시고 말씀하시지요."

천룡의 말에 현허진인이 조심스럽게 입을 열었다.

"진천 도장을 데리고 가 주실 수 있겠습니까?"

"네? 그게 무슨?"

"죄송합니다. 저 녀석이 강호 경험을 쌓아야 하는데…….
알다시피 저 녀석은 오행체가 아닙니까? 사방이 위험 천지입
니다. 하지만 장주님과 저분들이 계시는 운가장이라면 믿고
보낼 수 있어서 이렇게 부탁을 드립니다."

현허의 부탁에 난감해하며 진천을 바라보자 애절한 눈빛
으로 이곳을 바라보고 있었다.

그리고 그 옆의 조방 역시 간절한 표정으로 자신을 바라보
고 있었다.

그 모습에 대충 무슨 일이 있었는지 눈치를 챈 천룡이 실
소를 지었다.

그리고 현허진인을 바라보며 말했다.

"알겠습니다. 그 정도 부탁이야 부탁이랄 것도 없지요. 하
하."

"정말이십니까? 감사합니다. 감사합니다."

그러더니 무언가를 꺼내 천룡에게 주었다.

"이건 약소하지만, 감사의 표시입니다."

현허진인이 준 전낭에는 금화가 가득 들어 있었다.

그것에 천룡이 손사래를 치며 말했다.

"아니, 이러시지 않아도 됩니다. 사해는 동도라고 하지 않

습니까? 남도 아닌데 이러지 않으셔도 됩니다."

"아닙니다. 이래야 제 맘이 편합니다. 받아 주십시오."

현허진인의 간곡한 부탁에 결국 천룡은 전낭을 받아들였다.

"알겠습니다. 진인의 마음이 그러시다면 받겠습니다."

천룡의 말에 현허의 표정이 환해졌다.

그 모습을 보고 천룡은 받기를 잘했다고 생각하며 포권을 했다.

"그럼 이만 가 보겠습니다. 부디 만수무강하시길 바랍니다."

"감사합니다. 장주님도 만수무강하시고 원시천존의 가호가 함께하시길 바랍니다."

그렇게 무당에서의 모든 일정은 마무리가 되었다.

산에서 내려가는 진천에게 현허가 전음을 보냈다.

─인석아, 사고 치지 말고, 장주님 말 잘 듣고. 몸 건강히 다녀오거라.

─네! 스승님. 이 못난 제자의 부탁을 들어주셔서 감사합니다.

─되었다. 그동안 불만 없이 잘 따라 주어 고맙구나. 가서 세상 경험 많이 하고 오너라.

진천은 현허를 향해 절을 하고 다시 천룡 일행을 따라 내려갔다.

일행이 모두 사라지고 현허는 하늘을 바라보았다.

'세상이 어찌 되려고 오행체를 저리도 내려 보낸단 말인

가? 그래도…… 장주께서 계시니 안심이 되는구나.'

그리고 무당의 모든 장로를 모이게 했다.

앞으로 무당이 무엇을 해야 할지와 절대로 운가장과 척을 지면 안 된다는 것을 말하기 위해.

꽃

모용혜의 아버지를 위해 지체 없이 운가장으로 돌아온 천 룡 일행.

도착하자마자 조방은 모용혜를 데리고 초지의문으로 향했다.

"어? 이런 인적드문 곳에 의문이 있네요?"

"아, 하하. 이곳의 원래 이름은 천의문입니다."

"네? 제가 알고 있는 그 천의문 아니죠? 천공의선께서 계신다는……."

"그 천의문 맞습니다. 사정이 있어서 이곳으로 왔지요."

자신이 알기론 천의문은 산서성 태원에 있는 것으로 들었다. 수백 년간 그곳에 터를 잡아온 의문이 하루아침에 아무도 모르는 곳으로 이전했다니.

순간 조방이 자신을 속이나 하는 마음도 들었다.

거기다가 결정적으로.

"허허, 그러니까 우리 조방이의 여인이라 이거지?"

"아, 아닙니다. 그런 말을 하면 소저에게 실례입니다."

"아니긴. 딱 봐도 맞구먼."

능글거리며 말하는 관천.

하는 행동이 소문과 너무도 달랐다.

항상 진중하고 위엄 있는 모습이라고 알려진 천공의선이었다.

그에 잔뜩 경계하는 모용혜였다.

"그런데 왜 저리 경계를 하고 있는 게인가? 오다 싸웠나?"

관천의 말에 조방이 돌아보니 잔뜩 움츠러든 채로 경계를 하고 있었다.

"모용 소저, 왜 그러시오?"

"이, 이곳이 정말 천의문이 맞나요?"

"그렇소. 왜 그러시오?"

"조 소협. 조 소협은 속고 계신 거 아닌가요? 제가 알기론 천의문은 태원에 있다고 알고 있어요."

모용혜의 말에 관천이 껄껄 웃으며 말했다.

"그렇지. 전에는 그곳에 있었지. 하지만 이곳으로 이사를 왔다오."

"그게 말이 안 됩니다! 천의문은 일천 년간 그곳을 벗어난 적이 없어요! 그 혈천교에 의해 커다란 피해를 보았을 때도!"

"오! 우리 천의문에 대해 아주 줄줄이 꿰고 있구려. 허허."

천의문이 맞냐고 물으며 경계를 하는데 오히려 허허거리

며 웃는 관천이었다.

그런 모용혜에게 조방이 정색을 하며 말했다.

"지금 뭐 하시는 것입니까! 당장 사과하십시오. 이분은 정말로 천공의선이 맞으십니다. 이게 무슨 무례란 말입니까!"

조방이 화를 내며 다그치자 오히려 관천이 말리고 나섰다.

"이놈아, 여자에게 그리 말을 하면 어찌하느냐. 모용 소저 이해하시오. 이놈이 아직 여자를 잘 몰라 이러는 것이니."

"문주님!"

"어허! 이놈이 그래도?"

관천의 말에도 아랑곳하지 않고 조방은 모용혜에게 말했다.

"나를 믿지 못하는 것이오? 나에 대한 믿음이 고작 그것이었소?"

진중한 표정으로 자신을 바라보며 말하는 조방을 보며 모용혜는 깨달았다.

정말로 저 사람이 천공의선이며, 이곳이 천의문이 맞다는 것을.

"저, 정말로 이곳이? 그리고 저분이…… 천공의선?"

그때 뒤에서 다른 누군가가 대신 답해 주었다.

"그는 천공의선이 맞다."

뒤를 돌아보니 천룡이 웃으며 서 있었다.

"이놈들이 천의문에 가랬더니 여기서 사랑싸움이나 하고

있구나?"

조방을 보며 말하는 천룡이었다.

"소신 그런 것이 아니오라……."

"되었다. 혜아, 너는 어서 관천이에게 사과하거라."

이곳으로 오면서 많이 친해진 두 사람이었기에 자연스럽게 이름을 부르는 천룡이었다.

"헉! 죄송합니다. 죄송합니다. 제가 큰 결례를 저질렀습니다."

당장 엎드릴 기세로 사과를 하자 관천이 후다닥 다가가 몸을 일으켜 세우며 말했다.

"괜찮다. 뭐 나라도 의심하겠구먼. 허허허."

"감사합니다. 감사합니다."

사과하랴 감사하랴 정신없는 모용혜였다.

그런 모용혜를 대신하여 천룡이 말해 주었다.

"그 아이의 아비가 아프단다. 같이 가 줘야겠다."

"아, 그렇습니까? 알겠습니다. 장주님께서 가라면 가야죠."

일말의 고민도 없었다.

천룡이 가라니까 간단다.

천하의 천공의선이 누군가의 지시를 따르고 있었다.

모용혜는 지금 이게 무슨 상황인가 싶었다.

새삼 천룡의 위대함을 깨닫는 모용혜였다.

모용혜는 눈물을 흘리며 감사 인사를 했다.

"감사합니다. 장주님!"

그런 모용혜에게 고개를 끄덕이고는 조방에게도 말했다.

"너도 같이 갔다 와. 가는 길에 진천이란 군이도 같이 가고."

"네?"

"너희들끼리 다녀와. 이번 기회에 또래끼리 친목도 도모하고 강호 경험도 하고 와라. 여비는 넉넉하게 챙겨 주마."

"주, 주군. 하오나……."

"명이다. 즐겁게, 그리고 무사히 다녀올 것. 알겠느냐?"

"네! 알겠습니다!"

그런 조방을 보고 흐뭇한 미소를 지으며 손을 흔들고 운가장 쪽으로 사라지는 천룡이었다.

운가장의 정문 앞에 한 사람이 계속 미동도 하지 않을 채서 있었다.

딱히 운가장에 볼일이 있어 온 것 같지는 않은데, 계속 저자리에 서 있으니 신경이 쓰인 위사가 다가가 물었다.

"안녕하십니까. 저는 운가장의 수문위사입니다. 혹시 저희운가장에 볼일이 있어서 오신 건지요?"

위사의 말에 남자가 고개를 끄덕였다.

"아, 그러시군요. 무슨 일로 오셨는지 알 수 있겠습니까?"

그러자 남자는 위사를 잠시 쳐다보았다.

그 모습에 위사는 온몸에 소름이 돋았다.

'뭐, 뭐야!'

"운천룡."

"네?"

"운천룡. 그가 사는 곳이 이곳이 맞는가?"

"아, 장주님 말씀이시군요. 맞습니다."

위사의 말에 남자는 고개를 끄덕이고는 다시 정문을 주시
했다.

그 모습에 위사는 더는 묻지 못하고 자리로 돌아왔다.

아까 눈이 마주쳤을 때 그 공포가 떠올랐기 때문이었다.

그때 저 멀리 천룡이 모습을 드러냈다.

천룡을 보자 남자의 동공이 크게 떠졌다.

그리고 온몸을 부들부들 떨었다.

"저, 정말이구나…… 살아…… 있었어."

엄청나게 감격한 표정으로 천룡을 바라보는 그였다.

한편 천룡은 오다가 한 곳에 서 있는 남자를 보았다.

자신을 보며 감격한 표정을 짓고 있었다.

호기심에 그 남자를 향해 다가갔다.

"혹시 무슨 일이 있으십니까?"

천룡의 물음에 남자는 크게 당황했다.

"왜 그러십니까?"

천룡이 재차 묻자 남자가 입을 열었다.

"내가 누군지 모르는 것인가?"

남자의 대답에 천룡은 곰곰이 생각했다.

아무리 생각해도 눈앞의 남자는 기억이 나지 않았다.

"죄송합니다. 기억이 나질 않는군요."

그 말에 남자의 동공이 세차게 흔들렸다.

그리고.

후웅—!

남자의 몸에서 거센 기운이 올라왔다.

그 순간 천룡은 경악했다.

앞의 남자는 절대로 자신의 아래가 아니었다.

"기억이…… 나질 않는다고? 그게 정말이냐?"

천룡 역시 경계를 하며 기세를 올렸다.

남자와 같은 기의 폭풍이 일어났다.

그러나 다른 사람들은 지금 이 둘에게서 일어나는 일들을 느끼지 못하고 있었다.

정확하게 자신들의 주변에만 기를 뿌리고 있었기 때문에.

"당신은 누구요? 나를 아시오? 나는 과거 기억이 없소. 나를 아는 자요?"

천룡의 물음에 남자가 기세를 거뒀다.

그리고 슬픈 얼굴로 천룡을 바라보았다.

"정말이군……. 그래서였어. 그래서 안 보인 것이군."

남자는 분명히 자신을 아는 눈치였다.

지금의 눈빛만 보아도 알 수 있었다.

자신을 기억하지 못하는 천룡에게 크게 실망하는 표정.

그때 천룡의 입에서 희망의 소리가 나왔다.

"하지만 요즘 기억이 조금씩 돌아오고 있소. 그대가 누구인지 모르겠으나, 내 기억 속에 있다면 조만간에 기억이 날지도 모르오. 그러니 사과하겠소. 미안하오. 아직은 그대는 기억에 없구려."

"오호, 기억이 돌아오고 있다고? 그게 정말이냐?"

"그렇소."

"하하하, 그건 그나마 희소식이군."

천룡의 말에 남자는 자신의 턱을 긁으며 생각했다.

그러다가 손을 내리고 천룡을 주시했다.

"알았다. 기다리지. 삼백 년을 기다렸는데 그까짓 몇 년을 더 못 기다리겠는가."

남자의 말에 천룡의 두 눈이 크게 떠졌다.

남자 역시 삼백 년의 세월을 살아왔다 하지 않는가.

그럼 자신을 알고 있을 확률이 매우 높았다.

"혹시 이름을 들으면 기억이 날 수도 있으니 말해 주고 가겠네. 내 이름은 마진강일세, 마진강. 꼭 기억하시게."

"마진강?"

천룡이 자신의 이름을 부르자 과거를 추억하는 듯 미소를 지으며 고개를 끄덕이는 남자.

그리고 뒤돌아서며 한마디하고 순식간에 자취를 감췄다.

"또 보세. 나의 벗이여."

후웅—!

남자가 사라진 자리에 천룡은 혼란스러운 얼굴로 서 있었다.

저 남자는 정확하게 자신을 알고 있었다.

그리고 자신과 같은 세월을 살아온 남자였다.

무력 또한 자신에게 뒤지지 않았다.

무엇보다 남자가 한 마지막 한마디.

그것이 천룡의 뇌리를 강타했다.

북해에 갈 때 떠올랐던 얼굴 없는 그 목소리.

그 목소리의 주인공이었다.

천룡은 복잡한 표정으로 남자가 사라진 장소만 하염없이 바라보았다.

운가장이 며칠째 암울했다.

천룡이 방 안에 들어가 며칠째 두문불출(杜門不出) 중이었기 때문이었다.

제자들 역시 안절부절못하며 며칠째 밥도 제대로 먹지 못

하고 있었다.

"무슨 일이시지?"

"그러게 말입니다. 이렇게 오랫동안 방 안에서 나오지 않으신 적이 없는데."

"이런 적은 처음인데."

"그러니까요. 갑자기 하루 종일 아무 말도 안 하시더니 저렇게 방 안으로 들어가서 지금 며칠째 안 나오고 계시잖아요."

"억지로라도 들어가 볼까요?"

태성의 말에 무광과 천명이 고개를 저었다.

"그러지 마라. 혹시 모를 일이다. 아버지께서 중요한 깨달음을 얻고 계시는데 우리가 방해될 수도 있는 것이다."

"하아, 그건 그러네요. 사부는 왜 말도 없이 들어가셔서……."

무광의 말에 천명이 두려운 얼굴로 말했다.

"설마…… 아니겠죠?"

천명이 공포에 질린 얼굴로 말을 하자 무광과 태성이 고개를 갸웃거리며 물었다.

"왜? 무언가 아는 것이라도 있는 것이냐?"

"천명 사형. 뭐라도 생각났습니까?"

두 사람의 재촉에 천명이 침을 꿀꺽 삼키고 말했다.

"설마, 우화등선……하시는 건 아니겠죠?"

그 말에 무광이 버럭 화를 냈다.

천하무적
윤가장

"이 자식이! 재수 없게!"

"맞아요! 천명 사형! 생각할 게 있고 안 할 게 있지 너무 나가셨어요!"

천명 역시 그것이 아니길 바라는 마음이 간절했다.

"나, 나도 모르게 그만…… 걱정이 돼서……."

"자, 자. 우리끼리 이런다고 아버지가 나오시는 것도 아니고 그저 묵묵히 지켜보자."

"네."

"맞아요. 뭐 큰일이야 있겠어요?"

태성의 말에 다들 고개를 끄덕이며 천룡이 있는 전각을 바라보았다.

한편 방 안의 천룡은 깊은 생각에 빠져 있었다.

'또 보세. 나의 벗이여.'

마진강이 마지막에 한 말.

그것이 계속 뇌리에 남아 있었다.

무엇보다 마진강을 보았을 때 그 친숙한 기분.

그것은 자신의 몸이 그자를 기억하고 있다는 소리였다.

'벗이라고? 정말로 그는 나의 친구였을까?'

세상에 나온 이후로 적이 없을 것으로 생각했는데 아니었다.

마진강은 자신과 동급의 무인이었다.

'호적수였나?'

그와 기세 싸움을 잠깐 했을 때 그 흥분.

아직도 짜릿하다.

온몸의 세포가 살아 숨 쉬는 듯한 착각마저 들었다.

다시 한번 느껴 보고 싶은 충동이 자꾸 샘솟았다.

그때를 생각하면 자신도 모르게 입꼬리가 올라갔다.

'무엇보다…… 세상에 나를 아는 자가 있었어. 그는 나를 알고 있다.'

그게 무엇보다 기뻤다.

자신과 친구였든, 아니면 적이었든 상관없었다.

자신을 아는 유일한 자.

다시 만나 보고 싶었다.

하지만 그가 어디에 있는지, 어디서 왔는지 알 길이 없었다.

'어디 사는지 물어나 볼걸.'

하지만 또 보자고 했다.

'그래. 또 보자고 했으니 다시 오겠지.'

모든 생각을 정리한 천룡은 자리에서 일어났다.

우두둑-!

"으윽! 아이고."

온몸에서 뼈들이 비명을 질러 댔다.

"뭐지? 어? 탁자에 먼지가 왜 이리 많이 쌓여 있어?"

공기도 탁한 것 같았다.

창문을 활짝 열어 두고 밖으로 나가자 제자들이 휘둥그레한 눈으로 자신을 바라보고 있었다.

"다들 여기서 뭐 하느냐?"

천룡의 말에 울 것 같은 얼굴들로 우르르 다가와 자신을 살피는 제자들.

"아, 아버지. 괜찮으십니까?"

"뭐가? 나 아무렇지 않은데?"

"휴, 다행입니다. 별일이 아니시라니."

"뭔 말이야? 그게?"

서로 대화가 통하지 않고 있었다.

그때.

"사부! 닷새 동안 밖으로 안 나오시고 방 안에만 계셨다고요!"

"뭐? 닷새?"

오히려 천룡이 놀란 표정으로 되묻자 제자들이 고개를 끄덕였다.

"허, 그래서 뼈마디가 그렇게…… 아니, 잠깐 생각한 것 같은데 그렇게 시간이 흘렀다고?"

천룡의 말에 무광이 물었다.

"깨달음이라도 얻으신 거예요?"

무광의 말에 고개를 저으며 답했다.

"아니다. 정리할 것이 있어서. 마침 잘되었다. 너희들에게 할 얘기가 있으니 일단 자리를 옮기자.”

꼬르르륵—!

꼬르륵—!

천룡의 말이 끝나기가 무섭게 사방에서 들려오는 꼬르륵 소리.

“서, 설마. 밥 안 먹었냐?”

천룡이 묻자 다들 고개를 돌렸다.

“야, 이놈들아! 밥은 먹고 기다렸어야지!”

천룡이 버럭 대자 제자들 역시 한마디 했다.

“아버지가 안 계시는데 어찌 밥을 먹습니까?”

“맞습니다! 사부님께서 나오시질 않는데 어찌 저희끼리 식사를 할 수 있습니까?”

“사부가 굶는데 밥을 먹으라고요? 그럴 순 없죠!”

화난 목소리지만 그 안에 담겨 있는 것은 서로에 대한 걱정이었다.

천룡이 자신도 모르게 피식했다.

제자들 역시 입꼬리가 올라갔다.

“그래. 일단 밥부터 먹자. 밥 얘기했더니 배고프다.”

“네!”

“당장 가서 진수성찬을 차리라고 하겠습니다!”

천명이 후다닥 달려갔다.

“저는 맛있는 술을 챙겨 올게요.”

태성이 달려 나갔다.

"야! 대낮부터 술……."

이미 사라진 태성이었다.

천룡의 모습에 무광이 실실거리며 말했다.

"아버지, 지금 좀 적극적이지 않으셨어요. 솔직히 술……
당기시죠?"

"큼. 가, 가자."

무광의 말에 대답은 안 하고 성큼성큼 걸어가는 천룡.

그런 천룡을 보며 무광은 자신들이 생각한 것이 기우였음
을 깨닫고 환한 미소와 함께 따라갔다.

"아버지, 같이 가요!"

밥을 다 먹고 제자들과 술 한잔하면서 자신에게 있었던 일
을 털어놓는 천룡이었다.

"세상에 나를 아는 자가 있었다."

천룡의 말에 다들 눈을 크게 뜨고 그게 무슨 소리냐는 표
정으로 바라봤다.

"나를 정확하게 아는 자가 있었어."

"그게 무슨 말입니까? 아버지를 알다니요?"

"과거의 나. 오래전의 나. 그리고 천마대제 시절의 나. 그

시절의 나를 아는 자."

천룡의 말에 다들 손에 든 술잔을 살며시 내려놓았다.

손이 떨려서 술들이 다 흘러내렸기 때문이었다.

"그, 그게 사실입니까? 그, 그럼 그 사람도……."

"그래. 나처럼 긴 시간을 살아온 자다. 나를 삼백 년 동안 기다렸다고 했어."

"정말로 그렇게 말했단 말입니까?"

제자들의 물음에 천룡이 고개를 끄덕였다.

"혹시 아버지에 대한 정보를 어디서 듣고 사기를 치러 온 자는 아닐까요?"

그 말에 천룡이 피식 웃으며 고개를 저었다.

뒤이어 나온 천룡의 말에 다들 경악했다.

"무위도 나와 비슷했다."

"……!"

"……!"

"네에에?"

이건 진짜 충격이었다.

세상에 천룡과 같은 무위를 가진 자라니.

"확실해. 잠시나마 기세를 나누었으니까."

심지어 천룡과 기세를 나누었단다.

"그, 그런 자가 왜 여태…… 조용히 살았을까요?"

무광의 말에 다들 고개를 끄덕였다.

천룡과 같은 무력이라면 이미 중원은 그자의 손에 떨어져 있어야 했다.

중원인들이 아무리 발버둥 친다고 해도 따라갈 수 있는 경지가 아니었으니까.

그 예로 자신들을 봐라.

무림에서 삼황이라 불리며 절대자 소리를 듣고 있지만, 천룡에게는 일 초도 상대가 안 된다.

그런데 그런 천룡과 비슷한 무위를 지닌 자가 세상에 있었다.

갑자기 온몸에 소름이 돋았다.

그러다가 갑자기 누군가의 말이 떠올랐다.

세상에 큰 위기가 닥치면 그것을 막기 위해 오행체를 내려보낸다는 전설.

'서, 설마.'

이미 셋이나 세상에 나왔다.

하나만 나와도 세상이 들썩인다는 오행체가 셋이나 나왔으니 그 위기는 얼마나 대단할 것인가.

짐작조차 되지 않았다.

그런데 천룡의 말을 들으니 실감이 났다.

천룡이 존재하지 않았다면……,

세상은 그 남자의 손아귀에 넘어갔을 것이다.

'꿀꺽.'

자신도 모르게 침을 삼켰다.

이어지는 천룡의 말.

"그는 세상에 딱히 관심이 없어 보였다. 오로지 나에게만 관심이 있는 것처럼 보였다."

그랬을 것이다.

세상에 관심이 있었다면 지금까지 이렇게 조용히 살지 않았을 테니.

"일단 알아 두라는 것이다. 세상에는 나 같은 자가 어딘가에 또 숨어 있을지 모르니 항상 자만을 버리고 조심 또 조심하라는 말이다."

천룡이 걱정하는 것이 이것이다.

지금 제자들은 자신도 모르게 자만심에 빠져 있다.

절대자로 살아온 인생에 자신까지 있으니 이들은 위기감을 전혀 가지고 있지 않았다.

그러니 이렇게 신신당부를 하는 것이다.

천룡이 걱정하는 바가 무엇인지 아는 제자들은 고개를 끄덕이며 답했다.

"알겠습니다."

그런 제자들에게 또 말했다.

"수련도 다시 시작하고."

"……."

"대답!"

"네⋯⋯."

수련은 싫었는데 억지로 대답하는 제자들이다.

❧

대막에 위치한 혈천교 본단.

은마성은 자신의 수련동에서 기혈을 회복하고 있었다.

'후, 간신히 원상복구를 시켰군.'

그러면서 한숨을 돌리려던 찰나, 목소리가 들려왔다.

"열심이구나."

화들짝 놀라며 뒤를 돌아보니 한 남자가 서 있었다.

"헉! 여, 여긴 어쩐 일로 오셨습니까?"

은마성의 말에 남자가 시큰둥한 얼굴로 말했다.

"왜? 오면 안 되는 곳이냐?"

그 말에 은마성이 재빨리 부복하며 말했다.

"아, 아니옵니다. 시, 신은 그저."

"쯧. 되었다."

남자의 말에 은마성은 아무 말도 못 하고 그저 고개만 엎
드려 있을 뿐이었다.

"고생했다. 하하하. 덕분에 찾았다."

남자의 말에 은마성이 고개를 들었다.

"운천룡. 맞더군. 오늘은 고생했다고 말해 주러 온 것이

다."

"가, 감사합니다."

"고생했으니 선물을 하나 줄까 한다."

"네?"

남자는 바로 마진강이었다.

은마성은 마진강의 말이 고생했으니 이제 목숨을 거둬 가겠다는 소리로 들렸다.

"소, 소신은 그저 주군의 명을 따랐을 뿐입니다."

"하하하, 누가 뭐라 하더냐? 선물을 준다는데 왜 이리 긴장을 하는 것이냐?"

"아, 아니옵니다."

"왜? 내가 너를 어찌할 것 같으냐?"

그러면서 기세를 올리는 마진강이었다.

"크크윽! 아, 아니옵……니다."

"앞으로는 의심하지 말거라. 알았느냐?"

"추, 충!"

은마성의 대답에 만족한 남자가 기세를 거둬들였다.

그리고.

쑤와악-!

"커헉!"

은마성의 모든 내공을 빨아들였다.

순식간에 평생 모은 내공을 모두 잃은 은마성.

지금 이게 무슨 상황인가 싶어 동공만 이리저리 굴리는 그였다.

"이런 잡다한 기운 말고, 제대로 된 기운을 불어넣어 주지."

그리고 은마성의 단전에 손을 가져다 대었다.

우우웅—!

마진강의 손에서 칠흑같이 까만 기운이 넘실거렸다.

"이것이 바로 진정한 마기다. 크크크크. 영광으로 알아라."

"크어어어억!"

"내가 오늘 기분이 매우 좋다. 오랜 시간 동안 그리워하던 친구를 만나고 왔으니."

격한 고통에 흰자위로 변한 은마성의 동공.

"참아라! 큰 힘에는 고통이 따르는 법이지. 크크."

잠시 후, 은마성의 단전에서 손을 뗀 마진강.

"잘 쓰도록 하거라. 크크크."

기절한 은마성을 뒤로하고 그곳에서 자취를 감추는 마진강이었다.

한참 뒤에 눈을 뜬 은마성은 자신의 몸속에서 넘실거리는 마기를 느낄 수 있었다.

"이, 이럴 수가. 이, 이것이 진정한 마기?"

온몸에 힘이 샘솟았다.

"이것이구나. 그분의 진정한 힘이."

무엇이든 할 수 있을 것 같은 자신감이 샘솟았다.

자신의 힘이 전보다 배는 강해진 기분이었다.

"이런 선물이라니……."

자신이 모시는 그분은 신이 분명했다.

은마성은 마진강이 사라진 곳을 잠시 바라보다가 벅찬 표정을 지으며 수련동을 빠져나갔다.

❧

요녕성 모용세가(慕容世家).

"아가씨! 어딜 갔다가 이제 오시는 겁니까?"

집에 돌아온 모용혜를 보자마자 달려와 말하는 한 노인.

"양 숙부! 그동안 잘 지내셨어요?"

"아이고! 아가씨! 지금 제 걱정하실 때입니까? 가주님과 소가주님께서 크게 노하셨습니다!"

"아버지가 노하셨다고요? 다행이네요. 아직 정정하신 것 같아서."

오히려 안심하는 모용혜였다.

"네?"

"그렇잖아요. 정정하시니 화도 내시고 그러는 거잖아요. 전 또 다급하게 저에게 달려오시길래 아버지에게 일이라도 생긴 줄 알고 놀랐잖아요."

"아니, 그게……."

"아버지 어디 계세요? 가주실?"

모용혜의 말에 노인이 고개를 끄덕였다.

그리고 같이 온 남자들을 힐끔거리며 물었다.

"저, 아가씨 이분들은?"

노인의 물음에 모용혜가 웃으며 말했다.

"이분은 천공의선이시고요. 저기 저분은 제갈세가의 소와 룡이라 불리시는 제갈군 공자님. 그리고 그 옆에 계신 분은 무당파의 신룡 진천 도장님. 그리고 여기 이분은…… 제 정 인이요."

'천공의선? 제, 제갈세가와 무당의 신룡?'

그리고.

"네? 정…… 뭐라고요?"

자신이 잘못 들었나 싶어 귀를 후비는 노인이었다.

"몰라요! 다시 설명 안 할 거예요. 의선님 이쪽이에요. 조 가가 어서 오세요. 다른 분들도요."

이곳으로 오는 동안 조방과 완전히 연인이 되었다.

"허…… 이것 참. 이게 무슨 일인지……."

고개를 흔들며 재빨리 모용혜의 뒤를 따라가는 노인이었 다.

세가의 중심부에 있는 가주실에 도착하고, 모용혜가 모습 을 드러냈다.

벌컥—!

"아버지 저 왔어요!"

갑작스럽게 들어온 자신 딸의 모습에 두 눈만 끔벅끔벅하며 쳐다보는 가주 모용승이었다.

그 옆에서 가주인 모용승을 보필하던 소가주 모용천도 황당한 표정으로 모용혜를 쳐다보았다.

"너, 너……."

부들부들 떨면서 자신의 딸을 손가락으로 가리키는 모용승이었다.

"죄송해요."

"뭐? 죄, 죄송? 이, 이놈의 기지배를……."

부들부들하며 힘겹게 일어서려는 모용승.

그런 모용승을 소가주가 재빨리 다가가 부축하며 모용혜를 노려보았다.

자신의 아버지 모용승과 자신의 오라버니인 모용천의 비수 같은 눈빛에 모용혜도 고개를 숙였다.

"죄송해요. 그러니까 왜 자꾸 시집을 가라고 하셔서……."

"뭐? 그게 우리 탓이다?"

"그렇잖아요. 제가 가기 싫다고 말씀드렸는데."

"아이고, 이놈아. 그래도 가문이 어느 정도 위세가 있을 때 가야 네가 무시를 안 받을 것이 아니냐."

"아버지, 흥분은 금물입니다. 그만 자중하세요. 의원이 그랬잖습니까. 흥분하면 안 된다고."

모용천이 자신의 아버지를 달래고 모용혜를 노려보며 말했다.

"아버지께서 편찮으신 걸 아는 것이, 지금 이 사달을 냈느냐? 잠시 아버지를 눕혀 드리고 오마. 그때 다시 이야기하자."

그리고 모용승을 부축하여 이동하려고 하는데, 관천이 조심스럽게 들어왔다.

"허허, 이거 가정사에 끼는 것 같아 좀 그렇긴 한데……. 실례가 안 된다면 제가 가주님의 진맥을 좀 봐도 되겠습니까?"

관천의 등장에 경계하는 모용천이었다.

"당신은 누구요? 누구시길래 아버지를 진맥한다는 것이오."

모용천의 말에 모용혜가 재빨리 나서서 말했다.

"오, 오라버니 예의를 갖추세요! 이분은 천공의선이세요. 제가 힘들게 모셔왔다고요."

"뭐?"

"뭐라고?"

모용혜의 말에 두 부자가 동시에 놀라며 말했다.

"허허, 안녕하십니까. 천의문 문주 관천이라고 합니다."

그러면서 놀란 두 사람을 향해 포권을 했다.

관천의 인사에 다급하게 둘 역시 포권을 하며 인사를 받았다.

"헉! 이, 이거 죄송합니다! 몰라뵙고……. 저, 저는 모용세가의 가주 모용승이라고 합니다."

"죄, 죄송합니다. 제가 의선께 크나큰 결례를 저질렀습니다. 용서해 주십시오!"

두 사람의 말에 관천이 허허거리며 말했다.

"아닙니다. 따님이 어찌나 울면서 부탁을 하던지 효심에 감동해서 이렇게 왔습니다. 제가 진맥을 해 봐도 될는지요."

관천의 말에 새삼 다른 눈으로 모용혜를 바라보는 두 사람이었다.

그러고는 재빨리 답했다.

"여, 영광입니다."

그리고 집무실 한쪽에 자리를 잡고 관천에게 자신의 손목을 넘겼다.

한참을 진맥하던 관천의 표정이 묘하게 변해 갔다.

모용일가는 초조한 눈빛으로 관천을 바라보았다.

"하하, 되었습니다. 다행히 제가 치료를 할 수 있는 병환이군요."

"저, 정말입니까?"

"그렇습니다. 며칠 동안 치료를 하면 나을 수 있는 병환입니다."

"그, 그런. 가, 감사합니다. 감사합니다."

거듭 감사 인사를 하는 가주와 소가주였다.

그리고 역시나 천공의선이라고 생각하는 그들이었다.

그 누구도 알지 못한 자신의 병환을 찾아낸 것도 부족해 바로 치료까지 가능하다 하지 않는가.

기쁜 마음에 계속 감사 인사를 하는 두 사람이었다.

장내가 어느 정도 정리가 되고 밖에 있던 사람들까지 가주 실로 들어왔다.

"저분들이 이번에 같이 오신 분들이냐?"

"네! 저랑 이곳까지 같이 와 주신 고마운 분들이세요."

모용혜의 말에 가주가 고개를 끄덕이며 말했다.

"소개를 좀 해 주려무나."

가주의 말에 모용혜가 한 명 한 명을 가리키며 소개를 했다.

"여기 이분은 제갈세가의 소와룡이신 제갈군 공자님."

"처음 뵙겠습니다! 제갈군이라고 합니다."

"아, 아. 바, 반갑소. 모용승이라 하오."

제갈군과 인사를 마치자, 소개를 계속 이어 가는 모용혜였다.

"여기 이분은 무당의 신룡이라 불리시는 진천 도사님."

"만나 뵈서 영광입니다. 무당의 진천이라고 합니다."

"그러시군요. 바, 반갑습니다."

마지막으로 남은 조방.

그런데 소개는 안 하고 자꾸 쭈뼛거리는 것이었다.

"무어냐?"

"여긴 상산조가의 조방 공자님."

"처음 뵙겠습니다! 상산조가의 조방이라고 합니다. 앞으로 잘 부탁드리겠습니다."

"그래요. 반갑소."

딸의 반응이 조금 수상하였지만, 몸이 급격히 피로해져 신경을 끊었다.

사람들과 인사를 마치고 모용승은 피곤한 얼굴로 말했다.

"다들 이렇게 우리 가문을 찾아 주셔서 정말 고맙소. 미안하오만 내가 지금 몸이 좋지 않아 잠시 실례를 해야 할 것 같소."

"아닙니다. 어서 가서 쉬십시오."

"고맙소. 의선. 이렇게 먼 길까지 와 주셔서 정말 고맙습니다."

"허허, 아닙니다. 내일부터 본격적으로 치료를 시작할 테니 오늘은 편히 쉬십시오."

"허허허, 알겠소. 천아, 이분들을 극진히 대접하거라."

"알겠습니다."

그리고 모용승은 하인들의 부축을 받으며 방으로 건너갔다. 그 후 모용천은 저녁을 대접하고 술자리를 가졌다.

관천은 내일 있을 치료를 준비하기 위해 먼저 자리를 떠났고, 모용혜는 아버지를 돌보겠다며 자리를 떠났다.

남은 남자들끼리 주거니 받거니 하고 있었다.

나이가 비슷해서 통하는 부분도 많고 해서 금방 친해진 네 사람이었다.

"하하하, 그러니까 혜아가 그랬단 말이지?"

"그렇다니까. 그런데 자네 아무렇지 않은가?"

"무엇이 말인가?"

"아니, 동생이 정인을 데리고 왔는데 크게 당황하는 기색이 없어서 말이네."

"뭐가 어떤가. 저기 조방 저 친구와 연이 되어서 서로 빠졌다면 그것이 다행이지. 생판 모르는 남자한테 시집가는 것보다 낫지 않는가."

모용혜가 모용천에게 먼저 조방을 소개했다.

처음에는 당황했지만 이내 고개를 끄덕이고 시원하게 받아들이는 모용천이었다.

어차피 시집을 보내려던 참이었다.

그런데 자기 맘에 드는 남자를 찾았으니 고민거리가 하나 준 것이 아닌가.

"조방, 이 친구 내가 봤을 땐 머지않아 중원을 호령할 것이야. 그러니 오히려 내 동생이 부족하지."

모용천의 말에 조방이 얼굴을 붉히며 손사래를 쳤다.

"아, 아닐세. 내, 내가 한참 부족하네. 그런 말 말게."

그 모습에 다 같이 웃었다.

모용천은 정말로 오래간만에 크게 웃었다.

그동안 집안도 어렵고 무공도 안 풀리고 거기에 아버지까지 병환에 저리 힘들어하시니 정신적으로 무척이나 힘들었었다.

그러던 차에 동생까지 가출을 해 버려서 정말 돌아 버리기 일보 직전이었다.

그런데 웬걸?

가출했던 동생이 용들을 데리고 왔다.

거기에 데려오기가 하늘의 별 따기보다 어렵다는 천공의 선까지 모시고 왔다.

천덕꾸러기가 가문의 행운을 가져다준 복덩이가 되었다.

거기에 이렇게 마음에 맞는 친구들까지 생기지 않았던가.

오늘따라 자신의 동생이 세상에서 가장 예뻐 보였다.

"그나저나 그동안 맘고생이 정말 심했겠구먼."

"하하, 이제 의선께서 아버님을 치료하시면 한결 나아지겠지."

"아니, 어쩌다가 모용세가가 이렇게까지 기울었는가?"

제갈군의 물음에 모용천은 이마를 찡그렸다.

"미, 미안하네. 내가 실례를 하였네."

그 모습에 재빨리 사과하는 제갈군이었다.

"하하, 아닐세. 잠시 빌어먹을 놈들이 생각나서……."

"응? 빌어먹을 놈들?"

"하아, 사실 오래전에 이상한 놈들이 요녕에 나타났네. 요녕땅 전부 우리 영역도 아니고 그래서 그냥 지켜만 보았지.

그런데 이놈들이 점점 세를 확장하더군."

모용천은 정체를 알 수 없는 자들에 대해 이야기를 계속했다.

"지금 그들은 자신들을 요녕의 패자라고 선포했네. 마영문 (魔靈門)이라 문파 이름까지 지었더군."

"마영문?"

제갈군은 고개를 갸웃거렸다.

아무리 생각해도 처음 듣는 이름이었다.

"갑자기 등장했음에도 엄청 강한 놈들일세. 사사건건 우리와 부딪쳤지. 그 결과…… 지금 이 상태라네."

"그 정도인가? 천하의 모용세가가 힘겨워 할 만큼?"

제갈군의 질문에 고개를 끄덕이는 모용천이었다.

"그들은 무서운 속도로 세력으로 불리고 있네. 사실 언제여길 쳐들어올지 그게 가장 걱정이네. 지금 쳐들어온다면…… 우리 가문은 끝이겠지."

순식간에 분위기가 무거워졌다.

"그래서 혜아를 빨리 시집보내려 한 걸세. 세가의 앞날을 장담할 수 없으니 말일세."

모용천의 말에 다들 심각한 표정이 되었다.

"우리가 돕겠네."

제갈군의 말에 모용천이 깜짝 놀라며 고개를 들었다.

"그, 그게 무슨 말인가?"

"하하, 이 사람. 친구 좋다는 게 뭔가? 서로 돕고 그래야지."

"맞네! 자네 말이 맞아! 돕고 살아야지. 나도 돕겠네!"

"나는 뭐 한 가족이니 당연히 도와야지."

"자, 자네들."

친우라고는 하지만 오늘 만나 오늘 사귄 아직 하루도 지나지 않은 관계였다.

그런데 죽을지도 모르는 일에 기꺼이 돕겠다고 나서는 것이다. 그동안 맘고생 했던 모든 것이 순식간에 쓸려 내려가는 기분이었다.

"크윽. 고, 고맙네."

억지로 울음을 삼키며 대답하는 모용천이었다.

"자, 자, 침울한 분위기는 그만하고 술이나 드세. 오늘은 아무도 못 나가네. 밤새워 마셔야 하니."

"좋네! 내 오늘 우리 집안의 술 창고를 동내는 한이 있어도 자네들과 함께하겠네."

"오! 그 말 꼭 지켜야 하네! 하하하."

모용천에게는 정말 행복한 밤이 지나가고 있었다.

❧

상락 운가장.

천룡은 한가로이 차를 마시고 있었다.

그때 하인 한 명이 다급하게 천룡을 찾았다.

"장주님!"

"무슨 일인가?"

"황궁에서 사람이 왔습니다!"

"뭐? 황궁에서?"

"네!"

"어서 이리로 모셔라."

"네!"

잠시 후, 모습을 드러낸 것은 다름 아닌 조천생이었다.

"하하, 조 가주였구려."

"주군! 신 조천생 주군께 인사드리옵니다."

그러면서 부복하려고 하였다.

"하지 마시오. 우리 사이에 자꾸 그렇게 하실 필요 없소."

천룡의 말에 조천생이 허리를 깊게 숙이며 말했다.

"감사합니다. 소신 언제나 주군께 죄스러울 뿐입니다."

"하하, 무엇이 그리 죄스럽단 말이오? 내 명령을 충실히 이행하기 위해 황궁에서 열심히 일하고 있으니 오히려 내가 고마워해야지."

"그렇게 생각해 주시니 소신 감읍할 따름이옵니다."

그렇게 한참을 서로 안부를 물으며 보냈다.

"그런데 어쩐 일이시오?"

"황상께서 주군에게 전하는 말씀이 있습니다."

"나에게? 무슨 일이 있소?"

천룡의 물음에 조천생이 잠시 머뭇거리더니 조용히 말을 했다.

"국경을 순회하신다고 합니다. 그런데 믿을 수 있는 사람이 주군뿐이라며 반드시 모셔 오라고……."

"북방? 아니, 그 험한 곳을 왜?"

"요새 국경 쪽 상황이 수상하다고 합니다. 그런데 폐하께서는 보고서를 믿지 못하겠다며 직접 가서 보고 오시겠다고 고집을 부리고 계십니다. 문제는…… 주군께서 단단히 경고하고 가셔서 반대하는 신하들이 없다는 것이지요."

조천생의 말에 천룡이 이마를 짚었다.

황제 말 잘 들으라고 한 말이 이런 결과를 가져온 것이다.

어쩌겠는가. 가야지.

"알았소. 내 준비하라 이르겠소."

"감사합니다. 주군."

천룡은 하인에게 제자들을 불러오라 시키고 조천생과 담소를 나누었다.

얼마간의 시간이 지나자 제자들이 문을 열고 들어왔다.

"부르셨습니까?"

"응. 그래."

"어? 조 가주님 오셨구려."

"하하, 반갑습니다. 도련님들."

"하하하, 이거 간만이오. 혈색을 보니 그간 잘 지내신 것 같아 안심되는군요. 그런데 무슨 일입니까?"

"황궁에 좀 가야겠다."

"네? 또 어떤 놈이 역모를 꾸몄답니까?"

"아니. 황제께서 국경을 순방하신단다."

그 소리에 다들 놀랐다.

국경이 얼마나 위험한 곳인데 그곳을 순방하신단 말인가?

"그래서 나를 찾으시는 거고."

이해가 되었다.

"알겠습니다. 준비하도록 하겠습니다."

다들 우르르 나가자 조천생이 웃으며 말했다.

"여전하시군요. 주군께서 어딜 가시면 꼭 따라가시는 것도요."

"혼자 간다고 하면 난리가 날 겁니다."

"허허허, 그만큼 주군을 좋아하시는 거 아닙니까. 저도 언젠가는 그런 날이 오겠지요?"

"그, 그렇지요?"

"어서 그날이 왔으면 좋겠습니다. 지금은 그저 황궁을 가는 가까운 거리만 가지만 언젠가는 항시 주군 곁에 머무는 그날을 기대합니다."

"하하하, 마음만이라도 고맙소. 오늘은 우리 오랜만에 만났으니 실컷 마셔 봅시다."

"알겠습니다. 소신 쓰러질 때까지 마셔 보겠습니다."

"하하하. 자, 자, 나갑시다."

∽

대막의 혈천교 본단.

천마대제의 기운을 흡수한 후에 강해진 모습의 군사가 폐관에서 나온 은마성을 만나러 가고 있었다.

그의 걸음에는 자신감이 가득했다.

언제 보아도 즐거운 탱탱한 피부와 검은 머리카락.

무려 천마대제의 힘을 흡수했으니 교주도 이제 자신을 함부로 할 수 없다는 자신감도 들었다.

'크크크, 이 몸 안에서 샘솟는 엄청난 마기라니. 이 정도면 교주와도 비벼 볼 만하지 않은가.'

자신이 아는 교주의 경지라면 해 볼 만하다고 생각하는 군사였다.

그렇게 도착한 교주전.

역시나 교주는 세상 느긋한 표정으로 누워 있었다.

"신, 방염. 교주님을 뵈옵니다."

예전처럼 쇳소리가 긁히는 목소리도 아니었다.

이제 중후한 목소리가 나왔다.

한편 느긋하게 오침을 즐기려던 교주는 낯선 목소리에 깜짝 놀라며 일어섰다.

처음 보는 놈이 자신에게 알은척을 하지 않는가.

게다가 몸 안의 기운이 만만치 않았다.

"누구냐? 내 수하 중에 너처럼 강한 놈은 없었는데?"

긴장한 듯한 교주의 모습에 군사는 쾌감을 느끼고 있었다.

이래서 사람들이 힘을 갈구한다고 생각했다.

군사가 한쪽 입꼬리를 올리며 말했다.

"하하, 소신이옵니다. 교주님의 충실한 수하 방염."

"뭐? 누구라고?"

은마성은 믿기지 않는 표정으로 자신을 군사라 말하는 자를 바라보았다.

"그러니까 자네가 군사라고? 내가 아는 그 군사 방염?"

"하하하. 네, 맞습니다. 제 모습이 좀 많이 변했죠?"

군사의 말에 은마성이 진중한 표정으로 물었다.

"어찌 된 것이냐? 그 몸은 무엇이고, 그 힘은 또 무엇이냐?"

은마성의 물음에 군사가 웃으며 답했다.

"유마회혼대법."

"그것이 무엇이냐?"

"죽은 자의 힘을 불러오는 것이지요. 성공할 확률이 1푼도 되지 않아 위험하긴 하지만……. 그 위험을 감내한 보람이 있군요."

약간 건방져진 말투로 말하는 군사.

그것이 은마성의 심기를 건드렸다.

"살짝 거만해진 것 같은데?"

그러면서 고개를 삐딱하게 꺾었다.

이 정도 경고를 날리면 지금쯤 부복을 하고 덜덜 떨어야 정상이었다.

그런데 웬걸.

"하하하, 힘이 생기니 살짝 그런 것이 없잖아 있는 것 같습니다."

"같습니다?"

"교주님, 저도 이제 어엿한 교의 무력이 되었습니다. 전처럼 절 그리 대하시면 곤란하지요."

"하하, 재밌네. 얼마나 강해졌는지 비무라도 해볼까?"

군사의 눈이 반짝였다.

누구보다 원하던 대답이었다.

"하하, 신이 어찌 감히."

일단 한 번 튕겼다.

"아냐, 아냐. 한번 해보자."

"하하, 그럼 소신은 명을 받들겠습니다."

"좋아. 지금 당장 하지."

은마성의 말에 군사는 입꼬리를 비틀며 자신이 얻은 마기를 방출했다.

"크크크, 교주님 죄송합니다. 제가 아직 힘 조절이 잘되질 않아서 말입니다."

온몸에서 넘실거리는 거대한 마기.

이제 교주가 당황하며 장난이라고 말하길 기다렸다.

그런데.

"오, 마기가 참 멋지네. 우리 군사 정말 강해졌네."

자기 생각과는 다른 말이 나왔다.

하지만 전처럼 곧바로 자신을 공격하지 않는 걸 보니 교주
도 나름대로 긴장하고 있다고 여겼다.

하지만 그것은 커다란 착각이었다.

퍼억-!

"커억!"

순식간에 목덜미를 잡힌 군사였다.

"우리 군사가 장난이 과하네."

"끄윽! 꺽!"

숨이 막혀 왔다.

군사는 자신이 내뿜을 수 있는 최대치의 마기를 뿜어냈다.

그런데 교주의 몸에서 미증유의 마기들이 흘러나왔다.

정말로 저 심연 깊은 곳에서 올라온 듯한 진한 마기가.

온몸에 소름이 돋았다.

경지가 높아지고 나니 지금 교주의 몸에서 나오는 마기가
얼마나 엄청난 것인지 알게 된 것이다.

'크윽. 내, 내가 무슨 짓을…… 겨우 천마대제로는 교주의

상대가 안 되는구나.'

파악-!

털썩-!

"쿨럭쿨럭!"

바닥에 널브러진 군사는 기침을 계속해 댔다.

그런 군사에게 은마성이 자세를 낮추며 눈을 마주쳤다.

온통 검은색으로 변한 눈동자.

"재롱으로 넘기는 것은 이번 한 번뿐이다."

은마성의 말에 군사는 정신없이 고개를 끄덕였다.

은마성은 만족한 듯 미소를 지으며 고개를 까닥였다.

나가 보라는 소리다.

군사는 부복했다.

"요, 용서해 주셔서 감사합니다."

"군사니까 봐준 거야. 다음부턴 국물도 없다."

"추, 충!"

그리고 다급히 뒷걸음질을 치며 밖으로 나갔다.

군사가 사라진 후에 은마성이 깊은 한숨을 내쉬었다.

"휴우, 저놈이 저런 짓을 꾸밀 줄이야. 그분께서 새로이 마기를 주지 않으셨다면…… . 생각만 해도 끔찍하군."

온몸을 부르르 떨며 다시 자리에 눕는 은마성이었다.

제三장

북경 자금성.

세상에서 가장 거대하고 웅장한 궁궐에 천룡 일행이 모습을 드러냈다.

천룡의 모습이 보이자 관리들이 기겁하며 고개를 깊숙이 숙였다.

하나같이 공포에 질린 얼굴로 천룡 일행을 바라보았다.

하나같이 모두 똑같은 반응이었다.

내관들은 기절하는 자들까지 나왔다.

"나 참나. 누가 보면 내가 무슨 괴물이라도 되는 줄 알겠어."

"허허허, 너무 마음 쓰지 마십시오. 덕분에 황상께서 편안히 국정을 보고 계시지 않습니까."

"맞아요, 아버지. 너무 신경 쓰지 마세요."

조천생과 무광이 옆에서 위로했다.

천룡이 걷다가 금의위로 보이는 복장을 보고 손을 까닥였다.

"히익!"

화들짝 놀라는 금의위.

재빨리 달려와 부복을 하며 외쳤다.

"사, 상국 전하를 뵈옵니다!"

그런 금의위에게 말했다.

"가서 지휘사 오라 그래."

"네? 네! 아, 알겠습니다."

벌떡 일어나 자신이 낼 수 있는 최대한의 속도로 달려가는 금의위였다.

그리고 다시 걸음을 옮겼다.

한참을 들어가니 저 멀리 황제가 환한 미소를 지으며 걸어오고 있었다.

누가 봐도 자신을 마중을 나오고 있었다.

천룡과 제자들이 재빨리 앞으로 다가가 부복하며 외쳤다.

"황제 폐하를 뵈옵니다. 만세 만세 만만세!"

그런 천룡을 재빨리 부축하며 일으켜 세우는 황제였다.

"하하, 상국. 이러지 않으셔도 된다고 하지 않았소."

"감사합니다. 폐하."

천년부적
운가장

"그래. 잘 지내시었소? 어찌 연락 한 통이 없는지……."

"죄, 죄송하옵니다. 소신은 잘 지냈사옵니다."

그동안 편지 한 통 없는 것이 내심 서운했었나 보다.

"다음부턴 꼬박꼬박 소식 전해 올리겠습니다."

"하하, 알겠소. 꼭 전해 주셔야 하오. 안 그러면 내가 상국이 있는 곳으로 쳐들어갈지도 모르오."

"하하…… 네."

"자, 자. 먼 길 오느라 고생하시었소. 갑시다. 내 거나하게 차려 놓으라고 했으니 오늘은 배불리 먹고 마셔 봅시다."

"망극하옵니다."

"또, 또! 내가 그 말은 하지 말라고 하지 않았소."

"하하, 알겠습니다. 가시지요. 소신 배고프옵니다."

"헉! 그러시오? 어, 어서 갑시다. 여봐라, 뭐 하느냐 상국을 모시지 않고!"

"네이!"

황제는 행복한 미소로 연신 천룡을 챙기며 자리를 옮겼다.

황제와 만찬을 즐기고 방으로 돌아오니 금의위의 수장 지휘사가 문 앞에 대기하고 서 있었다.

"신 지휘사 적운, 상국 전하를 뵈옵니다. 천세 천세 천천세."

"아, 이런. 내가 불러 놓고 깜박했군. 미안하네."

"아, 아닙니다. 신도 방금 왔습니다."

"거짓말하지 말게. 미안한 것은 미안한 거지. 자, 자. 들어가세."

"망극하옵니다. 전하."

지휘사와 같이 방 안에 들어간 천룡은 그를 자리에 앉히고 식탁에 준비된 술병을 들었다.

"한 잔 받게나. 내 사과의 잔을 주겠네."

"성은이 망극하옵니다."

지휘사의 말에 천룡이 고개를 저으며 말했다.

"성은이, 망극, 이런 말 하지 말게. 하아, 왜 폐하께서 그런 말을 하지 말라는지. 알겠군. 오글거려서 안 되겠어."

"하하, 알겠습니다. 전하."

지휘사에게 술을 따라 주고는 물었다.

"그래 황상께서 왜 국경을 순찰하려고 하시는 건가?"

"얼마 전에 황상께서 휴가를 온 국경수비대 장수를 위로하시겠다며 불렀사옵니다. 그리고 그자에게 고생이 많다며 원하는 것이 있으면 말하라고 하셨습니다."

"그런데?"

"그 장수가 자신은 다른 것은 필요 없고, 병력과 병참을 요구했다고 합니다."

"병력과 병참?"

"네. 문제는 폐하께서 알고 계시기로는 국경수비군에 항상 최우선으로 병력과 병참이 제공되는 것으로 알고 계셨지요. 보고도 그렇게 올라왔고요."

"그런데 그 장수가 그 얘길 하니 의심을 하고 계신 거군."

"네, 바로 그것입니다. 믿었던 것이 사실이 아닌 것으로 드러나니 화도 나시고 또……."

"또?"

"그 다른 장수들이 몰려와 황상께 그 장수의 말을 믿지 말라고 고했다고 합니다. 서로 협동을 해서 나라를 지켜도 부족할 판에 파벌을 만들어 서로 경계를 하는 모습을 보고 분노를 하셨습니다."

"하아, 그들도 국경수비 쪽인가?"

"아닙니다. 그들은 제7군단의 장군들입니다."

"7군단?"

"네. 이 나라의 북방을 지키는 정예 군단이라고 보시면 됩니다. 이 나라 최고의 군대지요."

"그런 놈들이 한마디로 폐하께 하극상을 벌인 거라 이거지? 왜?"

천룡의 목소리가 음산하게 변하자 지휘사가 침을 꿀꺽 삼키며 대답했다.

"아직 원나라와 전쟁이 끝난 것이 아닌지라 저들은 북방에서 살다시피 한 자들입니다. 그러니 자연히 황궁 소식은 느릴 수밖에 없습니다. 전대 폐하께서 승하하실 때 저들은 진군 중이었고, 전쟁을 끝내고 와서야 황제가 바뀐 사실을 전해 들었을 겁니다. 현 황제를 만난 적도 없고 현 황제에게 뭘 받은 적도 없으니 충성심이 있을 리 없지요."

"아니, 군인이 그러면 어찌하나. 군인들에게 주군은 황상 아니신가?"

"그렇긴 하지만, 북방 쪽에서 전쟁하는 장군들은 상대적으로 충성심은 그다지 크지 않습니다. 그들이 그곳에서 저리하는 것은 단순히 전쟁이 좋아서거나 아니면 황제가 아닌 자신의 이익을 위해서 싸우는 자들이 더 많으니까요. 전쟁에서 이길 때마다 그들에게 주어지는 포상금이 어마어마합니다. 그것이 저들을 움직이게 하는 원동력이지요."

"그래서 지금 황상께서 명을 해도 저들은 시큰둥할 거라는 거야?"

"그, 그렇습니다. 솔직히 폐하께서 그들이 명을 지키는지 안 지키는지 알 길도 없는데 저들이 따르겠습니까?"

"걔들은 무슨 배짱으로 그러는 거지? 다른 이들은 지금 황상의 말이라면 죽는 시늉까지 하잖아."

천룡의 물음에 지휘사가 조심스럽게 답했다.

"가장 큰 이유는 그, 그들은…… 사, 상국 전하를 모르옵니다. 그것이 가장 큰 이유라 생각하옵니다."

"나?"

"그, 그렇습니다. 지금 궁에 있는 대신들은 상국 전하의 위명을 잘 아는 자들입니다. 그러니 다들 상국 전하의 눈치를 보며 황상께 충성을 다하는 것이지요. 하지만 장군들은 아닙니다."

"날 왜 모르지?"

"상국 전하께서 이곳에 계실 때 아까 말씀드렸다시피 저들은 원의 잔당을 처리하러 북쪽으로 출정을 했던 터라……."

"아항, 그래서 지금 저렇게 기어오르는 거구나? 대장군은?"

"대장군께서 아직 모르시옵니다."

"왜? 그놈이 모르면 어떡해?"

"대장군은 지금 남방으로 순방을 떠나셨습니다. 그래서 아직 현 상황을 모르시는 것 같습니다."

"하아, 일단 알았다. 내일 폐하와 이야기해 보고 다시 의논하자."

"네. 알겠습니다."

그 뒤로 자잘한 이야기를 하다가 지휘사를 돌려보낸 천룡.

"하아, 아무래도 내가 직접 가서 해결해야 할 것 같은 기분이 든다. 덕분에 이번엔 좀 오래 돌아다녀야 할 것 같구나."

"하하, 괜찮습니다."

"그나저나 간뎅이들이 부었네요."

"그러게 말입니다. 내일 교육하시려고요?"

태성의 말에 천룡이 이를 갈다가 고개를 저었다.

"일단 황상을 설득하는 것이 먼저다. 가뜩이나 먼 거리를 다녀와야 하는데 황상까지 가면 더 복잡해진다. 못 가게 막아야 해."

"설득되겠습니까? 말을 들어 보니 잔뜩 기대하고 있으신 모양인데."

"안 돼! 그래도 무조건 말려야 한다. 차라리 내가 가서 상황을 보고 오겠다고 해야겠어."

천룡의 말에 제자들은 심어로 대화하기 바빴다.

─이번은 요녕 쪽이구나.

─정말로 전 중원을 다 돌아다니시네요.

─딱히 여행 안 가도 되겠다. 이리 돌아다니시는데…….

─그러니까요. 그런데 요녕 쪽에 애들이 간 모용세가 있지 않아요?

─아, 맞네. 모용세가가 그쪽에 있구나. 애들 아직도 거기 있으려나?

─치료하는 동안은 있겠다고 했으니 아마 있을 겁니다.

─그럼 봐서 올 때는 같이 오면 되겠네.

─좋죠. 하하.

다음 날 아침.

천차문저
운가장

천룡은 일어나자마자 황제를 만나러 이동했다.

"폐하! 상국 전하께서 문안 인사 오셨사옵니다."

"오! 상국께서? 어서 뫼시어라."

"네이~."

드르륵-.

문이 열리고 옷을 갈아입던 황제가 환한 미소로 천룡을 반겨 주었다.

"하하하, 이거 상국께서 계시니 짐의 마음이 이리도 편할 수가 없습니다."

"감사합니다, 폐하. 소신이 방해가 된 것은 아닌지요."

"하하하, 아닙니다. 아니에요. 상국께서는 언제든지 오셔도 환영입니다."

의관이 모두 차려 입혀지고 황제는 그제야 천룡에게 걸어갔다.

"이렇게 이른 아침부터 어인 일입니까? 내가 보고 싶어서 오신 것은 아닐 테고?"

"아닙니다, 폐하. 소신은 그저 폐하를 뵈러……."

"정말이오? 하하하. 빈말이라도 너무 기쁘오. 그러지 말고 아침이나 같이 듭시다. 여봐라!"

"네이-!"

"상국과 함께 조반을 먹을 것이니 준비하도록 하여라."

"네이-!"

그리고 천룡 옆에 착 달라붙어서 천룡과 떨어질 생각을 않는 황제였다.

식사가 모두 차려지고 같이 자리에 앉아 식사하는데 황제가 자꾸 천룡에게 무언가를 주었다.

"이것도 드셔 보시오. 정말 맛있소."

"하하, 이건 살이 많아 토실토실하구려. 상국이 드시오."

"이것도, 저것도."

쉴 새 없이 천룡에게 음식을 주는 황제였다.

얼마나 천룡을 좋아하는지 알 수 있는 광경이었다.

"폐하의 은혜가 하늘 같사옵니다."

"하하하하, 그러면 자주 좀 오십시오. 내가 상국이 오기만을 얼마나 기다리고 있는 줄 아시오?"

"죄송합니다. 폐하."

"하하하, 아니오. 이렇게 와 준 것만으로도 짐은 아주 기쁘오. 하하."

그렇게 환한 분위기 속에서 식사가 마무리되었다.

"자, 이제 본론을 말해 보시오. 아침부터 짐을 찾아온 이유가 무엇이오?"

차를 마시며 천룡에게 묻는 황제였다.

"예. 폐하. 실은……."

천룡은 어제 지휘사를 통해 전해 들은 이야기를 모두 황제에게 말했고, 정말로 국경을 순방하실 것인지 의견을 물었다.

"그렇소. 이번 기회에 나의 군사들이 어떤 환경에서 있는지, 얼마나 고생을 하는지 이 두 눈으로 봐야겠소. 가는 길에 겸사겸사 백성의 생활도 좀 보고 말이오."

이미 마음은 벌써 순방길에 나서 있는 상태였다.

그런 황제를 보며 천룡은 조용히 한숨을 쉬고 말했다.

"저 역시 반대이옵니다. 폐하, 이번은 신에게 맡겨 주시지요."

"상국마저 반대하시는 것이오?"

"제가 생각하기에 그곳은 너무 위험합니다. 백성들의 생활이 궁금하셔서 암행을 나가신다면 신이 차후에 중원으로 폐하를 모시겠습니다."

천룡의 말에 황제는 침울한 표정으로 가만히 있었다.

사실 궁에만 있으니 답답해서 이번 기회에 세상 구경을 하려고 했다.

하지만 모든 대신이 만류하고 거기에 믿었던 천룡까지 반대하고 나서니 할 말이 없었다.

"상국 역시 그리 생각하시오?"

"네, 폐하. 신도 인간인지라 자칫 방심하여 폐하를 위험에 빠지게 할 수도 있사옵니다. 부디 통촉하여 주시옵소서."

황제는 천룡의 간곡한 부탁에 결국 마음을 돌리기로 마음먹었다.

"대신 그 약속 꼭 지키시오. 후에 중원에 나를 데리고 나가

준다는 약속."

"물론이옵니다, 폐하. 훗날 신이 꼭 폐하를 중원으로 모실 것입니다."

"그럼 이번 일은 모두 상국에게 맡기겠소. 그대가 하는 말이라면 나는 모든 것을 믿고 맡길 수 있소."

"신을 그리 높게 평해 주시니 감읍할 따름이옵니다."

"높다니요. 이것도 짐이 너무 낮게 평하고 있는 것을. 마음 같아서는 항상 내 곁에 두고 싶은데⋯⋯."

황제의 말에 식은땀을 흘리는 천룡이었다.

천룡의 말에 마음을 돌린 황제는 그다음 날 국경을 순방하는 것을 백지화한다고 말했다.

온 대신이 환호하며 '망극합니다'를 외쳤다.

그리고 그 누구보다 환호를 지른 자들은 바로 장수들이었다.

애초에 황제에 대한 충심도 그리 높지 않았을 뿐더러 황제가 등극하고 있을 때 이들은 전장에서 원의 잔당과 싸우고 있었다.

전투를 승리로 이끌고 왔는데 황제가 바뀌어 있었다.

그래서 황실이 어수선했고, 이들에게 그 어떤 포상도 내려오지 않았다.

결국, 이들은 군비에 손을 대게 된 것이다.

병참을 담당하는 자들이 모두 자신들과 연결되어 있었기

에 일을 처리하기는 쉬웠다.

거기다 황제가 등극한 지 얼마 되지 않아 기반도 없고 위엄도 없었던 때라 더 수월했다.

그 후 원의 잔당이 또 내려왔다는 얘기에 또다시 출정했고, 그사이 역모가 있었다.

어찌 됐든 황제에 대한 충성심이 아직 크지 않은 상태에서 자신들의 비리가 발각될 위기에 처하자, 이들은 대신들을 선동하여 순방을 결사반대한 것이다.

이들은 최악의 상황에는 자신들이 이끄는 군부를 가지고 협박을 할 생각도 하고 있었다.

자신들이 지닌 병력과 힘이면 충분히 북경을 점령할 수 있었기 때문이었다.

최악의 경우엔 정말로 황궁을 장악하고 황제를 자신들의 손아귀에 넣으려고 했다.

황제에 대해서도 이리 생각하는 자들이 상국의 지위에 있는 자를 무서워하겠는가?

아니었다.

한 무리의 장수들이 투덜거리며 궁 밖으로 향하고 있었다.

"제길, 그 상국인지 뭔지 하는 놈은 어디서 나타난 놈인지 알아?"

"나도 모르네. 전에 역모 사건에 큰 공을 세웠다고만 알고 있네."

"아니, 그런 거 말고. 정확한 정보를 아는 자가 없냔 말일세."

"상국 이야기만 나오면 다들 기겁을 하고 난리가 나는 통에 자세히 물어볼 수가 없었네. 다만……."

"다만? 뭔가? 뭔가 들은 게 있는 것인가?"

"내 지기 중의 한 명이 나에게 신신당부를 하더군."

"신신당부? 무슨?"

"상국 전하를 보면 무조건 엎드리고 그분이 죽으라면 죽는 시늉까지 하라고. 엄청 무서운 분이시라고 꼭 명심하라더군."

이 장수의 말에 다른 동료 장수들이 코웃음을 쳤다.

"자네도 참. 그런 허무맹랑한 이야기를 믿는단 말인가?"

"하하하, 그러게 말일세. 궁 안에서 냄새나는 서책이나 파는 인간들이야 겁이 많아서 조금만 무섭게 해도 벌벌 떨지 않던가. 하하하."

"그러게 말일세. 하하하."

"정말일세. 산을 부수고 하늘에 번개를 자유자재로 다루었다고 하더군."

"예끼, 이 사람아. 적당히 하시게, 적당히. 재미없네."

"자, 자, 잡설들은 그만하고 다들 알지?"

그 말에 다들 고개를 끄덕였다.

"상황을 보아하니 그 상국이라는 자가 황제를 대신해서 암행하러 갈 것 같아."

천하무적
윤가장

"알고 있네. 그러니 준비를 해야지."

"이번 기회에 우리의 무서움을 보여 주는 것도 한 방법이지 않겠는가?"

"그렇게는 한데……."

다들 고심을 하고 있을 때 장수 한 명이 손뼉을 치며 말했다.

"내게 좋은 방법이 있네."

"그게 무엇인가?"

"크크크, 요녕 쪽에 아는 지인이 있는데 그자에게 부탁하면 될 것 같네."

"지인?"

"마영문이라는 곳이 있는데 그곳의 문주와 내가 친분이 좀 있네. 그자에게 부탁해 보면 어떻겠나?"

"마영문? 그런 문파도 있는가? 내가 강호에 대해 좀 아는데 그런 문파는 처음 듣네."

"최근에 생긴 문파일세. 거기 문주가 날 찾아왔더군. 앞으로 잘 부탁드린다며. 하하."

"오호, 그래서?"

"뭘 그래서인가? 자주 만나서 이야기하다 보니 어느새 호형호제하는 사이가 되었지."

"하하, 이 사람. 정천호(正千戶) 지위를 그리 사용하고 있었구먼."

"뭐 어떤가? 누이 좋고 매부 좋은 것 아닌가? 하하하."

"좋네. 그럼 그자들에게 부탁하자 이거군."

"그렇지. 무림인이니 우리와 연관도 없고, 자연스럽게 저들에게 혼쭐을 내줄 수 있네."

"자네가 진행해 보게. 우리는 자네만 믿고 있겠네."

"하하하, 나중에 거하게 한잔 사야 할 걸세."

"이를 말인가! 하하하."

～

암행을 위해 북경을 떠나온 지 벌써 여러 날이 지났다.

천룡과 제자들은 요녕의 한 마을에 들어서고 있었다.

사방이 조용하고 을씨년스러운 마을이었다.

"뭐지? 기척은 느껴지는데 이 고요함은?"

"그러게요? 느껴지는 기운들이 전부 두려움에 떠는 것 같은데요?"

"이상하네?"

"이 시간이면 한창 농사일을 하고 있을 시간 아닌가?"

"뭔가 문제가 있어 보이는데요? 어찌할까요?"

천룡은 잠시 고민을 했다.

"아무리 생각해도 이상하다. 이곳은 정상이 아니야. 내가 명색이 상국인데 그냥 가는 것은 아닌 것 같다."

그러더니 주변을 두리번거렸다.

한 꼬마 아이가 천룡과 눈이 마주치면서 재빨리 도망가기 시작했다.

태성이 순식간에 이동해서 꼬마 아이를 낚아채 왔다.

"으아악!"

깜짝 놀라 비명을 지르는 꼬마를 조심히 내려놓는 태성이었다.

"우리 무서운 사람들 아니다. 진정하거라."

그러면서 청량한 내기를 아이의 몸속에 주입했다.

아이는 마음이 편안해지는 것을 느끼며 서서히 입을 닫았다.

그때 한 무리의 성인 남자들이 농기구를 들고 뛰어나왔다.

다들 오들오들 떨면서도 아이에게 시선을 떼지 않았다.

"아, 아이를 놔주시오!"

"더는 아이들을 보낼 수 없소! 아이들을 데려가려거든 우리를 모두 상대해야 할 것이오!"

보아하니 다들 어찌나 못 먹었는지 피골이 상접했다.

천룡이 포권을 하며 말했다.

"경계하지 않으셔도 됩니다. 그저 지나가는 과객일 뿐입니다."

그러나 사람들은 여전히 농기구를 들고 경계했다.

그러다 사람들 사이로 한 노인이 절뚝거리며 걸어 나왔다.

대충 깎은 나무에 몸을 지탱하며 힘겹게 입을 여는 노인이었다.

"나, 나는 이곳의 촌장이오. 저, 정말로 그냥 지나가는 중이시오?"

촌장의 말에 천룡과 제자들이 고개를 끄덕였다.

촌장은 천룡 일행을 천천히 살펴보았다.

아무리 봐도 지금까지 자신들을 괴롭히러 온 자들과는 복장 자체가 달랐다.

귀하게 자란 모습들.

촌장이 고개를 끄덕이며 말했다.

"그런 것 같군요. 공자님들, 이곳은 위험하오니 어서 큰 고을로 이동하시지요."

낯선 사람을 경계하더니 이제는 자신들을 걱정하고 있었다.

"촌장님! 저들을 어찌 믿고……."

촌장이 손을 들어 방금 말한 사람을 제지했다.

"아니다. 저분들은 그 악마들이 아니야. 비켜 드려라."

촌장의 말에 사람들은 쭈뼛거리며 길을 터 주기 시작했다.

하지만 천룡은 촌장을 향해 걸어갔다.

그리고 촌장에게 포권을 하며 말했다.

"배려에 감사드립니다. 그런데 무슨 일이 있는 것입니까?"

천룡의 물음에 촌장이 주변을 두리번거리더니 한숨을 쉬

며 말했다.

"후우, 그대들이 알아봐야 소용없소. 그러니 그냥 신경을 쓰지 말고 가시오."

천룡은 다시 말했다.

"혹시 압니까? 저희가 도울 일이 있을 수도 있지 않습니까?"

촌장이 고개를 들어 천룡의 눈을 바라보았다.

보고만 있어도 안심이 되는 눈빛이었다.

"오래간만에 보는 선한 눈빛이구려. 이 얼마 만에 보는 선의 가득한 눈빛인지……."

"누군가가 마을을 괴롭히는 겁니까?"

천룡의 물음에 촌장은 고민하였다.

그리고 결심했다.

"이야기가 길다오."

"어차피 이곳에서 하룻밤 머물러야 할 것 같은데 허락해 주시겠습니까?"

천룡의 말에 촌장이 고개를 끄덕였다.

"미안하지만 먹을 것은 없소……. 우리도 몇 날 며칠을 제대로 먹지 못한 터라……."

그 말에 천룡이 제자들을 돌아보며 말했다.

"가서 먹을 거 좀 구해 와."

말이 끝나기가 무섭게 고개를 끄덕이고 순식간에 자취를

감추는 제자들이었다.

그 모습에 마을 사람들이 모두 기겁을 하며 주저앉았다.

"허헉!"

"뭐, 뭐야! 사, 사라졌어."

"귀, 귀신!"

촌장 역시 놀란 눈으로 천룡과 방금 사람이 사라진 곳을
번갈아 봤다.

"저희는 무림인입니다. 그러니 놀라지 마십시오. 저 아이
들이 식량을 구해 올 것이니, 오늘은 다 같이 배불리 먹어 봅
시다."

천룡의 말에 사람들은 긴가민가한 표정으로 섣불리 움직
이지 않았다.

"뭣들 하느냐! 공자께서 말씀하시지 않느냐. 어서 불을 피
우고 준비를 하여라. 장 씨는 사람들 데리고 가서 공자님들
주무실 빈집 청소하고."

"아, 알겠습니다."

촌장의 말에 사람들은 입가에 미소를 머금고 서두르기 시
작했다.

"공자님, 잠시 어수선하더라도 이곳에서 기다려 주시길 바
랍니다. 정리되는 대로 모시겠소이다."

"하하, 아닙니다. 그럼 이야기는 여기가 좀 정리되면 그때
듣지요."

"고맙소."

촌장이 희미한 미소를 지으며 불편한 몸으로 사람들을 지휘하기 시작했다.

간만에 마을에 활기가 가득 찼다.

꿇

천룡이 머무는 마을에 밤이 깊었다.

무광과 사제들이 잡아 온 엄청난 양의 멧돼지, 사슴들을 온 마을 사람들과 함께 구워 먹고, 오래간만에 배를 든든히 채운 마을 사람들은 천룡 일행에게 감사 인사를 했다.

사람들이 모두 각자 집으로 돌아가고 조용해진 마을.

깨끗이 청소된 빈 집에 천룡 일행과 촌장이 자리했다.

"오늘은 정말로 감사했습니다. 덕분에 얼마 만인지 모르게 포식했습니다."

"아닙니다. 배불리 드셨다니 다행입니다. 하하."

"은인분들께 이런 누추한 집밖에 제공해 드리지 못하는 것이 정말 죄스럽습니다."

"너무 신경을 쓰지 마십시오. 노숙하는 거에 비하면 여긴 대궐인데요, 뭘. 그나저나……."

천룡이 잠시 뜸을 들이자 촌장이 미소 지으며 말했다.

"궁금하시군요. 잊은 줄 알았는데."

"죄송합니다. 말하기 싫으면 하지 않으셔도 됩니다."

"허허, 아닙니다. 단지…… 그다지 재밌는 이야기는 아니라서…… 괜스레 마음만 싱숭생숭하게 만들어 드릴까 봐 그러는 게지요."

"아까 보니 농사를 짓는 마을인데 곡식이 하나도 없는 것 같고…… 마을에 아이가 아까 그 아이 하나뿐인 것 같더군요."

"제대로 보셨소이다. 하아…… 사실 저희 마을은 이 근방에서도 규모가 꽤 되는 마을이었소이다. 이곳을 지나는 과객분들도 꽤 많아 나름 유명한 객잔도 있었고."

입구에 있던 다 무너져 가는 건물이 그거였나 보다.

"그들이 나타난 후로 모든 것이 바뀌었습니다."

"그들?"

"그렇소. 어느 날 나타나 아이들을 유혹했소. 무공을 가르쳐 주겠다며, 강호에 나가서 꿈을 펼쳐 보지 않겠냐고."

"납치를 한 건 아니군요."

"네. 알다시피 이런 시골 마을에 사는 아이들은 강호에 동경심이 강하다오. 그런데 정말로 무공을 쓰는 사람들이 나타나 무공을 가르쳐 주겠다는데 동하지 않은 아이들이 어딨겠소이까? 어른들도 혹하는 마당에……."

"그래서요?"

"아이들이 하나둘씩 무공을 배우겠다며 그 사람들을 따라가더군요. 그런데 따라간 아이들이 돌아오질 않는 것이었습니다. 그래서 어느 날 호기심에 몰래 따라가 보았소."

촌장은 그 말을 하며 두려운 표정을 지었다.

"아이들을 어느 절벽 아래 공간으로 데려가는데 일반 사람
은 내려갈 수 없는 깊이였소. 줄에 매달아 한 명씩 절벽 아래
로 내려보내더이다. 얼핏 절벽 아래에서는 아이들 비명도 간
혹 들려왔고."

촌장이 부르르 떨면서 말했다.

"그곳에 다른 곳에서도 데려왔는지 수많은 아이들이 준비
를 하고 있었소. 그러다가 한 아이가 자신은 집에 가겠다며
다른 곳으로 달려갔는데……."

그 말을 하며 촌장이 손바닥으로 얼굴을 가리며 비통한 목
소리로 말했다.

"고민도 없이 아이의 목을 치더이다…… 아, 아직 아무것도
모르는 아이를…… 그때 그 남자의 눈은…… 잊을 수 없소."

"뭐라? 그런…… 빌어먹을 놈들이 있단 말이오!"

"이런 빌어먹을 천벌 받을 새끼들! 거기가 어디요!"

촌장의 말에 무광과 태성이 분노하며 벌떡 일어났다.

"일단 앉아라. 끝까지 들어 보자."

천룡의 말에 무광과 태성은 분이 가라앉지 않아 앉지도 못
하고 씩씩거리며 촌장의 말을 계속 들었다.

"나는 겨우겨우 그곳을 빠져나왔소. 그리고 마을로 왔는
데…… 그자들이 와서 마을의 모든 아이와 식량을 전부 털어

갔소. 반항하는 자들은 몰매를 놓고…… 나도 그때 심하게 맞아 지금 이렇게 된 거요."

그러면서 자신의 다리를 바라봤다.

기형적으로 틀어진 다리였다.

그 모습에 다들 얼굴이 시뻘겋게 변한 채 아무 말도 못 하고 있었다.

"관에 신고를 해 보셨습니까?"

"허허허, 관이라…… 그들도 같은 놈들이오."

"네? 그게 무슨?"

"그놈들이 마을을 다 털어 가고 며칠 뒤에 관군이 왔었소. 마을 장정들은 반색하며 달려 나가 관군들에게 우리의 사정과 억울함, 그리고 그들을 벌해 달라고 사정했지요."

"그들이 안 도와주었습니까?"

"도와줘요? 허허, 오히려 죽지 않은 걸 다행으로 알라며 귀찮아하더군요. 그러더니 세금을 걷으러 왔다며 그나마 남아 있던 식량까지 모두…… 크흐흑."

얘기하다가 서러움이 복받쳐 올라왔는지 울음을 터트리는 촌장이었다.

"크으흐흑—! 관도 똑같은 놈들이오! 우리 같은 백성들은 관심이 없소! 도대체 나, 나라님은 무엇을 하는 것이오! 이렇게 백성들이 고통에 빠져 있는데! 천자께서는 무엇을 하는 것이오! 흐흐흑!"

닭똥 같은 눈물을 흘리며 대성통곡하는 촌장이었다.

"우리가 무엇을…… 무엇을 그리 잘못하였길래 이런 고통을 받아야 하오! 공자님들…… 세상은 왜 이리 불공평한 것이오. 하늘은 또 무엇을 한단 말이오. 악인들은 언젠가 벌을 받는다고 하는데 그게 도대체 언제요! 그게…… 언제란 말이오……."

울분에 쌓인 목소리가 방 안을 가득 채웠다.

천룡과 제자들은 주먹을 꽉 쥔 채로 그저 묵묵히 듣고만 있었다.

촌장은 한참을 그렇게 울고는 숨을 골랐다.

"미, 미안하구려. 내가 잠시 감정이 격해졌소……."

"괜찮습니다. 저희가 괜한 것을 물었군요. 죄송합니다."

"아니오. 이렇게라도 말하니 속이 좀 후련해지는구려. 허허."

그런 촌장에게 무광이 불쑥 얼굴을 들이밀며 말했다.

"그놈들 정체가 무엇인지 아시오? 그 절벽이 어딘지도 알려 주시오."

"무슨?"

갑작스러운 말에 촌장이 당황했다.

"천벌이라는 것은 정말로 존재하오. 악은 언젠가 벌을 받는 것도. 그러니 상심하지 마시고 그놈들 정보와 위치를 말해 주시오."

촌장은 당황하여 눈을 굴리다가 이내 미소를 짓고 말했다.

"공자께서 안다 해도 별수가 없을 것이오. 그들은 몇 년 전에 이곳에 자리를 잡은 문파요. 정확한 이름은 나도 모르오. 어디에 있는지도……. 그 절벽은 해가 뜨는 방향으로 십 리 정도 가면 산이 하나 나오는데, 그 산 안쪽으로 쭉 들어가면 협곡이 나타나오. 그 협곡을 쭉 따라 들어가면 거대한 소나무 한 그루가 있는 공터가 나오는데 바로 거기요."

촌장의 말을 잊지 않기 위해 계속 중얼거리는 태성이었다.

"관군은 어디 놈들이오?"

"요녕성 성주의 군이오."

"성주? 아니, 한 성을 다스리는 놈이 그런 짓을 한단 말이오?"

"아마도 그럴 것이오. 성주의 명에 의해 세금을 걷으러 왔다고 했으니……. 그래도 공자님들은 다른 자들과 다르군요."

촌장은 천룡 일행이 너무도 고마웠다.

"이 노인네 하소연 듣느라고 고생하시었소, 밤도 깊었는데 이만 쉬시오."

그러면서 일어나 문 쪽으로 걸어갔다.

문을 열고 나가며 말했다.

"혹여라도 그들과 상대하려 하지 말고 그냥 가던 길 가시오. 이건 고마움에 공자들에게 주는 충고요. 몇몇 무인들이 도와주겠다며 갔다가 시체도 못 건졌소."

그러면서 촌장이 나갔다.

방 안은 잠시간 정적이 흘렀다.

쾅-!

파스슷-!

무광의 주먹에 탁자가 먼지가 되어 바스러졌다.

"이, 이런 찢어 죽일 새끼들이……!"

"사부! 어찌하실 겁니까?"

천룡이 눈을 감고 있다가 조용히 말했다.

"너희들은…… 그 절벽을 찾아라. 찾아서…… 실태를 정확하게 파악해라. 그리고 거기 있는 버러지 같은 놈들은…… 너희가 알아서 하고."

천룡의 말에 무광이 물었다.

"아버지는요?"

그러자 천룡이 눈을 떴다. 천룡의 눈빛을 본 세 제자는 자기도 모르게 뒷걸음질을 쳤다.

"나? 나는 성주 새끼 잡으러 가야지. 만약 정말로 성주가 이것을 명령한 것이라면……."

스산한 얼굴로 이를 가는 천룡이었다.

뒷말은 안 들어도 될 것 같았다.

그리고 새벽에 그곳을 떠난 그들.

촌장이 집을 찾아왔을 땐 이미 떠나고 없었다.

벽에 글씨를 새겨 둔 채로.

인과응보(因果應報).

세 제자는 촌장이 말한 방향으로 열심히 달리고 또 달렸다. 그랬더니 정말로 산이 나왔다.

촌장의 말대로 협곡을 따라 쭉 올라가니 거대한 소나무가 보였다. 그곳에 도착해서 보니 정말로 무인들이 경계를 서고 있었다.

─사형. 여기인가 봅니다.

태성의 전음에 고개를 끄덕이고 상황을 살펴보는 무광이었다.

─일단 지상에 있는 놈들부터 제압한다.

─죽일까요?

─아직 확실한 것이 아니니 일단은 살려 둔다.

다들 끄덕였다.

슈웅─ 팍─!

순식간에 지상으로 내려간 그들은 지상에서 경계하고 있던 경비 무사들을 순식간에 기절시켜 버렸다.

그 어떤 소음도 나지 않았다.

순식간에 삼십 명이 넘는 무사들이 짚단 넘어가듯이 넘어갔다.

경비 무사들을 모두 점혈까지 해서 완벽하게 제압을 한 뒤에 한 곳에 차곡차곡 쌓아 둔 후 절벽으로 다가갔다.

아래가 보이지 않을 정도로 깊은 절벽이었다.

중간에 안개가 끼어 있어서 안광을 집중해도 아래가 보이지 않았다.

청력을 극대화하자 깊은 곳에서 비명이 끝없이 들려왔다.

"사형, 아이들 비명입니다. 이렇게 처절하게 울부짖다니……."

"나도 들었다……. 그 촌장 말이 전부 사실이었다니……."

"으드득! 세상에 아이들이 무슨 죄가 있다고 이런 천인공노한 짓을……."

"사형들, 저 못 참고 저지를 것 같습니다. 말리지 마십시오."

이미 붉어질 대로 붉어진 눈으로 절벽 아래를 바라보는 태성.

무광이 말했다.

"말려? 그럴 일은 없다."

"세상에 존재해선 안 될 놈들이다. 네 맘껏 해라."

끄덕―!

고개를 끄덕이더니 절벽 아래로 뛰어내리는 태성이었다.

그런 태성을 따라 무광과 천명도 아래로 뛰어내렸다.

슈우웅―!

어찌나 깊은지 뛰어내린 지 한참이 지났음에도 바닥이 보이지 않았다.

짙은 안개를 지나자 그제야 바닥이 보이기 시작했다.

절벽 위를 보며 경계를 하던 경비 무사는, 안개를 뚫고 내려오는 세 명의 인영을 보고는 화들짝 놀라며 큰 소리로 외쳤다.

"뭐, 뭐야! 저, 적이다! 조, 종을 울려!"

"적이다! 종을 울려!"

"적이다!"

댕댕댕댕댕-!

댕댕댕댕-!

사방에서 울리는 종소리.

콰콰쾅-!

"크아아악!"

"커억!"

바닥에 착지하면서 주변에 있던 경비 무사들을 공격한 세 사람.

먼지가 자욱하게 피어올랐다.

"어디냐! 적들이 나타난 곳이!"

"저, 저기입니다."

얼굴에 커다란 상처가 있는 남자가 먼지가 자욱한 곳을 노려보며 말했다.

"어떤 겁 대가리 없는 놈들인지 모를 일이군. 뭣들 하나! 가서 준비하라고 해!"

"네!"

"절대로 여기서 살아나가게 해선 안 된다! 알겠나?"

"네!"

자욱했던 먼지가 걷히고 나타난 젊은 세 명을 보며 남자는 안심했다.

생각보다 젊었기 때문이었다.

'엄청난 고수가 온 줄 알았는데, 치기 어린 정의감에 뭉친 어린 놈들이었군. 다행히 쉽게 처리할 수 있겠어.'

그런 대장의 생각을 읽었는지 옆의 수하가 물었다.

"생각보다 어렵습니다. 그것들까지 동원하지 않아도……."

"닥쳐라! 방심해선 안 된다. 최선을 다해! 여기가 절대로 발각되면 안 된다!"

"네! 알겠습니다."

그리고 세 남자를 바라보며 말했다.

"어느 고인이신가 했더니 새파랗게 어린 애송이들이었군. 어쩌다가 여기까지 오셨나?"

"네놈 잡으러."

무광이 나직하게 으르렁거리며 답하자 대장이 웃으며 말했다.

"하하하하, 나를? 그거 오래간만에 듣는 재미난 농담이구나. 애송아, 내가 누군지 알고 그런 소리를 하는 것이냐?"

"네가 누군데? 죽기 전에 유언이라면 들어 줄게."

"하하, 입이 아주 예술이구나? 좋다. 곧 죽을 놈들. 누구에게 죽는지는 알고 죽어야겠지."

그러더니 품속에서 가죽 장갑을 꺼내어 손에 착용하는 남자였다.

"나는 싸움에서는 누구보다 진지한 사람이다. 그것은 성스러운 것이기 때문이지. 그것이 비록 애송이들일지라도."

"뭐라고 씨부리는 거냐?"

"크크크, 세상 사람들은 나를 백전투왕(百戰鬪王)이라 부르지."

"뭐?"

"크하하하! 이제야 좀 놀라는구나. 어떠냐, 이제 너희들이 무슨 짓을 한 것인지 감이 오느냐?"

그런데 돌아온 대답은 전혀 다른 방향이었다.

"뭐야? 낭왕(浪王)이었어? 난 또 무슨 엄청난 놈인 줄 알았네."

"그러게요. 저런 거 상대하는데 우리가 가는 것도 좀 그렇죠? 막내야, 네가 처리해라."

천명의 말에 태성이 사악한 미소를 지으며 말했다.

"물론 살려 놔야겠죠?"

"응. 그래야 어찌 된 것인지 상세히 들을 것 아니냐?"

"알겠습니다. 흐흐흐."

투왕은 잠시나마 당황했다.

그리고 태성이 혼자서 자신을 상대할 것처럼 앞으로 나서

자 조금 더 당황했다.

"뭐, 뭐냐! 내가 방금 말했을 텐데, 나 백전투왕이라고."

"응, 알아. 들었어. 칠왕십제 중 하나인 백전투왕. 낭인들의 왕이기도 해서 낭왕이라고도 불리고. 무공 수위는 칠왕십제 중에서 중하위. 권왕한테 뒤지게 얻어맞고 사라졌다더니 거기가 여기냐?"

태성의 신랄한 말에 얼굴이 빨갛게 변한 채 말을 더듬었다.

"너, 너 지금 무, 무슨 말을. 나는 백전투왕이다! 낭왕이라 부르지 마라!"

"아, 맞다. 낭왕이라는 별호(別號) 싫어하지? 그런데 네 좌우명이 승부가 날 때까지 도전한다는 거잖아? 그런데 왜? 권왕은 도저히 안 되겠디? 한 번 싸우고 튀게?"

태성의 말에 무광이 말했다.

"아! 어떤 미친놈이 덤비길래 죽기 일보 직전까지 밟아 준 적이 있다던데 그놈이 저놈이구나."

"그런 일이 있었습니까?"

"응, 웬 미친놈이 자기가 백전투왕이라며 덤볐단다. 천하제일인을 가려 보자며."

"정말 미친놈 맞네요."

"그러니 이런 곳에서 저 짓거리를 하고 있겠지."

투왕의 몸에서 김이 나올 것 같은 착각이 일 정도로 온몸이 빨갛게 변해 있었다.

"주둥이만 살아 있는 놈들이…… 네놈들은 절대 죽이지 않겠다. 살려서 두고두고 괴롭혀 주마."

이가 바스러져라, 악물고는 천천히 걸어 나오는 투왕.

"아, 새끼 더럽게 느리게 나오네. 미안, 내가 성격이 급해서."

퍼억-!

"커억!"

걸어 나오고 있는데 갑자기 시야에서 사라진 태성이 투왕의 복부에 주먹을 꽂아 넣었다.

"주둥이는 네가 살았네."

"커걱. 이, 이게 무, 무슨……."

엄청나게 당황한 표정으로 태성을 바라보는 투왕이었다.

"평소였으면 봐주면서 했을 텐데…… 내가 지금 좀 많이 화가 나서."

뿌아악-!

팔꿈치로 투왕의 관자놀이를 박살이 나도록 가격해 버린 태성이었다.

쿠다당탕-!

방금 그 한 방에 기절한 채로 축 늘어진 투왕이었다.

"야야, 죽이면 안 된다니까!"

"아, 기절만 시켰어요. 저 못 믿어요?"

"정말? 그런 것치곤 소리가 엄청났는데?"

"소리만 컸어요. 소리만."

그 모습을 지켜본 나머지 무인들이 주춤거리며 경악을 하고 있었다.

"마, 맙소사. 내가 뭘 본 거야!"

"대, 대장이 한 방에……."

"미, 미친! 이게 무슨 일이야!"

태성이 뒤돌아서서 경악하는 사람들에게 조용히 말했다.

"조용히 무릎들 꿇어라. 지금 꿇는 놈들은 특별히 살려 주마."

태성의 말에 다들 침을 꿀꺽 삼켰다.

그때.

크에에엑!

끄아아악!

쿠에에엑.

키이이이익.

소름 돋는 소리와 함께 나타난 정체불명의 괴생명체.

"크하하, 제때 와 줬구나! 저들을 모두 먹어 치워라!"

"미친놈아, 빨리 피해! 우리도 저놈들 공격 범위라고!"

괴생명체가 나타나자 공포에 질린 얼굴로 혼비백산해서 달아나는 무사들이었다.

"뭐야? 저게 뭔데, 나보다 더 무서워하는 거야? 사형들, 저게 뭔지 아세요?"

뒤돌아보니 무광은 모른다는 표정이었고, 그 옆에 천명은 무언가를 기억하려고 인상을 찡그리고 있었다.

짝—!

"천령강시!"

"뭐?"

"네?"

천명의 말에 무광과 태성이 화들짝 놀라며 되물었다.

"천령강시다! 저거 맞네. 천령강시!"

"미친, 그게 여기서 왜 나와? 그, 그럼 아이들을 그렇게 모은 것도?"

"이 새끼들 진짜 살려 둬선 안 될 새끼들이었네요! 그나저나 저거 어찌합니까? 저거 죽이지도 못하잖아요."

"일단 공격해 보자. 뭐라도 걸리지 않겠나?"

"네!"

비록 네 구밖에 안 되었지만 세 사람이 긴장했다.

천령강시(千靈僵尸).

천 명의 아이를 희생해서 그 피와 영을 혼합하여 만드는 강시다.

문제는 이 강시를 죽이려면 말 그대로 천 번을 죽여야 한다. 천 개의 영(靈)이 들어가 있기에 죽여도, 죽여도 계속 부활하는 것이다.

거기에 특이한 대법으로 명계의 힘을 빌려와 안에 불어넣었기에 몸이 잘려도 다시 붙어 재생하기까지 했다.

이 세상에선 존재하면 안 되는 마물이었다.

천명이 분노하며 말했다.

"저주받은 마물을 세상에 나오게 하다니! 사형, 이놈들을 절대로 세상에 나가게 해선 안 됩니다!"

천명의 말에 태성이 말했다.

"아니, 어느 세월에 저걸 천 번이나 죽이고 있어요! 그 전에 저희 내공 떨어져서 큰일 나요."

"일단 공격해 보자. 뭔가 방법이 나겠지."

그 말과 함께 무광이 주먹을 날렸다.

푸학-!

무광이 날린 강기에 강시들이 일제히 물러났다.

"허허, 이걸 맞고 버티네? 저건 좀 무서운데?"

보통 무인이었다면 공중분해 될 위력이었는데 강시들은 멀쩡하게 버텼다.

"칠검강파(七劍罡波)!"

보다 못한 천명이 자신의 검을 꺼내어 공격을 시작했다.

퍼퍼퍼퍽-!

사지가 모두 잘렸음에도 꿈틀거리고 있었다.

그러더니 잘렸던 신체가 서서히 복구되고 있었다.

"미친! 이것도 안 된다고?"

키에에에엑!

크르르르.

"머리를 노려봐요!"

태성은 강시들의 머리를 노렸다.

퍼억─!

수박 깨지는 소리가 들렸다.

그런데 웬걸 터졌던 머리가 재생하기 시작했다.

"미친! 시발, 이게 뭔……."

천명과 태성이 당황해서 어쩔 줄 몰라 하고 있을 때 무광은 강시들을 유심히 살폈다.

저들은 이지(理智)가 없었고 무엇보다 위험했다.

피아식별을 못 하면 저것은 그냥 재앙일 뿐이다.

그런 걸 공들여 만들 리가 없었다.

어딘가에 저것들을 조종하는 무언가가 있다고 생각한 무광이었다.

무광이 수상함을 감지하고 재빨리 사방에 기감을 펼쳐 주변을 살폈다.

절벽 쪽 작은 동굴에서 무언가가 느껴졌다.

청각을 강화하자 미약하게 무슨 소리가 들려왔다.

"옴마니옴무나페홈, 옴마니아르카다르파나."

"찾았다!"

무광이 동굴을 향해 몸을 날렸다.

"그럼 그렇지. 저런 마물들을 만들었다면 무언가 안전장치도 같이 만들었겠지."

갑작스러운 무광의 등장에 화들짝 놀라는 사람들.

그 모습이 기괴했다.

중요한 부위만 천으로 가린 옷차림에 목에는 거대한 묵주를 두르고 있었다.

눈은 검은자가 전혀 없었고, 머리는 면으로 둘둘 말아 덮고 있었다.

"어, 어찌 여길 알았지?"

"겨, 결계가 쳐져 있어 우리를 느낄 수 없을 텐데!"

그랬다.

이들은 강시를 조종하는 사람들이었고, 어느 한 곳에 결계를 치고 자리를 잡아 강시를 조종했다.

이들이 친 결계 역시 특수한 결계라 자신들의 기척을 완전히 가려 주었다.

그런데 그것을 무광이 발견하고 나타난 것이다.

사실 전의 무광이었다면 발견하지 못했을 것이다.

천룡과 함께 천의문에서 약초를 캐며 기감을 훈련했던 것이 여기서 빛을 발한 것이다.

"크크, 미세한 기만 있으면 찾아낼 수 있다. 이놈들아! 보아하니 천축(天竺) 놈들 같은데. 중원에서 뭘 주워 먹겠다고 기어 들어왔니."

무광의 말에 대꾸도 없이 남자들은 재빠르게 자신들의 손가락을 깨물어 피를 내고 손바닥에 알 수 없는 문자를 적었다.

그리고 무광을 향해 동시에 내밀며 외쳤다.

"사바하(娑婆詞)!"

외침과 함께 손바닥에서 핏빛 용의 형상을 한 무언가가 튀어나왔다.

그것을 보며 무광은 가볍게 손을 휘저었다.

파앙-!

푸학-!

자신을 향해 날아오던 혈룡이 순식간에 공중분해 되며 동굴 벽면 전체를 피로 뒤덮었다.

"주술을 쓰는 것을 보니, 천축의 밀교 놈들이구나!"

무광의 담담한 모습에 놀란 남자들이었다.

"헉! 어찌 저리 쉽게!"

"혈염룡이 저리 쉽게 사라지다니! 믿을 수 없다!"

당황하며 다시 뒷걸음질 치는 그들이었다.

"일단 네놈들을 죽이면 저 마물들을 어찌할 수 없으니 살려는 둔다."

무광의 말에 남자들은 서로를 바라보며 고개를 끄덕였다.

"과연 중원인가? 미안하지만 그건 당신 마음대로 되지 않을 것이오."

어설픈 중원 말로 자기 뜻을 말하고는 바닥에 무언가를 새기는 남자들이었다.

"훗날에 다시 봅시다. 크크크."

"뭐?"

무광은 무언가 심상치 않은 것을 느끼고, 그들을 잡기 위해 몸을 날렸다.

"사바하!"

펑—!

"크윽!"

갑작스러운 폭발에 깜짝 놀라 팔로 얼굴을 가린 무광.

하얀 연기가 동굴 전체를 덮었다.

팡—!

기의 파동으로 연기를 모두 몰아내고 남자들이 있던 장소를 다시 보았다.

그곳엔 아무도 없었다. 바닥에 알 수 없는 도형만이 그들이 그곳에 있었다는 것을 알려 주었다.

"뭐, 뭐야! 사, 사람이 이렇게 쉽게 사라진다고? 아니……
내가 꿈을 꾼 건가?"

무광은 허탈한 표정으로 방금 남자들이 있던 곳을 바라보았다.

한편 바깥에서 강시들과 혈투를 벌이던 천명과 태성은 갑자기 멈춘 강시들에 의아함을 보였다.

"뭐, 뭐지?"

"갑자기 움직임을 멈췄어요."

"우리의 공격이 먹힌 건가?"

"그, 글쎄요?"

어리둥절하며 강시들을 지켜보는 천명과 태성이었다.

그때 무광이 하늘에서 내려와 바닥에 착지하며 말했다.

"역시 내 생각대로 저것을 조종하는 놈들이 있었다."

"잡았습니까?"

"잡았으니 저들이 멈춘 거 아닐까요?"

둘의 물음에 무광이 고개를 저었다.

"아니, 못 잡았다."

"네? 아니…… 대사형의 손을 피해 달아날 정도의 고수란 말입니까?"

"아니. 밀교 놈들이다. 주술을 썼는지 순식간에 사라지더구나."

"네? 어디요?"

"밀교요? 아니, 걔들이 왜 여기서 나옵니까?"

"나도 모르지. 아무튼, 놓쳤다."

"그래서 저놈들이 움직임을 멈췄군요."

"어찌합니까? 저거 저대로 둡니까?"

움직임을 멈춘 채로 그륵거리는 강시들을 보며 난감해했다.

"잠깐! 저들은 죽은 자들이잖아."

"그렇죠."

"혹시…… 기다려 봐! 한번 시도해 봐야겠다."

"무엇을요?"

사제들의 물음에도 대답하지 않고 가만히 서 있는 강시들에게 다가가는 무광이었다. 그리고 주먹에 하얀 기운을 불어넣은 뒤에 강시를 가격했다.

퍼억-!

키에에에엑!

고통에 몸부림치는 강시.

"마, 맙소사. 대사형! 무엇을 한 겁니까? 무엇을 했길래 저 마물들이 고통스러워합니까?"

천명의 물음에 무광이 말했다.

"활인기. 아버지만큼은 아니지만 그래도 어느 정도 운용은 가능하다."

"활인기…… 그, 그렇군요! 저들은 죽은 자들이니 생명을 살리는 활인기에 상극이겠군요!"

천명의 말에 무광이 고개를 끄덕였다.

얼추 방법은 찾았다.

이제 저들이 세상에 나온다 해도 두렵지 않았다.

자신들이 누구인가?

삼황이다.

천룡에게 배운 활인검의 묘리가 여기서 빛을 발하고 있었다. 천명이 검에 활인기를 불어넣은 뒤에 천령강시를 베었다.

슈악-!

크에에엑!

푸학-!

천령강시가 순식간에 터져 나갔다.

그리고 검은 연기가 강시의 파편 곳곳에서 피어올랐다.

"전설의 마물이라는 천령강시가 이렇게 쉽게 잡히다니……."

"발상의 전환이지. 사람을 해하는 무공이 아닌 사람을 살리는 무공. 그런데 그런 무공을 누가 배우겠는가? 그래서 천령강시가 무서운 거지."

무광의 말에 사제들은 고개를 끄덕였다.

맞는 말이었기 때문이었다.

무공이란 본디 사람을 해하기 위해 만들어진 것이다.

그러니 사람을 살린다는 것은 이치에 맞지 않았다.

"자, 일단 빨리 여기를 정리하고 나가자. 밀교까지 중원에 들어온 것을 보면 무언가 심상치 않은 일이 벌어지고 있는 거다."

"네!"

무광과 사제들은 다시 안쪽으로 달려 들어갔다.

한편, 무광을 피해 달아난 남자들은 경악하고 있었다.

"여, 연결이 끊겼다."

"주, 죽었어. 천령강시가 죽었다고……."

"이, 이게 가능한 일인가?"

다들 당황하고 있었다.

사실 그들은 이동하지 않았다.

그 자리에 계속 있었다.

주술로 잠시 무광을 현혹한 것이었다.

그들로서는 모험이었다.

통할지 안 통할지 몰랐지만 그래도 손 놓고 당하는 것보단 나았으니.

다행히 통해서 무사히 넘어갔는데 이번엔 강시들과 교감이 끊어진 것이다.

"일단 이곳을 빠져나가자. 알려야 한다. 중원의 위험성을."

다들 고개를 끄덕이며 동굴 밖으로 빠져나가는 남자들이었다.

❧

요녕성을 다스리는 도지휘사사.

그곳에 천룡이 모습을 드러냈다.

"멈추어라! 이곳은 일반인이 오는 곳이 아니다! 썩 꺼져라!"

경비들이 걸어오는 천룡을 보며 외쳤다.

"이곳이 도지휘사가 있는 곳인가?"

천룡의 물음에 경비들이 어이없는 표정으로 천룡을 바라보았다.

도지휘사를 자기 친구처럼 부르고 있었기 때문이었다.

"미친 게냐? 아니면 죽고 싶은 게냐?"

살기 가득한 눈빛으로 으르렁거리는 경비들이었다.

그 모습에 천룡이 피식 웃으며 말했다.

"그를 좀 만나고 싶다. 안내해 주겠느냐?"

천룡의 말에 경비가 코웃음을 치며 천룡에게 달려들었다.

"미친놈이군. 혼이 나 봐야 정신을 차리겠어."

후웅—!

천룡의 다리를 향해 창을 휘둘렀다.

"헛소리를 지껄인 대가로 몇 대 맞자. 맞고 정신 차려서 돌아가거라."

팍—!

다리를 노리고 들어간 창이 허공을 가르며 땅에 박혔다.

"억?"

자신의 공격이 실패로 돌아가자 놀라며 고개를 들었다.

"제대로 확인도 하지 않고 공격부터 하다니…… 말로 해선 안 될 놈들이군."

"뭐, 뭐냐!"

퍼억—!

"크억!"

쿠당탕탕-!

가볍게 휘두른 주먹에 저 멀리 날아간 경비였다.

게거품을 물고 기절한 경비.

그 모습에 뒤에 있던 다른 경비가 크게 소리를 질렀다.

"비상! 비상! 습격이다!"

경비의 외침에 사방에서 중무장한 군병들이 순식간에 쏟아져 나왔다.

그리고 철갑옷을 입은 자가 전면에 나서며 말했다.

"뭐냐! 습격이라니! 적은 어디에 있는 것이냐?"

"네! 저, 저기 저자입니다!"

경비가 가리키는 곳을 보니 웬 젊은 놈이 뒷짐을 진 채로 생글거리며 웃고 있었다.

"뭐? 설마, 네가 말한 적이 지금 저 기생오라비 같은 놈을 말하는 거냐?"

"겉으로 판단하시면 안 됩니다! 고수인 것 같습니다."

"고수?"

"네! 저길 보십시오!"

또다시 가리키는 곳을 보니 게거품을 물고 기절해 있는 경비가 보였다.

"겨우 저걸로 이 난리를 친 것이냐? 병신들이 맞았다고 그 난리를 친 것이야?"

어이가 없어 하는 장수였다.

"아닙니다! 어찌 공격했는지 눈에 보이지도 않았습니다."

"이, 이……."

긴장하고 출동을 하였는데 막상 와 보니 별거 아니어서 허탈함에 분노가 치솟는 장수였다.

앞의 경비 놈을 어찌할까 고민을 하는데.

"도지휘사에게 안내해 달라니까 시커먼 놈들만 잔뜩 나왔구나."

순간 장수는 자신의 귀를 의심했다.

도지휘사가 뉘 집 개 이름인가?

한 성을 총괄하고 그 성에서는 황제나 다름없는 인물이었다.

이곳에서는 무소불위의 권력을 누리는 자가 바로 도지휘사였다.

바짝 엎드린 채로 제발 만나 뵙게만 해 달라고 빌어도 두들겨 패서 쫓아낼 판에 저리 당당하게 말하니 어이가 없었다.

"지금 뭐라 했느냐?"

"그놈들 귓구멍이 단체로 막혔나. 몇 번을 말하게 하는지……. 도지휘사에게 안내하라고."

"미친놈인 게로군. 뭣들 하느냐! 잡아라!"

장수의 명에 군병들이 우르르 천룡을 향해 달려 나갔다.

천룡은 자신을 향해 달려오는 병졸들을 보며 중얼거렸다.

"하아, 너희들이 무슨 잘못이겠냐."

그래도 일단 저들의 공격을 막고 진정을 시켜야 했다.

쿵-!

가볍게 바닥을 발로 찬 천룡.

빠지지지직-!

"크아아아악!"

"아아아악!"

"으그그그극!"

수백에 달하는 군병들이 일제히 천룡의 뇌기에 감전되어 고통스러워했다.

그 모습에 경악하며 뒷걸음질 치는 장수였다.

태어나서 처음 보는 광경이었다.

"뭐, 뭐지? 지, 지금 이게 무슨 일이야?"

눈으로 보고도 믿지 못하는 현실.

장수는 바닥에 쓰러진 채 앓는 소리만 내는 자신의 부하들을 바라보며 크게 당황하고 있었다.

그 모습에 아무것도 모르는 이들을 전부 상하게 할 순 없어서 고민하던 천룡이었다.

순간 자신을 증명할 방법이 생각났다.

황제가 자신에게 준 신패를 말이다.

곧바로 품속에서 무언가를 꺼내 들어 보이는 천룡.

바로 황룡금패였다.

황제가 혹시라도 잘 가지고 다니냐고 확인할까 싶어 챙겨

왔던 것인데 이리 써먹게 될 줄은 몰랐다.

햇빛에 반사되어 눈부시게 반짝거리는 금패에 모든 사람의 시선이 쏠렸다.

"도지휘사에게 가서 전해라. 황룡금패의 주인이 찾아왔다고."

천룡의 말에 쓰러져서 신음을 내던 사람도, 당황하며 주춤하던 사람도, 그리고 이것을 지켜보던 사람도 모두가 경악했다.

황룡금패(黃龍金牌).

황제가 모든 성에게 내린 황명.

황룡금패를 지닌 자가 나타나거든 자신을 대하듯 대하라는 황명.

황룡금패의 주인의 심기를 거스른 자는 황제를 능멸한 것으로 간주하고 구족을 멸하겠다는 황명.

모든 사람의 뇌리를 스치고 지나간 내용이었다.

공지가 내려오자마자 성안의 모든 대신과 군졸들에게 귀에 못이 박히도록 신신당부한 내용.

그리고 그것을 지닌 자가 누구인지 아주 잘 알고 있었다.

소문의 주인공.

모든 권력의 최고봉.

황제의 모든 사랑을 독차지하는 자.

바로 상국이었다.

사람들은 경악했다.

모든 이들이 다급하게 엎드려 절하며 외쳤다.

고통이 문제가 아니었다.

현 황제 다음의 권력자가 이 성에 모습을 드러낸 것이다.

"천세! 천세! 천천세!"

"천세! 천세! 천천세!"

"상국 전하를 뵈옵니다!"

모든 사람이 천룡을 중심으로 동그랗게 퍼져 나가며 절을 하는 모습이 장관이었다.

그런 사람들에게 천룡이 웃으며 말했다.

"이제 도지휘사 좀 데려오지?"

누가 들어도 심기가 불편한 듯한 천룡의 목소리.

사람들은 다급해졌다.

장수는 벌떡 일어나 군사들에게 말했다.

"뭐, 뭣들 하느냐! 당장 모셔 와라!"

"충!"

군사들이 다급하게 도지휘사를 찾으러 들어갔다.

천룡은 방금 명한 장수에게 손가락을 까닥였다.

장수는 자신이 낼 수 있는 모든 힘을 쥐어짜서 달려갔다.

그리고 엎드려 말했다.

"소신 정천호(正千戶) 가광! 상국 전하의 부르심에 왔습니다!"

"도지휘사에 대해 말해 봐."

천룡의 명에 장수는 도지휘사에 대해 줄줄이 말하기 시작했다.

자신이 아는 모든 것을 다 말하고 있었다.

그런데 웬걸?

생각보다 평판이 좋았다.

"네 개인적인 생각이 들어간 것은 아니지? 그동안의 정에 의한 칭찬이라거나."

"추호도 그런 사실은 없습니다. 명명백백히 사실만을 말했사옵니다."

오들오들 떨며 대답하는 장수의 말에 천룡이 고개를 끄덕였다. 천룡의 모습에 안도의 한숨을 내쉬며 장수는 천룡을 잘 정돈된 전각으로 안내했다.

한편, 도지휘사는 자신의 방에서 누군가와 대화를 하고 있었다.

"하하하, 대장군. 여기까지 소신을 보러 와 주시다니요. 감개무량하옵니다."

"허허, 이 사람. 자네와 내가 보통 사이인가? 그동안 잘 지냈는가?"

"네. 소신은 그동안 잘 지내고 있었습니다. 소문에 듣자 하니 역모가 있었다던데…… 사실이옵니까?"

도지휘사의 물음에 대장군이 고개를 끄덕이며 답했다.

"그렇다네. 이왕야가 역모를 꾸미고 반란을 일으켰었지."

"허, 그것이 정말입니까? 아니, 어찌……. 그래서 잘 진압하셨습니까? 대장군이 계셨으니 큰 문제 없이 진압되었겠지요."

"하하, 이 사람. 얼굴에 금칠하는구먼. 흠흠, 뭐 틀린 말은 아니지."

"역시! 대장군이십니다. 소신이 술 한잔 올리겠습니다."

"하하하, 어디 우리 도지휘사의 술 한잔 받아 볼까?"

서로 즐거워하며 술을 주거니 받거니 하고 있었다.

그때 밖에서 소란이 일었다.

"무슨 소란이냐! 지금 대장군께서 와 계신다. 조용히 하지 못하느냐!"

벌컥-!

도지휘사의 명에도 불구하고 방문을 확 열어 젖히는 병사였다.

"이, 이게 지금 뭐 하는 짓이냐! 네놈이 죽고 싶은 게로구나!"

"자, 장군! 크, 크, 큰일이옵니다!"

"뭐? 큰일? 무슨 큰일?"

"바, 밖에 사사사……."

"밖에 사사사?"

도지휘사의 물음에도 한 번에 말을 못 하고 계속 더듬는 병사였다.

"답답하다! 어서 말하라!"

"사, 상국 전하께서 오셨습니다!"

"누구?"

"사, 상국 전하요!"

"상국? 전하?"

도지휘사가 그게 무슨 말인지 이해를 잠시 못 하고 있을 때 옆에서 술상이 엎어지는 소리가 들렸다.

와장창-!

쨍그랑-!

놀라서 그쪽을 바라보니 대장군이 온몸을 부들부들 떨면서 일어나 있었다.

대장군의 눈에는 두려움이 가득 담겨 있었다.

떨리는 목소리로 방금 보고를 한 병사를 바라보며 물었다.

"저, 정녕 사, 사실이더라? 너, 너희들이 잘못 안 것이 아니고?"

"화, 황룡금패를 내보이셨습니다! 이것은 그곳에 있는 모든 사람이 본 틀림없는 사실이옵니다!"

"황룡금패!"

황룡금패라는 말에 도지휘사도 기억이 났는지 벌떡 일어났다.

현 황제가 가장 신임하는 인물.

이 나라에서 가장 권력이 강한 인물.

그런 자가 여기를 왜 왔단 말인가.

대장군은 그 당시 그곳에 있었으니, 잘 알 것으로 생각하고 물어보려 다시 고개를 돌렸는데 대장군이 보이질 않았다.

고개를 돌려보니 이미 문밖으로 달려 나가고 있는 대장군이 보였다.

그리고 처절한 목소리로 도지휘사에게 소리쳤다.

"그, 급하네! 어, 어서 뛰게!"

사색이 된 채로 정신없이 달려 나가는 대장군을 보며 도지휘사 역시 뒤따라 뛰어나갔다.

대장군의 뒤를 따라가며 도지휘사는 매우 놀라고 있었다.

'아니…… 저 천하의 대장군이 두려운 눈빛을 보인다고? 어떤 인물이길래 저 인간을 두려움에 떨게 만든단 말인가.'

호기심과 두려움이 공존하는 가운데 열심히 뒤따라가는 도지휘사였다.

그 시각 천룡은 정천호가 안내한 전각에서 차를 마시며 기다리고 있었다.

방 안에는 여러 장수가 꼿꼿이 몸을 바로 한 채로 서 있었다. 천룡이 장수들은 전부 집합시켰기 때문이었다.

"아직인가?"

천룡의 물음에 다들 긴장하며 눈치만 살피고 있었다.

정천호가 그들을 대신하여 답했다.

"도, 도지휘사께서 계신 곳이 여기서 거리가 좀 되는지라.

죄송합니다."

안절부절못하며 연신 고개를 꾸벅이는 장수가 안쓰러워 천룡이 고개를 저으며 말했다.

"되었다. 네 잘못도 아닌데."

그러면서 다시 차를 마시려고 잔을 들었을 때, 밖에서 소란스러운 소리가 들려왔다.

저 멀리 누군가가 엄청난 속도로 달려오고 있었다.

순식간에 전각의 문을 통과한 그는 천룡의 발 앞에 엎드리며 외쳤다.

"신! 대장군 하후패! 사, 상국 전하를 뵈옵니다! 천세! 천세! 천천세!"

엎드리며 자신을 밝히는 사람의 정체에 안에 있는 모든 장수가 깜짝 놀랐다.

자세히 보니 정말로 자신들의 최고상관인 대장군이었다.

'대, 대장군이 저리 극진하게 인사를 한다고? 황제에게조차 군례로 하는 양반이?'

'미친, 맙소사! 내가 지금 뭘 보고 있는 거야? 저 대장군이 엎드리고 무릎을 꿇었어?'

'남자가 무릎을 꿇고 엎드리는 것은 목을 베일 때뿐이라고 외치던 양반이……'

뒤에 따라오던 도지휘사 역시 경악한 눈으로 그것을 바라보고 있었다.

당황했지만 일단 대장군을 따라 옆에 부족하며 인사를 올렸다.

"시, 신 도지휘사 원상! 사, 상국 전하를 뵈옵니다! 천세! 천세! 천천세!"

그리고 살짝 곁눈질로 천룡을 보았는데, 어렸다.

어려도 너무 어렸다.

자신은 그래도 중후한 중년 정도로 생각했는데, 이건 완전히 애송이였다.

'뭐지? 저렇게 어리다고? 그런데 상국이라고?'

천룡의 얼굴을 보니 더욱 혼란스러웠다.

천하의 대장군이 무릎을 꿇고 다소곳이 있는 것도 놀랍고, 상국이라는 자가 저리 어린 것도 놀라웠다.

대장군이 자신을 놀리는 것이 아니라면 지금 이 상황은 실제라는 소리였다.

그런 그를 더욱 경악하게 만드는 일이 벌어졌다.

"어? 네가 여기 왜 있어?"

대장군에게 손가락질을 하며 반말을 하고 있었다.

현 황제조차 반 존대로 대장군을 대하는데 새파랗게 어린 상국이란 놈이 천하의 대장군에게 삿대질을 하고 있었다.

'미친, 권력에 제 앞가림을 못 하는 철부지였구나.'

도지휘사는 이제 대장군이 분노의 일갈을 할 것으로 생각했다.

대장군에 대해 누구보다 잘 안다고 자부하는 도지휘사는 눈을 감았다.

　그런데 웬걸?

　"그, 그게 여, 여기 이놈하고 친분이 있어서 얼굴도 볼 겸 해서 와, 왔습니다."

　"친분? 그래. 근데 너 남방으로 순행 갔다고 들었는데? 여기가 남방이냐? 응?"

　천룡의 목소리가 나직해지자 대장군이 땀을 뻘뻘 흘리며 대답하기 바빴다.

　"나, 남방으로 가려다가 이쪽에서 문제가 생겼다는 보고를 받고 다급하게 이동하던 중이었습니다."

　"아, 그래? 그 문제가…… 국경 수비군인가?"

　"마, 맞습니다!"

　일갈은커녕 쩔쩔매고 있었다.

　"그렇군. 네가 여기 도지휘사냐?"

　대장군의 말에 대꾸해 주고 도지휘사를 바라보는 천룡이었다.

　"네. 그렇습니다."

　조용히 대답하자 대장군이 잡아먹을 듯한 눈빛으로 버럭 소리를 쳤다.

　"이놈이! 어느 안전이라고 그따위로 답을 하느냐! 큰 소리로 답하거라!"

"허억! 네, 네! 알겠습니다!"

갑작스러운 대장군의 호통에 군기가 바짝 든 도지휘사가 큰 소리로 대답했다.

천룡은 그런 대장군의 행동에 고개를 저으며 다시 물었다.

"네가 여기 요녕성을 총괄하고 있다지?"

"네! 그렇습니다!"

"세금을 총괄하는 것도?"

"그, 그렇습니다. 각 현의 지현들이 알아서 세율대로 보내고 있습니다. 딱딱 맞춰서 보내고 있사옵니다. 한데 무슨 일로?"

"그래? 그럼 네 밑에 있는 지현들이 떼먹고 있다는 거군. 전부 이곳으로 집합시켜."

"네?"

반문하는 도지휘사를 보며 천룡이 대장군에게 말했다.

"되묻네? 교육 제대로 안 할래? 나랑 면담할래?"

면담.

그 소리를 듣자마자 대장군이 경기를 일으키며 도지휘사를 노려보았다.

"다, 당장 말씀드리지 못해!"

"아, 알겠습니다! 지, 지금 당장 집합시키겠습니다!"

"1주일 준다."

"네?"

천룡이 다시 대장군을 바라보았다.

얼굴이 붉어지다 못해 터지기 일보 직전인 대장군이 도지휘사를 노려보았다.

"히끅! 네, 네! 알겠습니다!"

그러면서 재빨리 밖으로 달려 나가는 도지휘사였다.

역시 사람을 다룰 때는 직접 건드리는 것보다 그 위 상관을 건드리는 게 가장 효과적이라는 것을 다시 깨닫는 천룡이었다.

절벽 깊숙한 곳으로 이동한 무광과 사제들.

한참을 들어가니 넓은 공터가 나왔다.

햇빛 한 점 들어오지 않는 깊숙한 곳이라 여기저기에 횃불들이 불타오르고 있었다.

넓은 공터에는 수많은 아이가 각자 무언가를 하고 있었다.

한 곳에선 수많은 어린아이가 시뻘건 물속에 몸을 담그고 있었다.

"끄으윽!"

"으으으윽!"

그 속에서 고통스러운 신음이 사방에서 울려 퍼졌다.

다른 한 곳에선 아이들이 서로 주먹다짐을 하고 있었다.

퍼억-! 퍽-! 퍼퍽-!

사방에 피가 튀고 살려 달라는 절규가 들림에도 아이들은 독기를 품고 바닥에 누운 다른 아이들을 때리고 있었다.

다른 곳에선 검은 복면을 한 자들의 채찍에 맞으며 무공을 익히고 있었다.

"뭐, 뭐야. 여긴."

"대충 보아하니…… 무슨 수련장 같은데요?"

"수련을 저렇게 한다고? 저게 무슨 수련이야? 애들 잡는 거지."

그때 한 곳에서 엄청난 비명이 들려왔다.

"끄아아악!"

그곳을 보니 검은 복면을 한 남자가 패배한 아이를 마구 밟고 있었다.

"이런 버러지 같은 놈이! 한 번을 못 이기다니! 그냥 죽어라! 죽어! 죽어서 천령강시의 재료나 되어라!"

그 모습에 눈에 불똥이 튄 무광이었다.

순식간에 아이를 밟는 남자의 곁으로 이동한 무광.

퍼억-!

"꾸에엑!"

콰당탕-!

갑작스러운 무광의 등장과 검은 복면이 비명을 지르며 날아가는 광경에 그곳은 순식간에 조용해졌다.

모든 사람의 시선이 무광에게 집중된 것이다.

"치, 침입자다! 밖에 경비하던 놈들은 어디 갔어!"

그들은 이미 모두 처리하고 들어오는 길이었다.

"뭣들 해! 당장 처리해!"

"네!"

사방에서 검은 복면의 무리가 쏟아져 나왔다. 엄청난 기운을 한 몸에 받는 무광이 입술을 씰룩이며 말했다.

"크크큭! 이 기운. 이 압박. 정말 오랜만이구나! 네놈들! 혈천교구나!"

무광의 말에 다들 화들짝 놀라며 더욱 경계하기 시작했다.

"방금 그 말로 네놈이 살아 나갈 확률은 완전히 없어졌다."

이들을 지휘하는 자로 보이는 붉은 복면의 남성들이 모습을 드러내며 무광에 말했다.

그때.

"사형! 혼자만 그렇게 뛰어나가시면 어찌합니까?"

"맞아요. 저희도 좀 데려가요."

무광의 곁으로 사뿐히 착지하는 두 사람.

천명과 태성까지 가세했다.

그 모습에 복면인이 웃으며 말했다.

"젊어서 객기를 부리는 것은 좋으나 이번은 상대를 잘못 골랐구나. 뭣들 쳐다보고 있어! 어서 처리해!"

남자의 말에 검은 복면들이 일제히 달려들기 시작했다.

"이야. 이거였습니까? 예전에 사형이 혈천교에 포위되었을 때 느꼈던 기분이?"

"장난 아니네요. 이걸 혼자 버텼다고요? 역시 사형 대단하십니다."

둘의 말에 무광이 자신도 모르게 실소를 내보였다.

어느새 가까이 접근한 복면 무리.

콰콰콰쾅-!

퍼퍼퍼퍽-!

"커어억!"

"크으으윽!"

콰다다당탕탕-!

콰쾅-!

단 한 수에 달려들던 복면인들이 사방으로 튕겨 날아갔다.

여기저기서 바닥에 쓰러진 채로 앓는 소리를 내는 그들. 그 모습을 경악한 표정으로 바라보던 붉은 복면인이 외쳤다.

"고수다! 모두 단약을 먹어라!"

그 말에 다들 품속에서 빨간색 단약을 꺼내어 삼켰다.

잠시 후, 하나같이 눈이 빨갛게 변하고 몸에서 붉은색의 수증기가 올라오는 복면인들.

"조심해! 저놈들 잠력을 격발시키는 단약을 삼켰다. 저거 골치 아프니 조심 또 조심해야 한다."

"잠력을 격발시켜요? 그거 선천지기를 갉아먹는 행동 아닙니까?"

"저놈들에게 아래 사람은 그저 소모품이야! 그런 것은 신경을 쓰지 않아!"

"미친놈들!"

복면인들이 기괴한 소리를 내며 다시 덤벼들기 시작했다.

"너희들이 이놈들을 맡아라! 내가 저기 저 지시하는 놈을 잡겠다."

"알겠습니다. 이놈들! 와라!"

퍼퍼퍼펑―!

잠력 격발을 사용한 복면인들의 힘은 상상 이상으로 강했다.

"맙소사! 이렇게 강해진다고?"

경악하다가 자세히 보니 급격하게 생기가 빠져나가고 있는 복면인들이었다.

"미친놈들이! 사람의 생명을 소진해서 이런 공격을 하게 하다니!"

"태성아! 이들을 편하게 해 주자!"

"네! 천명 사형!"

둘은 급격하게 생기를 소멸해 가며 고통스럽게 죽어 가는 복면인들을 향해 공격을 시작했다.

천하의 삼황 중 둘이 협력하는 공격이었다.

순식간에 짚단 쓰러지듯이 쓰러져 가는 복면인들.

죽어 가는 데도 오히려 그들의 표정은 편안해 보였다.

"고, 고맙소."

죽어 가면서 정신을 차린 한 사람이 둘에게 감사 인사를 하며 눈을 감았다.

"젠장……. 이것도 그 고독 때문이겠죠?"

"독한 놈들. 저들은 자신들이 왜 죽는지도 모르고 죽는 거지."

한편 붉은 복면을 잡으러 간 무광은 그들과 대치를 하고 있었다.

"네놈들을 다시 보게 되다니…… 정말 감회가 새롭군."

무광의 말에 붉은 복면을 한 두 사람이 고개를 갸우뚱하며 물었다.

"우리는 널 처음 보는데? 우리를 안다고?"

"저 말을 믿나? 어서 해치우고 아랫놈들도 정리해야 하네!"

"그, 그렇지. 시간을 끌려는 속셈이었군."

둘의 말에 무광이 미소를 지으며 말했다.

"아니, 정확하게 알지. 멸검과 뇌령."

"……!"

"……!"

무광의 말에 둘의 동공이 급격하게 커졌다.

"너, 너는 누구냐? 우리를 안다고? 너처럼 어린 놈은 보질 못……."

말을 하다 말고 더욱 동공이 커지는 붉은 복면이었다.

"그, 그 모습…… 예전에 보았다. 우, 우리를 좌절에 빠지게 했던……."

"그래도 알아봐 주는군. 하하."

무광이 웃으며 말하자. 붉은 복면인들이 이가 부서지라 악다물고 말했다.

"담, 무, 광!"

제四장

둘은 담무광의 이름을 부르면서 놀랐다.

몇십 년 전 젊은 그의 모습 그대로였기 때문이었다.

"담무광 그자의 아들인가?"

"그자의 아들이라면 더 좋지. 이놈의 사지를 찢어서 그놈에게 보내 주면 되니."

둘의 대화를 가만히 듣고 있던 무광이 웃으며 말했다.

"하하하, 나를 찢어서 나에게 보낸다고?"

무광의 말에 둘의 눈이 크게 확장되었다.

"서, 설마!"

"바, 반로환동?"

그들의 반응에 무광은 그저 웃기만 했다.

"노, 노망이 난 것이 아니었단 말인가?"

"노망이라니. 도대체가 그딴 소문은 어디서 퍼진 거야? 나는 이렇게 팔팔하다 못해 젊어졌는데."

"이, 이건 말도 안 된다! 어찌 너 같은 놈에게 이런……"

뇌령마제와 멸검마제가 좌절한 눈빛으로 절규했다.

"그러니까 너희들도 좀 착하게 살지 그랬어. 그랬으면 나처럼 이렇게 복을 받았을 거 아냐."

"닥쳐라!"

뇌령마제와 멸검마제가 품속에서 단약을 꺼내 들었다.

그리고 재빨리 자신들의 입속으로 집어넣었다.

"어차피 죽을 목숨 네놈에게 최대한 피해를 주고 가겠다!"

"크윽! 지원을 나왔다가 네놈을 만나다니. 이렇게 된 이상 네놈의 팔이라도 떼어 가고 말겠다!"

환골탈태에 반로환동까지 한 고수를 상대로 이길 수 없다는 것을 깨달은 그들은 자신들이 할 수 있는 최고의 방법을 실행했다.

순식간에 눈이 붉어지고 온몸의 모공에서 붉은 수증기가 새어 나왔다.

그와 동시에 무광을 향해 달려 나갔다.

멸검마제의 검이 무광의 몸을 향했고, 뇌령마제의 뇌기가 무광의 머리를 향했다.

과거에 비해 그 힘이 많이 떨어졌다고는 하나, 잠력을 격발시켜 주는 단약을 먹으니 그 이상의 힘이 뿜어 나왔다.

그 힘을 모조리 이 한 수에 몰아넣었다.

빠지지지직-!

콰콰콰쾅-!

공격과 동시에 정확하게 무광의 몸이 폭사했다.

"서, 설마."

"저, 정말이냐? 우, 우리가 무황을?"

흔적도 없이 사라진 무광.

그들의 눈에 확실하게 보였다.

폭사해서 산산이 조각나는 모습을.

"우리가!"

"해치웠다!"

둘은 마주 보며 이게 꿈인가 생시인가 바라보았다.

끊임없이 잠력이 격발되고 있지만, 그것은 신경을 쓰지 않았다.

그저 무광을 잡았다는 사실만이 그들을 기쁘게 하고 있었다.

그러나 폭사했던 몸이 여기저기서 날아와 붙기 시작했다.

세상 처음 보는 현상에 둘은 경악을 하며 뒷걸음질 쳤다.

순식간에 몸을 복원하고 말을 하기 시작하는 무광.

"놀라게 해서 미안하군. 그래도 한때 나를 위기에 넣었던 자들이니 더는 고통스럽지 않게 끝내 주지."

이들이 상대한 것은 무광의 무극분신강이었다.

"허허허. 미친…… 강기로 자신의 분신을 만들다니……."

"예전에도 괴물이었지만…… 지금은 더한 괴물이 되었구나."

허탈해하는 그들 앞에 진짜 무광이 나타났다.

잠시나마 자신들이 무광을 이겼다고 생각했는데, 허탈함을 느끼는 그들이었다.

그런 그들을 바라보며 무광이 손을 들고는 나직하게 말했다.

"잘 가시게."

무광과 두 마제는 눈을 마주쳤다.

"끌끌끌. 그래도 마지막 가는 길에 네놈을 보고 가서 나쁘진 않았다."

"이게 우리 운명이었을지도……."

무광은 눈을 감으며 말했다.

"폭!"

콰쾅-!

무광의 분신이 폭발을 일으키며 두 마제를 순식간에 삼켰다.

엄청나게 강한 폭발력에 온 계곡이 진동하며 무너지기 시작했다.

아래에서 적들을 모두 정리하고 아이들을 대피시키기 위

해 준비하던 천명과 태성은 혼비백산했다.

"앗! 뭐, 뭐야! 대사형 사고 쳤네!"

"헉! 아이고! 대사형!"

"이러고 있을 때가 아니야! 어서 아이들을 최대한 멀리 대피시켜!"

"네! 애들아! 젖 먹던 힘까지 다해서 달려!"

다행히 무공을 수련하던 아이들이라 경공을 어느 정도 사용할 줄 알아서 대피하기는 어렵지 않았다.

폭발로 무너진 계곡에서 멀리 떨어지고 나서야 안심을 하고 바닥에 주저앉는 사람들이었다.

"후아! 산 채로 생매장당할 뻔했네."

"그러게요. 그나저나 대사형이 저렇게 엄청난 기술을 쓸 정도로 강한 적이었을까요?"

"글쎄다. 사형이 오면 물어보자꾸나."

둘이 그리 대화를 하고 있을 때 목소리가 들렸다.

"미안하다. 내가 너무 감정에 치우쳐서 그만. 너희들이 있는 걸 깜박했다."

무광이었다.

"대사형! 아무리 그래도 잊을 게 따로 있지! 산 채로 매장당할 뻔했다고요!"

태성의 말에 무광이 연신 사과했다.

"그 정도로 강한 적이었습니까?"

그 말에 무광이 고개를 저었다.

"아니. 과거였다. 나의 과거. 나도 모르게 과거 생각이 나서…… 최선을 다하고 말았다."

무광의 말에 둘은 무슨 뜻인지 이해를 하고 고개를 끄덕였다. 혈천교에 대한 공포심이 자신도 모르게 과한 힘을 쓰게한 것이다.

잊었다고 생각했는데 두 마제를 보자 자신도 모르게 기억이 난 것이었다.

목숨을 걸고 싸웠던 그날의 밤을.

무광이 마음을 정리하도록 잠시간 동안 지켜본 천명과 태성.

시간이 지나고 말을 꺼냈다.

"이제 어찌할까요?"

태성의 물음에 무광이 말했다.

"일단 마을로 돌아가자. 아이들부터 그곳에 데려다주고 다시 이야기하자."

무광의 말에 고개를 끄덕이고 절벽 밖으로 나가기 위해 움직였다.

천룡이 요녕성에 온 지 1주일이 지났다.

"전하! 각 현의 지현들을 모두 집합시켰습니다."

도지휘사의 말에 천룡이 고개를 끄덕이며 자리에서 일어섰다.

밖으로 나가니 각 현에서 온 지현들이 나란히 서서 고개를 숙이고 있었다.

"상국 전하 납시오!"

그 소리에 일제히 부복하며 외쳤다.

"천세! 천세! 천천세! 상국 전하를 뵈옵니다!"

천룡은 도지휘사가 준비한 의자에 앉으며 손을 흔들었다.

그러자 다들 자리에서 일어나 고개를 숙이고 서 있었다.

"진천현 지현이 누구야?"

천룡의 말에 한 사람이 앞으로 나섰다.

"제가 진천현을 다스리고 있사옵니다."

앞으로 나선 자를 유심히 바라보는 천룡.

"너 누구냐?"

그 말에 진천현의 현령이 당황한 얼굴로 말했다.

"네? 소, 소신은 진천현 지현으로 저, 전하께서 나오라 하시길래……."

"아닌데?"

천룡의 말에 더욱 당황하며 말을 더듬는 지현이었다.

"도지휘사, 저놈 잡아."

천룡의 말에 재빨리 명령을 내리는 도지휘사였다.

"뭣들 하느냐! 전하의 명을 못 들었느냐! 어서 잡아라!"

도지휘사의 말에 병사들이 우르르 달려가 지현을 포박했다.

"크윽! 저, 전하, 왜 이러시는 것이옵니까? 연유를 말해 주시옵소서!"

지현의 외침에 천룡이 물었다.

"그러는 너야말로 왜 다른 사람의 껍데기를 뒤집어쓰고 있냐? 그거 네 얼굴 아니잖아."

천룡의 말에 다들 깜짝 놀라며 진천현의 지현을 바라보았다.

도지휘사 역시 깜짝 놀라며 자세히 살피기 시작했다.

사람들의 시선이 집중되자 더욱 억울한 표정을 지으며 외쳤다.

"저, 전하, 그 무슨 말도 안 되는 말씀이시옵니까! 어, 억울하옵니다. 신에게 무슨 억하심정이 있기에 이런 누명을 씌우시는 겁니까?"

"그래? 그럼 확인해 보면 알겠네. 야! 거기 너."

천룡이 한 명을 가리키자 병사가 부동자세를 하며 우렁차게 대답했다.

"충!"

"저놈 얼굴, 있는 힘껏 잡아당겨 봐."

천룡의 말이 끝나기가 무섭게 오들오들 떨며 억울한 표정을 짓던 지현의 표정이 갑자기 돌변했다.

"어찌 알았지? 이 인피면구는 특수 제작되어 아무도 모를 텐데."

그러면서 자신의 포박을 너무 쉽게 끊어 내며 일어섰다.

그와 동시에 자신의 얼굴을 뜯어냈다.

부우욱—!

"크으! 개운하군."

마치 지금 이 상황은 언제든지 빠져나갈 수 있다는 자신감이 가득 차 있었다.

"크크크. 알아도 모른 척하고 넘어갔으면 너를 포함해 여기 있는 모든 사람 목숨도 부지했을 텐데."

남자가 비릿하게 웃으며 천룡에게 말했다.

"이제부터 일어나는 모든 일은 다 네놈의 업보다."

그러면서 엄청난 기운을 뿜어내기 시작한 남자였다.

"히이익!"

"허헉!"

엄청난 살기와 함께 기의 돌풍이 그곳을 휩쓸자 그곳에 있던 사람들이 일제히 기겁하며 자빠졌다.

"저, 전하! 어, 엄청난 고수인 것 같습니다! 대, 대장군을 불러오겠습니다!"

도지휘사는 대장군을 불러오겠다며 재빨리 그곳을 빠져나갔다.

남자는 단 한 명도 놓치지 않겠다는 표정으로 도지휘사를 향해 손가락을 튕겼다.

　퉁–!

　쇄애액–!

　엄청난 속도로 도지휘사의 뒤통수를 향해 날아가는 지풍.

　이제 도지휘사의 머리는 세상에 존재하지 않을 것으로 생각하고 나머지를 어찌 처리할까 고민하려는 찰나.

　"이러면 안 되지."

　소리가 난 곳을 바라보니 천룡이 도지휘사를 향해 날아간 지풍을 쳐 내며 웃고 있었다.

　콰쾅–!

　천룡이 쳐 낸 지풍이 담벼락에 적중되며 박살을 내었다.

　"허헉!"

　방금 자신이 죽을 뻔했다는 사실을 깨달은 도지휘사는 그 자리에서 주저앉았다.

　그리고 천룡을 경이로운 표정으로 바라보았다.

　천룡은 그런 시선에 아랑곳하지 않고 천천히 남자를 향해 걸어 나갔다.

　"일단 착한 놈이 아니라는 것은 잘 알겠다."

　"호오, 그걸 막아? 제법 한 수가 있었나?"

　남자가 진중한 표정으로 자신을 향해 다가오는 천룡을 똑바로 바라보았다.

장난이 아닌 진지하게 천룡을 상대하기 위해서였다.

"한 수? 아닐걸?"

슈, 팍—!

"헉!"

순식간에 남자의 눈앞으로 이동한 천룡.

"네가 직접 세어 봐. 얼마나 많은 수가 있는지."

퍼억—!

"커억!"

천룡의 주먹에 남자의 허리가 직각으로 꺾였다.

그리고.

"우웨엑!"

자신의 몸 안에 있는 모든 것을 게워 냈다.

"중간에 토하면 치우기가 지랄 같거든. 이렇게 비우고 시작하는 게 깔끔해서 말이야."

방금 한 방으로 정신이 혼미한 남자는 천룡이 하는 말을 제대로 듣지 못했다.

그러나 남자를 제외한 주변의 모든 사람은 확실하게 보고, 똑똑히 들었다.

"자, 다 비웠으면 이제 시작하자. 일단 열 번 채울 거야. 그전엔 질문 안 할 거다."

다들 저 열 번이 무엇일까 궁금했다.

퍼퍽—! 퍼퍼퍽—!

"끄에엑!"

빠각-!

"꾸엑!"

빠악-!

"커헉!"

털썩-!

게거품을 물고 흰자위를 띄운 채 기절한 남자.

"이제 한 번."

그제야 모든 사람은 알았다.

처음에 말한 열 번의 의미를.

남자가 극한의 고통을 얼굴로 표현했기에 아픔은 말하지 않아도 상상이 되었다.

다들 그 모습에 엄청난 공포를 느끼며 바들바들 떨었다.

그나마 다행인 것은 저 남자가 기절했다는 것이다.

기절한 사람은 깨어날 때까지 놔두니 더는 이 장면을 보지 않아도 된다는 안도감이 들었다.

하지만.

그것은 커다란 오산이었다.

천룡의 손에서 하얀 광구가 맺히더니 남자의 몸에 그것을 넣었다.

순간 남자의 온몸이 하얗게 빛나며 공중으로 살짝 떠올랐다.

그리고 다시 바닥에 내려오면서 남자가 눈을 떴다.

"여, 여긴?"

일어나 두리번거리려는데 눈앞으로 주먹이 날아왔다.

퍼억—!

"커억!"

그 한 방에 기억이 났다.

조금 전까지 맞고 있었다는 사실을.

옆에서 그 모습을 생생히 지켜본 도지휘사를 포함한 모든 지현들의 눈에 극심한 공포가 새겨지기 시작했다.

기절도 되지 않았다.

거기다가 저렇게 때리고 알 수 없는 기술로 치료까지 하고 있었다.

치료하고 다시 패기 시작한 천룡을 보며 몇몇은 오줌을 지렸다.

"그, 그만!"

퍼퍽—!

"커헉! 제, 제발……."

퍼퍼퍽—!

털썩—!

다시 기절한 남자.

"어라? 이번은 왜 이리 빨리 기절하지?"

그러더니 기절한 남자의 다리를 밟아 버리는 천룡.

빠각-!

부러지는 소리가 들려왔다.

그런데도 미동도 하지 않는 남자.

"정말로 기절했네."

'아, 악마다.'

'저자는 악마야.'

'사람이면 저리 잔인할 리가 없다.'

공포 정치.

의도치 않게 그것을 하는 천룡이었다.

어느덧 노을이 지기 시작할 무렵, 남자가 일어나 천룡의 바짓가랑이를 잡고 울며 매달렸다.

"워, 원하시는 것을 말씀하십시오. 다 말하겠습니다. 흑흑. 제, 제발 그만…… 흑흑."

천룡은 말없이 그를 바라보았다.

"아직 한 번 남았는데."

그 말에 주변에 있는 모든 사람이 기겁을 하며 하나가 되어 말리기 시작했다.

"저, 전하! 그, 그만하면 되었사옵니다!"

"전하! 그, 그쯤 해도 될 것 같사옵니다!"

도지휘사도 달려와 매달리며 말리기 시작했다.

"전하. 여, 열 번은 너무 과한 벌이옵니다. 이쯤 하시는 것이……."

맞는 사람도 고통스럽겠지만 보는 사람들 역시 엄청 고통스러웠다.

여기 있는 모든 사람의 뇌리에 천룡이 강렬하게 새겨졌다.

특히 도지휘사는 깨달았다.

왜 대장군이 상국 전하의 말에 그리도 기겁하고, 꼼짝을 못 하였는지 말이다.

'그분도 맞았었군.'

맞지 않아도 이미 천룡에 대한 두려움이 뼈에 새겨지고 있는데, 직접 맞은 당사자는 오죽할까.

저 봐라.

지금 싹싹 빌면서 이미 모든 것을 실토할 준비를 하는 남자를.

"그럼 일단 대답하는 걸 봐서 진행할까?"

천룡의 말에 다들 일제히 고개를 끄덕였다.

"원래 지현은 어디 있느냐?"

"주, 죽었습니다."

"뭐? 네가 죽였어?"

"아, 아닙니다! 급사했습니다! 저, 정말 저 아닙니다!"

천룡이 의심을 눈길을 보내자 정말로 억울하다는 표정으로 천룡을 바라보는 남자였다.

"그럼, 거기에 왜 네가 있어?"

"지, 지현으로 분장해서 그곳을 장악하라는 명을 받았습니다."

"누구에게?"

"그, 그건……."

남자가 잠시 머뭇거리자 천룡이 다시 일어섰다.

"혀, 혈천교! 혈천교입니다! 저, 저는 혈천교 교인입니다!"

천룡이 일어서자 다급하게 말하는 남자였다.

"혈천교?"

"그, 그렇습니다! 저는 그곳을 장악해서 세금을 빼돌려 본
교에 보내라는 명을 받았습니다."

"그래서 그곳 현에 있는 사람들을 쥐어짠 거냐?"

"그, 그렇습니다."

"아이들은? 아이들은 왜 납치했냐?"

"네?"

"너희 맞잖아. 아이들 납치한 거. 아냐?"

"그, 그건……."

퍼억-!

"덜 맞았네. 다시 시작하자."

"커억! 아, 아닙니……."

파팍-!

순식간에 남자를 점혈 하며 웃는 천룡이었다.

"아니야. 내가 너무 마음이 약해졌던 거 같다. 역시 열
번 채웠어야 했는데."

그 말에 그곳에 있던 모든 사람이 눈을 질끈 감았다.

한편 도지휘사는 눈을 감으며 생각했다.

'혈천교? 그런 단체도 있었나?'

무림에 대해 잘 알지 못하니 궁금증만 커졌다.

그때 도지휘사 곁으로 대장군이 조심스럽게 다가와 물었다.

"이, 이게 지금 무, 무슨 상황이야? 저, 전하께선 또 왜 저리 화가 나신 거고?"

뒤늦게 나타나 상황 판단이 안 된 대장군이 혹여라도 천룡의 심기를 거스를까 싶어 까치발로 살금살금 도지휘사에게 다가가 물은 것이다.

"저, 저도 지금 이게 무슨 상황인지 자세히 모르겠습니다. 일단 전하께서 말씀하실 때를 기다려야……. 그나저나 저, 저렇게 무서우신 분이었습니까?"

도지휘사의 말에 대장군이 사색이 된 얼굴로 답했다.

"이, 이를 말인가. 전하께서 정말로 분노하시면 세상이 무너지네."

"무, 무림인이셨단 말입니까?"

"무림인? 내가 본 풍경은 수백 수천에 달하는 무림인들을 한 방에 정리하시는 모습이었지. 그런 자들과 비교를 하면 안 되네. 저분은…… 신이야."

대장군의 말에 도지휘사는 정말로 그럴 수도 있겠다는 생각이 들었다.

다음 날 아침.

밤새 맞고 풀려난 남자는 묻지도 않았던 것까지 줄줄이 말하고 있었다.

"근골이 좋은 애들은 정예로 키우고, 그렇지 못한 애들은 천령강시의 제물로 보내진다고?"

"그렇습니다! 천령강시를 제조하기 위해선 한 구당 일천 명의 아이가 필요합니다. 그 아이들의 영혼을 강시에 주입을 해야 하지요."

"그런 미친 짓을 서슴지 않고 한다고?"

남자의 말에 분노가 치솟는 천룡이었다.

당장이라도 가서 혈천교를 세상에서 지워 버리고 싶었다.

"너희 본단이 어디냐?"

"저도 그것은 잘 모릅니다! 저, 정말입니다! 정말로 모릅니다!"

또 때릴까 봐 최선을 다해 자신을 변호하는 남자였다.

"그럼 누가 알아?"

"이곳을 장악하고 있는 마영문(魔靈門)! 거기 문주에게 물어보십시오! 그자라면 알지도 모릅니다!"

"마영문?"

"그렇습니다. 아이들을 납치하는 것도, 그 강시를 제조하는 것도 모두 그들이 하는 겁니다. 그들 역시 혈천과 관계가 있으니 그자들에게 물으면 더 확실할 겁니다!"

천룡이 턱을 쓰다듬으며 남자를 쳐다보자 남자가 다시 말했다.

"저, 저는 정말로 현을 장악하고 세금을 빼돌려서 교로 보내라는 명만 이행했을 뿐입니다! 무, 물론 아이들이 납치되어도 입을 다물라는 명도……."

퍼퍼퍽─!

"커헉!"

갑작스러운 천룡의 공격에 힘없이 무너지는 남자.

더는 들을 것이 없다고 판단한 천룡은 남자를 벌했다.

"너의 모든 내공은 폐했다. 또한, 혈도 역시 막아 놨으니 다시는 무공을 익히지 못할 것이다."

그리고 도지휘사를 바라보며 말했다.

"이놈을 가두고 다시는 세상 빛을 보지 못하게 하여라!"

천룡의 명에 도지휘사가 재빨리 달려와 외쳤다.

"저, 전하의 명을 받드옵니다! 여봐라! 당장 끌고 가라!"

병사들에 의해 힘없이 질질 끌려 나가는 남자를 보며 천룡이 한숨을 쉬었다.

이 세상에 저런 인간이 한둘이 아닐 것이라는 생각이 든 것이었다.

"생각보다 심각한걸?"

천룡의 말에 도지휘사가 조심히 다가와 말했다.

"저, 전하 지금 이게 무슨 상황인지…… 시, 신에게도 알려 주실 수 있는지요."

그런 도지휘사를 천룡이 바라보자 도지휘사는 벌벌 떨면서도 말했다.

"이, 이곳은 신의 과, 관할이옵니다. 신이 알고 있어야 후에 대책도 세우고 다시는 이런 일이 일어나지 않도록 방비를 하지 않겠사옵니까."

고개를 조아리며 자신의 말을 다 하는 도지휘사였다.

천룡은 도지휘사의 모습을 보며 마음이 풀렸다.

"하하, 그대는 정말로 제대로 된 관리로군."

"마, 망극하옵니다."

천룡은 자신이 대략적으로 알고 있는 내용을 도지휘사에게 말해 주었다.

"그, 그런 천인공노할 놈들이 정말 이 세상에 있단 말이옵니까?"

천룡의 말을 다 듣고 격분하는 도지휘사를 보며 천룡이 고개를 끄덕였다.

그리고 그 옆에 서 있는 대장군을 보며 말했다.

"그때 역모를 꾸민 자들도 아마 이놈들이지 않을까 싶은데."

"네?"

"기운이 비슷해. 나에게 도끼를 던졌던 놈이나, 그곳에 있던 수많은 무인. 그들과 내가 만난 혈천교 놈들의 기운이 전부 비슷하다."

"세, 세상에. 하마터면 그자들에게 나라가 통째로 먹힐 뻔한 것이 아닙니까."

사람들은 소름이 돋았다.

단순히 그냥 무림 세력이라고만 생각했는데 생각보다 치밀하고 무서운 집단이었다.

"일단 대략적인 내용은 알았으니 이곳은 그대에게 맡기겠다. 그리고 대장군."

"네! 저, 전하!"

"너는 국경 지역으로 가서 실태를 조사해라. 확실하게 해야 한다. 나중에 혹시라도 다른 이야기가 나오면……."

꿀꺽-!

"알지? 열 번이다."

"히익!"

열 번.

그 말에 기겁하며 경기를 일으키는 대장군이었다.

대장군뿐 아니라 도지휘사를 포함한 그곳에 있는 모든 지현들이 경기를 일으켰다.

"시, 신! 대장군 하후패! 저, 전하의 명을 따라 철저하게 진상 조사를 하겠사옵니다!"

"그대를 믿는다."

"충!"

그리고 두려운 얼굴로 자신을 바라보는 지현들에게 한마디 했다.

"너희들도 돌아가서 제대로 해라. 내가 불시 암행 갔는데 백성들 불만이 있다……. 아까 봐서 알지?"

천룡의 말에 다들 격하게 고개를 위아래로 흔들었다.

"말로 해야지?"

"아, 알겠사옵니다!"

"좋아! 뭐 해? 빨리 가서 일해."

"추, 충!"

어찌나 빠른 속도로 빠져나가는지 말이 끝나기가 무섭게 그곳에는 천룡과 대장군, 도지휘사만 남아 있었다.

'왜 이분을 상국의 자리에 앉혔는지 이제는 알겠구나. 누구보다 나라에 충성하는 분이다. 이분이 존재하는 한 황실의 권위는 누구도 넘볼 수 없겠구나.'

이제는 확실하게 상국의 정체를 알게 된 도지휘사였다.

그리고 천룡의 말에서 나온 나라에 대한 걱정과 백성을 위하는 마음에 감동한 도지휘사였다.

ꕥ

요녕성 모용세가.

가주 모용승이 관천과 대화를 하고 있었다.

"허허, 이제 거의 치료가 다 되어 갑니다."

"감사합니다. 이 은혜를 어찌 갚아야 할는지요."

"언제나 건강하게 사시는 것이 곧 은혜를 갚는 길입니다. 그러니 항상 건강하게 오래 사십시오."

예전의 체력으로 돌아온 모용승.

알 수 없는 병에 걸려 이제는 정말 끝이구나 생각하며 좌절했던 나날들.

그 모든 것이 꿈처럼 느껴질 정도로 건강해졌다.

"이제 다시 건강해지셨으니 모용세가도 훨훨 날아오르겠습니다. 허허."

"하하하, 그렇게 만들어야지요. 그나저나 저기……."

무언가 관천에게 묻고 싶은 것이 있는지 조심스럽게 입을 여는 모용승이었다.

"왜 그러십니까? 어디 불편한 곳이라도?"

"아, 아닙니다. 저, 저기…… 제가 뭐 좀 여쭤보아도 될까요?"

"아, 네. 물론입니다."

"다름이 아니라 제 딸 때문에 그렇습니다. 듣자 하니 이번에 같이 온 청년 중에 자신의 정인이 있다고 하더군요."

"아! 조방 말씀이시군요. 하하."

"네! 맞습니다. 그 청년. 의선께서 보시기엔 어떠한 청년인지……. 같이 오셨으니 잘 알지 않을까 해서 말입니다."

보아하니 모용혜가 데려온 조방이 자꾸 걸렸나 보다.

"왜요? 맘에 차지 않으십니까?"

관천의 말에 모용승이 화들짝 놀라며 고개를 숙였다.

몸이 나아지니 다른 생각이 들기 시작한 것이다.

전에는 그저 딸이 좋은 남자 만나서 행복하기만을 바랐다면, 지금은 그래도 좋은 집안으로 가서 잘 지냈으면 하는 바람이 더 커진 것이다.

그 모습에 관천의 표정이 굳으며 말했다.

"조방이라는 청년은 지금의 모습만 보고 판단하시면 크게 후회하십니다. 제가 당사자가 아니니 더 얘기는 못 해 드리지만……. 잘 결정하시길 바랍니다."

갑자기 싸늘하게 답변을 하는 관천을 보며 모용승은 그제야 자신이 실수한 것을 깨닫고 사과를 했다.

"기, 기분을 상하게 해 드렸다면 사과드리겠습니다. 다만, 딸자식 일이라 제가 예민했었나 봅니다."

"조방 역시 누군가에게 소중한 사람입니다."

"죄송합니다. 소생이 말실수하였습니다."

"다른 것은 모르겠고, 따님을 믿으십시오. 따님 덕에 건강도 되찾지 않으셨습니까."

그래도 마음 한구석에는 조방의 집안이 자꾸 맘에 걸렸다.

거기다가 지금은 세가도 아니고 어느 한 장원의 수하라고 하지 않던가.

심지어 직급도 없는 모양이었다.

'여기 오는 동안 조방이라는 청년과 정이 든 모양인 거고. 더 물어보기는 힘들겠어.'

모용성은 속으로 그렇게 생각하며 관천을 달랬다.

관천은 굳은 표정으로 인사를 하고는 나갔다.

그 모습에 모용승이 한숨을 쉬었다.

"하아, 괜히 말을 꺼냈군. 여봐라!"

"네!"

"가서 소가주를 불러오거라."

"네!"

하인이 소가주를 부르러 간 사이에 모용승은 고개를 흔들며 중얼거렸다.

"아무리 생각해도 아니야. 그 사람은 아니야."

그리고 조용히 눈을 감았다.

요녕성 앞바다 부근.

그곳에 이름 없는 섬이 하나 자리 잡고 있었다.

제법 먼 거리를 나와야 보이는 섬이어서 사람들 눈에는 띄지 않았다.

섬 앞에는 거대한 배들이 줄지어 떠 있었다.

섬 안쪽에는 작은 성이 존재했고, 그 안에 화려하진 않지만 정갈한 전각들이 자리하고 있었다.

그중에서 가장 가운데에 있는 붉은 기와를 얹은 전각.

그 안에서 고성이 흘러나왔다.

"뭐라고? 뭐가 어찌 돼?"

붉은 경장을 입은 남자가 엎드린 채로 보고를 하는 수하를 보며 화를 내고 있었다.

"사, 사망곡(死亡谷)이 무, 무너졌습니다."

"그걸 지금 보고라고 하고 자빠졌냐? 어찌 무너졌는지! 누가 무너뜨렸는지! 그것을 말하란 말이다!"

"그, 그것은 소, 소신도 잘……."

퍼억-!

쿠당탕탕-!

분노한 남자의 발길질에 사정없이 나가떨어지는 수하였다.

수하는 재빨리 일어나 기어서 다시 남자의 앞으로 와 엎드렸다.

"병신 새끼야! 그걸 지금 말이라고!"

"요, 용서를……."

"용서? 용서? 병신 새끼야! 용서? 지금 본문이 모든 역량을 기울여 만든 회심의 한 수가 무너졌는데! 용서?"

남자는 분노를 주체할 수 없었는지 잠시 밖으로 나가 크게 소리를 지르고 들어왔다.

　"천령강시는? 찾았나?"

　"차, 찾지 못하였습니다. 아마도 절벽이 무너지면서 같이 매장된 것으로 보입니다."

　"이런 염병! 제길! 그거 한 구 만든다고 별 개지랄을 다 했는데 이렇게 허무하게 잃었다고?"

　"그, 그곳은 절대로 사람의 힘으로 무너뜨릴 수 있는 곳이 아닙니다. 자연재해가 아닌 이상 불가능한 곳입니다. 그저 재수가 없었을 뿐입니다."

　수하가 목숨을 걸고 자신의 생각을 말했다.

　그 말에 남자도 동의하는지 고개를 끄덕였다.

　"그래. 그렇게 말하라고. 무조건 모른다고만 하지 말고. 나로 하여금 이해가 가게끔 보고를 하라고."

　"아, 알겠습니다."

　"네 말이 맞아. 거길 사람의 힘으로 무너뜨릴 순 없지. 재수도 없군. 하필이면 다 끝나 가는 판에……."

　남자는 결국 의자에 털썩 주저앉으며 무언가를 생각했다.

　"그렇다 해도 이대로 있을 순 없지. 뭐 천령강시랑 무인 충원을 위해 키우던 아이들이랑 잃은 것은 어쩔 수 없고. 일단 하던 일은 마저 해야겠지."

　그리고 수하에게 말했다.

"요녕성을 정복하기 위해 마지막으로 남은 한 곳. 모용세가를 짓밟고 이 짜증을 풀어야겠다. 모두 준비시켜."

"충!"

&

모용성 가주실에서 소가주 모용천이 모용승과 함께 자리하고 있었다.

"아버님! 축하드립니다."

"허허, 녀석. 다 너희들 덕분이다. 내가 자식들을 정말 잘 두었어. 허허허."

자식들이라 함은 자기와 모용혜를 말하는 것이기에 모용천의 표정은 밝았다.

"그동안은 내가 몸이 좋지 않아 하지 못했던 것을 이제 해 보려 한다. 자, 한 잔 받으려무나."

"아, 아버지. 아직은……."

자리를 털고 일어난 지 얼마 되지 않아 자신과 대작을 하려 하는 모용승을 걱정하는 눈빛으로 바라보는 모용천이었다.

"괜찮다. 의선께서도 허락하셨다."

안 했다.

"그, 그럼 소자, 감사히 받겠습니다."

모용천이 공손하게 두 손으로 술잔은 받아 들었다.

쪼르륵-!

술을 따라 주며 말했다.

"그동안 아비 대신에 세가를 이끈다고 고생했다. 녀석. 이제 다 컸구나."

"아, 아닙니다. 소자는 아직 멀었습니다."

"겸손할 줄도 알고 하하하. 이제 물려줘도 되겠구나."

"무, 무슨 말씀이십니까? 정말로 소자는 아직 멀었습니다. 거기에 아버님이 이리 정정하신데 어찌 제가……. 그런 말씀은 하지 말아 주십시오."

아들의 모습에 모용승이 웃으며 말했다.

"이 녀석이? 일하기 싫어서 아비에게 계속 맡기려 하는 것이냐?"

"그, 그것이 아니옵고……."

"껄껄껄, 되었다. 네 마음은 이 아비가 아주 잘 알았다. 자! 한 잔 더 받거라."

술잔이 오거니 받거니 몇 차례 돌고 나서야 모용승이 본론을 꺼냈다.

"그 의선께서 데려온 청년 중에 제갈군이라는 청년이 있지 않으냐."

"네. 아버지."

"우리 혜와 엮어 주는 게 어떠냐?"

모용승의 말에 모용천이 깜짝 놀라며 말했다.

"네? 아, 아버지. 혜에게는 조방이라는 정인이 있습니다. 정인이 있는데 어찌 그런 말씀을 하십니까?"

"쯧쯧, 이 녀석아. 정인이라고 다 결혼한다더냐? 어차피 결혼은 가문과 가문의 결합이다. 이왕이면 더 좋은 가문으로 동생을 보낼 생각을 해야지!"

모용승의 말에 모용천은 고개를 푹 숙였다.

부끄러웠다.

아버지가 이런 생각을 하고 있다니.

심지어 자신은 이미 조방과 절친이 되어 있는 상태였고, 이미 마음속으로 모용혜의 신랑으로 인정한 상태였다.

하지만 아버지의 말에 거역하는 것은 할 수 없었기에 이리 고개를 숙이는 것이다.

"조, 조방하고 제갈군은 둘도 없는 절친입니다. 저, 절대로 친구의 여인을 탐하는 짓을 하지 않을 것입니다. 부, 부디 말씀을 거두어 주십시오."

모용천의 말에 모용승은 인상을 찌푸리며 말했다.

"그러더냐? 에잉. 천하의 제갈세가가 어찌 그런……."

뒷말은 하지 않았지만 무슨 뜻인지 이해가 대번에 갔다.

'미안하다. 친구야. 내가 이렇게 마음속으로나마 사과한다.'

마음으로 깊은 사과를 하는 모용천이었다.

"그것뿐 아닙니다. 지금 모용혜에게 그런 소릴 했다간……

아시죠? 그 녀석 성격……."

"끄응……."

그랬다.

지금 모용혜에게 저 얘길 꺼냈다간 모르긴 몰라도 당장 조
방을 꼬셔서 아이부터 가지고 올 수도 있었다.

충분히 그럴 사람이었다.

"네가 보기엔 어떠냐? 그 조방이라는 청년."

모용승의 물음에 모용천이 자기 생각을 말했다.

"긴 시간을 보진 않았지만, 누구보다 의가 넘치고 강합니
다. 머지않아 강호에 크게 이름을 날릴 것입니다. 그러니 아
버님, 조방을 너무 미워하지 마십시오."

"네놈도 한통속이구나. 모르겠다. 알아서들 하거라."

"감사합니다."

소가주까지 조방의 편을 드니 결국 두 손을 든 모용승이었
다.

그렇게 술자리가 마무리되어 갈 때쯤, 비상종이 울리기 시
작했다.

땡땡땡땡-!

그 소리에 깜짝 놀라서 벌떡 일어나는 두 부자였다.

"이, 이게 무슨 소리냐!"

"비상 종소리입니다! 서, 설마?"

"왜? 짐작 가는 곳이라도 있느냐?"

"마영문! 호시탐탐 저희를 노리고 있는 놈들이 그놈들밖에 더 있습니까?"

"그, 그놈들이?"

"아버님이 병상에 누운 지금이 적기라 생각하고 쳐들어온 것 같습니다!"

"이놈들! 때를 잘못 골랐구나! 세상에 나의 건재함을 보이겠다!"

"아, 아버님! 아직은 요양을……."

"조용히 하거라! 세가에 위기가 왔는데 지금 나더러 숨으라는 것이냐!"

"소자가 생각이 짧았습니다! 가시죠! 소자가 모시겠습니다!"

"오냐! 오랜만에 부자가 힘을 합쳐서 위기를 넘겨보자꾸나!"

"네!"

한편 밖에서는 수많은 모용세가의 무사들이 쳐들어온 침입자들을 상대로 방어를 하고 있었다.

채채챙-! 차차창-!

"이놈들! 누구냐! 이곳이 어딘 줄 알고 온 것이냐!"

무사들이 그들과 싸우면서 계속 외치고 있었다.

모용세가의 장로들까지 합세하여 쳐들어온 무리들과 싸웠다.

세가의 장로들은 기세등등하게 적들을 해치워 나갔다.

그러나 그것은 오래가지 않았다.

카캉–!

"인제 그만. 우리 애들 좀 그만 죽여."

"크크크크, 야, 그리 말하니까 우리가 꼭 착한 놈들 같다."

장로들의 공격을 막은 자들이 웃으며 자기들의 수하들을 그만 죽이라 말했다.

그 모습에 세가의 장로들이 이를 악물고 말했다.

"네, 네놈들은 누구냐!"

"우리? 알 텐데?"

"그걸 우리가 어찌 아느냐!"

"크크크, 뭘 모른 척해? 이제 요녕성의 패자 자리는 우리에게 넘기셔야지."

"마, 마영문! 마영문 놈들이더냐?"

"잘 아네."

"최선을 다해서 덤벼. 어차피 오늘 이곳에 있는 모든 것을 치우라 명받아서 말이야. 살려 둘 생각 없으니까 죽을 각오로 덤비라고."

남자들의 말에 장로들은 더는 못 참겠는지 검을 휘둘렀다.

"닥쳐라!"

후웅–!

카카깡–!

"노친네 힘도 좋네."

쓰앙-!

"커헉!"

"그런데 그게 끝이야. 힘만 좋은 거. 잘 가."

"이, 이놈들……."

푸하학-!

장로 하나가 목숨을 잃었다.

다른 쪽에서도 이미 다 처리되고 있었다.

"이게 뭐야? 요녕성의 패자라길래 기대를 잔뜩 하고 왔는데?"

"잔챙이들밖에 없는데? 장로라는 것들도 영 부실하고."

"가주는?"

"골골거리고 있다더라. 퉤! 그건 줘도 안 먹어."

"그럼 소가주!"

"그놈은 내 거!"

"내 거!"

서로 다음 먹이를 가지고 다투고 있었다.

한편 바깥으로 나온 모용승과 모용천은 눈앞에 펼쳐진 광경에 경악했다.

종이 울리자마자 뛰어나왔음에도 이미 수많은 세가의 무인들이 희생을 당한 것이다.

일단은 사태를 파악해야 했기에 섣불리 덤벼들지 않고 주변을 탐색했다.

그 결과 세가의 무사들을 도륙하는 자들 외에 세가의 지붕 위에서 이것을 유유자적하게 구경하는 자들이 눈에 들어왔다.

그들을 발견한 모용승과 모용천은 소름이 돋았다.

누가 봐도 저들이 정예라는 게 느껴졌기 때문이었다.

아직 진짜들은 참전도 하지 않았는데 세가가 도륙이 나고 있었다.

둘은 다급하게 검을 꺼내 들고 세가의 사람들을 구하기 위해 뛰어들었다.

그러나 그 많은 사람을 구하기엔 역부족이었다.

"하, 하늘이 우리 세가를 이리 버리시는 것인가?"

검을 휘두르면서 눈물을 흘리는 모용승이었다.

그때.

퍼퍼퍼퍼펑-!

콰콰콰쾅-!

세가를 침범한 무리들이 거대한 폭발음과 함께 사방으로 튕겨 날아갔다.

모용승이 그곳을 바라보자 세 사람이 보였다.

바로 조방과 제갈군, 그리고 진천이었다.

조방은 재빨리 모용승의 옆으로 다가와 안부를 물었다.

"가주님, 괜찮으십니까?"

"괘, 괜찮네. 자, 자네들 어찌?"

도망가지 않고 여기 왔냐고 묻는 거 같았다.

"어찌 이런 악을 보고 피할 수 있겠습니까! 저도 미약하나마 힘껏 돕겠습니다!"

그리고 자신의 창을 전면으로 겨누며 말했다.

고마웠다.

하지만 저들은 이들이 상대할 수 있는 자들이 아니었다.

후기지수의 수준을 넘어선 강자들이었기 때문이었다.

모용승이 어서 피하라고 말을 하려는 찰나 거대한 불길이 모습을 드러냈다.

"일점만변(一點萬變)!"

쿠아아아아앙-!

수십 개가 넘는 창 모양의 불길이 적들을 휘감았다.

순식간에 자신을 향해 달려오는 적들을 재로 만들어 버리는 엄청난 무공.

모용승의 눈이 휘둥그레졌다.

그것을 아는지 모르는지 조방은 뛰어나가 날뛰기 시작했다.

조방이 지나간 자리는 재만 남았다.

그 어떤 시체도 보이지 않았다.

그가 휘두르는 창술은 보는 이로 하여금 감탄을 자아내게 할 정도로 아름다웠다.

퍼퍼펑-!

다른 쪽에서도 엄청난 폭음이 들려왔다.

그곳을 바라보니 진천이라는 자 역시 적들을 도륙하고 있었다.

제갈군과 관천까지 가세하여 돕고 있었다.

"아버지! 하늘이 아직 저희를 버리지 않은 것 같습니다!"

"그, 그렇구나! 우리도 힘을 내자! 은인들이 저리 도우시는데 주인이 이러고 있으면 안 되지!"

"네!"

다시 의욕이 샘솟은 모용승은 자신이 가진 모든 것을 쏟아내기 시작했다.

순식간에 장내가 정리되기 시작했고, 세가의 앞마당에 들어온 적들은 모두 처리가 되었다.

그러자 지붕에서 이것을 감상하던 자들이 내려왔다.

짝짝짝-!

손뼉을 치며 감탄한 어투로 말하고 있었다.

"이야! 별 볼 일 없을 줄 알았는데 엄청나네."

"그러게. 아까 장로들 상대할 때만 해도 흥미가 떨어졌었는데."

그 말에 모용승이 다급하게 물었다.

"자, 장로들이라니!"

"응. 힘겨워하길래. 우리가 먼저 올려 보내 줬어."

그 말에 모용승이 비틀거렸다.

자신의 직계 가족들.

그들이 모두 죽은 것이다.

땅에 착지한 열 명의 무리.

그들은 재미난 먹잇감을 만난 표정이었다.

특히 조방과 진천을 향한 노골적인 눈빛.

누가 봐도 강렬하게 원하는 눈빛이었다.

"이거 참, 가장 맛있는 먹이는 정해졌는데 원하는 애들이 많네? 어찌하나?"

"크크크. 먼저 먹는 자가 임자지!"

한 명이 튀어 나가며 조방을 노렸다.

퍼펑—!

"크윽!"

조방의 반격에 재빨리 뒷걸음질 친 남자.

"크하하하하! 꼴좋다!"

뒤에서 비웃음이 들려왔다.

남자의 인상이 구겨졌다.

"이, 이 버러지가 나를 웃음거리로 만들어?"

쿠우우우우—!

남자의 몸에서 붉은 혈기가 올라왔다.

"네놈은 특별히 혈사신(血死身)이 되어 상대해 주마."

그 말에 조방이 말했다.

"그래? 그럼 나는 특별히 화룡이 되어 상대해 주지."

"뭐?"

잔뜩 기세를 올리던 남자가 무슨 소리냐는 표정으로 조방을 바라보았다.

그리고.

화르르르륵—!

온 세상을 환하게 밝히는 거대한 화룡.

그것이 세상에 모습을 드러냈다.

"마, 맙소사! 화, 화룡?"

혈사신을 전개하던 남자가 깜짝 놀라며 다시 뒷걸음질 쳤다.

뒤에 있던 모용승과 모용천 역시 입이 쩍 벌어진 채로 눈앞에 펼쳐진 엄청난 광경을 보고 있었다.

"화, 화룡…… 화룡지체라고? 우리 혜아가 데려온 정인이…… 화룡지체였어?"

"세, 세상에…… 화, 화룡이라니. 그, 그런 사람이 장원의 무사라고?"

경악을 하는 두 사람을 뒤로하고 조방이 앞으로 걸어 나갔다.

그런 조방을 향해 크게 웃는 남자.

"크하하하하! 애들아! 너희들도 같이해야겠다. 이건 내가 감당이 안 되겠는데? 크크크크."

무엇이 그리도 신나는지 웃으며 말하는 남자.

아니나 다를까 남자의 말이 끝나기가 무섭게 뒤에 있던 남자들 역시 일제히 핏빛 혈기를 뿜어내기 시작했다.

"그러게. 크크크, 재밌겠네."

"오래간만에 맘껏 힘을 써도 되겠군."

"하하하하하! 재밌다! 재밌어!"

열 명이 일제히 혈기를 드러내자 조방을 넘어서기 시작했다.

그러자 엄청난 기운이 조방을 덮쳐 왔다.

그 모습에 조방이 경악을 했다.

"이, 이럴 수가! 아무리 힘을 합쳤다지만 화, 화룡을 능가한다고?"

누가 봐도 조방이 불리했다.

"친구, 내가 돕지."

진천이 옆으로 와 나란히 섰다.

그 모습에 혈기를 내뿜던 남자들이 비웃었다.

"크크크, 객기를 부리는 놈이 나타났군."

"미안하지만 너는 우리의 관심사가 아니다."

후우우우웅웅―!

푸른빛의 거대한 무신이 진천의 몸에서 피어올랐다.

"관심 가져 줘. 나도 오행체 중에 하나거든."

진천의 말에 모용승과 모용천이 다시 경악하며 외쳤다.

"무신현상! 처, 천무지체!"

"처, 천무지체까지?"

혈사신들 역시 놀람을 드러냈다.

"오호! 천무지체였어?"

"반씩 나눠야겠다. 전력을 다해라! 훗날 교에 큰 걸림돌이 될 놈들이다."

"알았다!"

말이 끝남과 동시에 달려드는 열 명의 혈사신과 두 오행체가 격돌했다.

콰콰콰쾅-!

퍼퍼퍼펑-!

쿠쿠쿠쿠쿵-!

사방이 진동하고 전각들이 무너져 내렸다.

엄청난 위력에 살아남은 사람들은 재빨리 뒤로 후퇴했다.

모용승과 모용천 역시 뒤로 거리를 벌린 뒤 그 모습을 지켜봤다.

쿠아아아아아-!

화룡이 춤을 추는 듯한 광경이 끊임없이 펼쳐졌다.

이미 밤이 깊어져 어두워진 모용세가를 환하게 비추는 화룡.

아름다웠다.

하지만 지금은 그런 감상에 빠져 있을 때가 아니었다.

모용승은 정신을 차리고 명했다.

"당장 살아남은 사람들을 대피시켜라! 한 명이라도 안전한 곳으로 보내야 한다!"

"아, 알겠습니다."

가주의 명에 일사불란하게 움직이는 사람들이었다.

그리고 자기 아들이자 소가주를 보며 말했다.

"너는 살아남은 세가 사람들을 챙기거라. 부디 살아남아야 한다."

"아, 아버지, 그게 무슨 말씀이십니까? 소자는 못 갑니다!"

"닥치거라! 너라도 살아남아야 세가를 다시 일으켜 세울 것이 아니냐! 어서! 아비로서가 아니라 가주로서 명이다!"

"아, 아버지……."

아들이라도 살리기 위해 내린 명령.

그런데 뒤에서 목소리가 들려왔다.

"그냥 다 가."

깜짝 놀라서 뒤를 돌아보니 젊은 남자가 이곳을 바라보며 웃고 있었다.

"오늘 기분이 좋다. 전부 살려 줄게. 다 가라."

"그, 그대는 누구요?"

남자의 몸에서 나오는 기운이 심상치 않음을 느낀 모용승이 경계를 하며 물었다.

"나?"

자신을 손가락으로 가리키며 묻는 남자.

모용승이 고개를 끄덕이자 남자가 웃으며 말했다.

"마영문의 문주."

소름이 돋았다.

자신을 소개하면서 입술을 핥는데 살기가 진하게 모용승의 뇌리에 파고든 것이다.

"이제 알겠지? 너희들을 살려 줄 수 있는 권한을 가진 남자인지."

그리고 조방과 진천을 바라보며 웃었다.

"저런 재미가 있는데 네놈들 같은 버러지들 피를 묻혀서 기분 잡치면 안 되지. 그러니 빨리 가. 보고만 있어도 짜증이 나려고 하니까."

그러면서 손을 휘휘 젓는 남자였다.

반박하고 싶었다.

아니라고 말하며 공격하고 싶었다.

하지만 몸이 따라 주지 않았다.

이미 남자가 뿌린 살기에 온몸이 굳은 상태였다.

남자가 한창 조방과 진천의 싸움을 보더니 일어섰다.

"이것참, 크크크. 피가 끓어서 더는 못 지켜보겠네."

그리고 전투가 벌어지고 있는 곳으로 발걸음을 옮겼다.

"모두 물러서라."

남자가 천천히 걸어가며 말하자, 정신없이 조방과 진천을 공격하던 열 명의 혈사신이 재빨리 몸을 뒤로 날렸다.

남자의 한마디에 두려운 얼굴을 하고 있었다.

전투 중에 갑자기 모습을 드러낸 남자.

자신들을 몰아붙이던 저들이 두려움에 떨며 물러났다.

그 모습에 지쳐 가던 조방과 진천이 서로 전음을 날렸다.

─헉헉. 저 자식들이 저리도 두려워하며 물러나다니. 저놈은 더한 괴물인가 보다.

─미치겠네. 헉헉. 아무래도 우리가 그동안 너무 자만한 것 같다. 오행체라고 너무 자만했어.

─나는 자만 안 했는데…….

─아, 너는 그렇지…….

조방의 전음에 진천이 이해한다는 표정으로 고개를 끄덕였다.

조방이 자만을 했을 리가 없지 않은가.

주변에 괴물 천진데.

둘이 그렇게 전음을 나누고 있을 때 천천히 걸어오던 남자가 말했다.

"숨 고를 시간을 주지. 지친 놈들 상대해 봐야 재미가 없으니."

그리고 바닥에 주저앉았다.

그 모습에 조방과 진천 역시 바닥에 주저앉았다.

"헉헉, 안 된다고 하고 싶지만……."

"그러게. 좀 쉬고 보자."

그러더니 정말로 편하게 대자로 누워서 쉬는 것이다.

그 모습에 남자가 몸이 넘어가라 웃었다.

"크하하하하하! 이거 봐라? 하하하하! 정말 재밌다! 재밌
어! 크하하하!"

예상외의 행동에 남자가 정말로 즐거워했다.

지금까지 이런 자들은 만나 본 적이 없었다.

"크크크크. 그래, 푹 쉬어라. 이승에서 마지막 휴식이니."

남자의 말에도 대꾸 없이 쉬기 바쁜 두 사람이었다.

그 상황을 바라보던 주변인들은 지금 이게 무슨 상황인가
싶어 어리둥절했다.

아무리 상대방이 쉬라고 했다고 저리 맘 놓고 쉰다고?

이해가 되지 않는 장면이었다.

하지만 그 누구도 그것을 말리거나 뭐라 하는 사람이 없었
다.

시간이 흐르고 남자가 일어섰다.

"이쯤 줬으면 된 거 같은데?"

그러자 조방과 진천도 주섬주섬 일어났다.

"조금만 더 주지."

"그러게."

투덜거리면서 일어서는 두 사람.

"크크크. 너희들 정말 맘에 든다. 어떠냐? 내 밑으로 오지

않겠냐?"

자신의 부하가 되기를 종용하는 남자였다.

"누군지도 모르는 사람 밑으로 들어가라고?"

"먼저 자기소개부터 하고 들어오라고 해야 정상 아닌가?"

둘의 말에 기분이 상할 법도 한데 남자는 아랑곳하지 않고 대답했다.

"크크크. 갈수록 맘에 든다. 그 배짱 크크. 좋다! 내가 누군지 말해 주지!"

남자가 자신의 정체를 말해 주겠다고 하자, 조방과 진천뿐 아니라 그곳에 있는 모든 사람이 집중하기 시작했다.

"나는 혈천교의 사령마군 중 하나인 멸령마군(滅靈魔君) 백황(伯荒)이라고 한다. 크크크."

그의 말에 모든 사람이 경악했다.

"혀, 혈천교! 저, 정말이란 말인가?"

"마, 맙소사! 혈천교라니!"

그런데 웬걸?

조방은 무덤덤한 표정으로 말했다.

"아! 혈천교 사대호법. 전에 염화마제라는 자를 만났었지. 내 손에 저 세상 갔지만."

조방의 말에 옆에 있던 진천이 깜짝 놀라며 물었다.

"그게 사실인가?"

진천의 말에 조방이 고개를 끄덕였다.

그러자 백황이 크게 웃었다.

"크하하하하! 다 늙어서 겔겔거리는 노인네를 잡고 그리 기세등등한 것이냐? 그래도 칭찬은 해 줄 일이군. 크크크. 늙었어도 나름 강했을 텐데."

백황이 즐거워하다가 손뼉을 치며 말했다.

"아! 그렇군. 화룡이었지. 그 노인네 재수도 없지. 하필 자신의 상위호환인 자를 만났으니. 그러나 나는 다르다. 그러니 긴장을 늦추어서 방심하는 불상사는 벌이지 말아라."

백황의 말에 조방이 자신의 창을 움켜쥐며 말했다.

"절대 그럴 일 없다. 이제 그만 시작하지?"

조방의 말에 백황의 표정이 진중해졌다.

"그래. 이제 그만 시작해 보자. 크크."

조방이 달려 나가며 외쳤다.

"하얏! 천패광폭창(天覇狂爆槍)!"

콰콰쾅—!

세상에 있는 모든 것을 파괴할 것 같은 위력의 섬광이 백황을 덮쳤다.

촤아악—!

백황이 휘두른 검이 섬광을 반으로 갈랐다.

반으로 가르고 날아오는 검강.

조방이 재빨리 옆으로 피했다.

콰콰쾅—!

진천이 백황을 향해 무당의 자랑인 선천태을장(先天太乙掌)을 날렸다.

진천의 손에서 거대한 손바닥 모양의 강기가 백황을 향해 날아갔다.

백황은 자신을 향해 날아오는 선천태을장 역시 반으로 갈라 버렸다.

쭈아악—!

콰콰쾅—!

조방과 진천은 끊임없이 백황을 향해 힘을 합쳐 공격했다.

조방이 창을 날리면 진천이 후방을 공격하고, 진천이 장력을 날리면 조방이 머리 위를 공격했다.

하지만 백황은 여유롭게 그 모든 것을 다 피하고 쳐 냈다.

"크크크크. 정말로 즐겁구나! 더더! 더 해 봐라!"

백황의 말에 조방과 진천이 각각 화룡과 무신을 불러냈다.

"염화폭열창(炎火爆熱槍)!"

자신이 할 수 있는 최후 초식에 화룡의 기운까지 집어넣어 날렸다.

쿠르르르릉—!

"천강복마권(天罡伏魔拳)!"

진천 역시 무신의 기운을 불어넣어 자신이 낼 수 있는 최후 초식을 날렸다.

쿠콰콰콰콰—!

"크크크. 좋구나! 멸살천참(滅殺天斬)!"

그 순간 백황의 검에서 거대한 크기의 검강이 형성되었다.

백황은 거대하게 변한 자신의 검을 세로로 휘둘렀다.

거대한 검강은 자신을 향해 날아오는 두 무공을 가차 없이 소멸시키며 조방과 진천을 향해 나아갔다.

"피, 피해!"

퍼억-!

진천이 조방에게 장력을 날려 튕겨 나가게 했다.

그리고 자신은 그 검강에 말려들었다.

콰콰콰쾅-!

검강이 지나간 자리에 모용세가의 전각들이 일렬로 무너지며 박살이 났다.

"진천!"

자신에게 장력을 날려 위험에서 벗어나게 하고 크게 다친 것이다.

"이 친구야! 왜 그랬어!"

"쿨럭! 하하. 하, 한 명이라도 살아야지."

피를 한 움큼 토하는 진천.

진천은 곧 죽어도 이상하지 않을 만큼 처참했다.

온몸에 난 자상과 연이어 각혈하는 모습은 더는 그가 살 수 없음을 보여 주고 있었다.

"아, 안 되네. 이렇게 보낼 수 없네! 의선! 의선 어디 계십니까!"

애타게 의선을 찾았다.

관천이 재빠르게 달려왔다.

그리고 진천을 바라보고는 고개를 저었다.

"늦었네……."

진천을 안고 서글프게 우는 조방과 슬픈 눈으로 그것을 바라보는 관천.

그리고 그 모든 것을 지켜보던 백황.

그 모습이 마음에 안 드는지 짜증 나는 얼굴을 하며 말했다.

"신파극은 그만하지? 어차피 다 죽일 거야. 그러니까 걱정하지 마."

그러고는 자신의 검에 다시 기운을 불어넣었다.

"일단 질질 짜는 병신 것들부터 지우고."

말이 끝남과 동시에 조방과 관천, 진천이 있는 곳으로 검을 휘둘렀다.

쇄애애액-!

슬픔에 자신을 향해 날아오는 검강조차 느끼지 못하는 조방.

쩡-!

푸하학-!

백황이 날린 검강이 산산조각이 나면서 사방으로 분산되

천하무적
운가장

었다.

그 충격으로 멀찌감치 날아간 백황.

경악한 눈으로 정면을 바라보았다.

그곳엔 갑자기 등장한 네 명의 남자가 있었다.

세 사람은 백황을 죽일 듯이 쳐다보고 있었고, 한 사람은 진천을 향해 걸어가고 있었다.

"이런…… 꽤나 고전을 했구나."

들려오는 목소리에 조방이 고개를 들어 보았다.

그곳에는 빛이 있었다.

언제나 자신을 구원해 주던 빛.

그 빛이 진천을 향해 스며들어 갔다.

진천의 몸이 순식간에 치유되어 갔다.

"걱정하지 말거라. 이 녀석은 아주 많이 장수할 것이니."

"주, 주군…… 이, 이게 꿈이 아닌지요."

조방의 말에 천룡은 빙긋 웃으며 그의 어깨를 두드려 주었다.

관천 역시 놀란 얼굴로 천룡을 바라보았다.

"자, 장주님, 여, 여긴 어떻게?"

"아, 볼일이 있어서 오는 중이었는데 조방의 기운이 강하게 느껴져서 서둘러 왔다."

관천의 말에 답을 해 주고는 백황을 바라보았다.

"저 녀석이 이 모든 일의 원흉인 것 같군."

"저희가 처리하겠습니다."

무광의 말에 천룡이 고개를 저었다.

"아니. 그러기엔 여기 피해가 너무 크다."

그리 말을 하고는 백황을 향해 천천히 걸어갔다.

"너를 어찌해야 할까?"

자신을 향해 걸어오는 남자.

백황은 알 수 없는 두려움을 느꼈다.

'내가…… 내가 두려움을 느낀다고? 이 내가?'

인정할 수 없었다.

"내가 두려움을 느낀다고?"

이번엔 큰 소리를 내며 말했다.

"그럴 리가 없다! 나는 강하다! 하앗! 멸살천참!"

다시 한번 진천을 사경으로 몰아넣은 초식을 전개했다.

거대해진 검강.

그것이 정확하게 천룡의 정수리를 향해 떨어졌다.

쩡—!

천룡은 그것은 아무렇지 않게 손바닥으로 막았다.

"소, 손으로? 매, 맨손으로 그것을?"

믿을 수가 없었다.

자신이 펼친 검강이다.

그것도 최후 초식이었다.

그것을 피한 것도 아니고, 같은 검강을 씌운 검으로 막은 것도 아니고 손바닥으로 막았다.

그것도 별다른 힘을 쓴 것 같지 않았다.

마치 머리로 날아오는 나뭇잎을 쳐 내는 듯한 모습.

대수롭지 않은 얼굴로 자신의 검을 쳐 냈다.

슈팍-!

퍼억-!

놀라고 있을 때 갑작스럽게 느껴지는 복통.

놀라서 배 쪽을 바라보니 주먹 모양으로 배가 움푹 들어가 있었다.

"크어억!"

푸학-!

쿠다다당탕탕-!

볼품없게 한참을 구르고 굴러 거대한 바위와 부딪혔다.

콰쾅-!

자욱하게 피어오른 먼지.

그것을 보고 경악을 하다못해 턱이 빠지려 하는 사람들.

모두가 똑똑히 보았다.

조금 전 백황의 무서움을, 그리고 그의 엄청난 강함을 말이다.

그런데 지금 그 백황이 단 한 방에 저리된 것이다.

천룡은 조용히 제자들에게 말했다.

"저기 혈기 뿌리는 놈들. 전부 정리해라. 사람의 피를 흡수

해서 얻은 기운이다. 모조리…… 없애라."

지금까지 보지 못했던 차가운 목소리.

제자들은 차마 되묻지 못하고 대답했다.

"네!"

제자들의 대답을 들은 천룡은 천천히 다시 백황이 쓰러진 곳을 향해 걸어갔다.

"웬만하면 사람을 상하게 하고 싶지 않았다."

쩌적-! 쩌저적-!

천룡의 걸음, 걸음마다 바닥에 금이 가고 있었다.

"갱생이 가능한 자들은 될 수 있음 살려서 죄를 뉘우치게 만들어 좀 더 밝은 세상을 만들려고도 했다."

푸학-!

자신을 덮었던 바위를 사방으로 쳐 내며 일어나는 백황.

그의 몸은 엉망이었다.

기혈이 사방에서 들끓고 있었다.

그가 품속에서 단약을 꺼내어 입속에 집어넣었다.

"제길. 이건 정말로 먹고 싶지 않았는데."

꿀꺽-!

단약이 몸 안으로 들어가자 엄청난 기운이 그의 온몸에 퍼졌다.

백황은 자신의 몸 안에 넘치는 힘을 느끼며 몸을 풀었다.

뿌드득-!

"이봐! 아직 안 끝났어!"

백황이 자신을 향해 다가오는 천룡에게 돌진했다.

"천살마광(天殺魔狂)!"

시뻘건 기운을 온몸에 두르고 달려드는 백황.

빠악-!

"커억!"

통하지 않았다.

천룡의 발차기가 백황의 턱을 갈겼다.

퍼억-!

천룡의 주먹이 그의 복부에 꽂혔다.

그리고.

퍼퍼퍼퍼퍼퍼퍼퍼퍼퍼퍼퍼퍼퍼퍼퍼퍽-!

눈에 보이지도 않을 속도로 백황에게 주먹을 날리는 천룡.

그의 눈에는 일말의 자비도 보이지 않았다.

특이하게 저리 때리는데도 백황의 몸이 날아가지 않았다.

마치 무언가에 잡힌 채로 얻어맞는 모양새였다.

순식간의 그의 온몸은 흐물흐물해졌다.

털썩-!

천룡의 주먹질이 멈추자, 백황은 힘없이 바닥에 쓰러졌다.

백황이 쓰러지자 그의 머리를 잡았다.

"이건 될 수 있음 쓰지 않으려 했는데……."

빠지지직-!

뇌기가 백황의 머리를 감쌌다.

잠시 후.

백황이 하얗게 변한 눈동자를 보이며 천룡의 손에서 떨어졌고, 다시는 일어나지 못했다.

백황의 시체를 잠시 바라보던 천룡이 한숨을 쉬고는 뒤를 돌아봤다. 자신의 제자들 역시 혈기를 내뿜는 자들을 모두 처리한 상태였다.

다들 경악, 공포, 경이 이 모든 것이 담긴 눈빛으로 천룡을 바라보았다.

그것은 제자들이라고 다르지 않았다. 지금까지 한 번도 보여 준 적이 없었던 천룡의 모습이었다.

그런 제자들을 보며 천룡이 말했다.

"녀석들 많이 놀란 모양이구나. 일단 이곳을 정리하고 보자."

천룡의 말에 그제야 정신을 차린 사람들이 주변을 두리번거렸다.

이미 모용세가의 전각들은 멀쩡한 곳이 없었고, 사방에는 시체들이 즐비했다.

어디서부터 손을 써야 할지 감이 잡히지 않을 정도였다.

사람들은 천천히 움직이기 시작했다.

모용승은 정신을 차리고 천룡에게로 다가와 몸을 숙이며 인사를 했다.

"겨, 경황이 없어서 이제야 인사를 올립니다. 은인! 세가를 구해 주셔서 감사합니다."

모용승의 인사에 천룡이 포권을 하며 답했다.

"하하, 아닙니다. 인연이 있는 집안인데 어찌 돕지 않을 수 있습니까?"

천룡의 말에 모용승이 고개를 들어 물었다.

"네? 죄송하지만…… 저희는 은인을 오늘 처음 뵙습니다."

모용승은 자신이 기억을 못 하는 것 같아 죄스러웠다.

기억에도 없는 사람이 자신의 세가를 위해 달려와 준 것이 아닌가.

아무리 생각해도 떠오르지 않았다.

그 모습에 천룡이 웃으며 말했다.

"하하, 저기 저 녀석이 제 가족입니다."

천룡이 가리키는 곳을 보니 조방이 서 있었다.

조방은 자신을 가리키며 가족이라 말해 주는 천룡을 보며 울고 있었다.

"저 녀석이 좋아하는 여자가 바로 가주님 따님입니다. 앞으로 잘 좀 부탁드리겠습니다."

천룡이 고개를 숙여 인사했다.

그 모습에 모용승이 기겁을 하며 인사를 받았다.

"아, 아닙니다! 저, 저희야말로 잘 부탁드립니다!"

'내, 내 딸이 물어온 게 화룡지체에…… 무신이었구나! 이

런 복덩이 같으니……..'

세가가 무너졌지만 지금, 이 순간만큼은 딸이 너무 대견했다.

"세가가 재건할 수 있도록 최선을 다해 돕겠습니다."

천룡의 말에 모용승의 눈에서 눈물이 나왔다.

처음에 조방을 향한 자신의 마음이 너무도 미안했다.

또한, 이제 모든 것이 끝이라 생각을 했는데 이렇게 천룡의 도움으로 다시 일어설 기회를 얻은 것에 감격했다.

천룡을 바라보며 무언가를 깨달은 모용승이었다.

'누군가의 품 안에 있다는 것이 이리도 포근한 것이었구나.'

지금까지 오랑캐 가문이라며 그 누구도 인정하지 않았다.

하지만 천룡의 품 안이라면 떳떳하게 가슴을 펴고 말할 수 있을 것 같았다.

바로 천룡.

이분과 함께라면 말이다.

존경하는 눈빛으로 천룡을 바라보는 모용승이었다.

천룡은 저 멀리서 쭈뼛거리는 제자들을 불렀다.

"많이 놀랐느냐?"

"아, 아버지. 지금까지 그런 모습을 보인 적이 없으셔서 조금 당황했습니다."

"사부님…… 아까는 정말로 무서웠습니다."

"……."

제자들의 모습에 천룡이 사과했다.

"미안하구나. 하지만 아무리 생각해도 저들은 살려 두기 힘들었다. 그 마음이 나도 모르게 표출이 된 것 같다."

천룡의 말에 제자들은 이해가 된다는 표정으로 고개를 끄덕였다.

자신들도 경험하지 않았는가.

저들이 얼마나 잔혹한 짓을 했는지 말이다.

솔직히 천룡이 아니었어도 자신들이 나서서 처리했을 것이다.

저들은 살리는 것보다 세상에서 지우는 것이 이득이라 생각했으니까.

그래도 천룡이 이리 말해 주니 안심이 되었다.

천룡 역시 자신들과 같이 분노하고 슬퍼하는 인간이라는 사실이 더욱 와닿았다.

그리 생각하니 마음이 편해졌다.

"죄송합니다. 괜히 아버지 마음만 속상하게 만들었네요."

"사부님. 저희는 그냥 살짝 놀란 겁니다. 너무 신경 쓰지 마세요."

두 사람과 다르게 태성은 천룡을 안았다.

"사부! 앞으로 힘든 일 있으면 저희랑 꼭! 상의해 주세요. 아셨죠?"

태성이 무엇을 걱정하는지 잘 아는 천룡이었다.

천룡은 자신의 품속에 있는 태성을 토닥여 주었다.

"이 자식이 또 혼자서 독차지하려고 하네?"

무광이 태성을 노려보며 말했다.

"놔두세요. 한창 응석 부릴 막내 아닙니까."

천하의 사황이 응석 부리는 막내로 전락했다.

그래도 좋았다.

사부의 품이.

어수선한 장내를 뒤로하고 모용승의 안내를 따라 그나마 멀쩡한 전각으로 이동했다.

"은인! 제가 지금 정신이 없어서 제대로 대접을 못 해 드릴 것 같습니다. 송구합니다."

"아닙니다. 충분히 이해합니다. 저희는 신경 쓰지 마시고 어서 가 보세요."

"감사합니다. 어느 정도 정리가 되면 다시 정식으로 인사 드리겠습니다."

모용승은 문을 나가는 그 순간까지 계속 고개를 숙이며 인사를 했다.

"사람 운명이라는 게 정말 모를 일이구나. 황제의 명으로 이곳에 오질 않았다면…….."

생각만 해도 끔찍했다.

자신의 소중한 이들을 잃을 뻔하지 않았는가.

하루라도 빨리 혈천교를 치워야겠다고 생각하는 천룡이었
다.

그래야 안심이 될 것 같았다.

문제는 그놈들에 대한 정보가 아직도 부족했다.

마지막에 백황의 머릿속에서 기억을 뽑아냈다.

다른 이의 모든 기억을 본다는 것은 그다지 좋은 기분이
아니었기에 다시는 쓰지 않으려 했다.

하지만 이번 일을 계기로 깨달았다.

할 수 있는 것은 전부 다 해야겠다고.

백황의 기억에는 혈천교 본단에 관한 기억이 전혀 없었다.

오로지 광기만이 남아 있었다.

다행히 마영문에 대한 정보는 있어서 그것을 토대로 차근
차근 되짚어 나갈 생각이었다.

그러려면 마영문에 먼저 가야 했다.

"일단 마영문이라는 곳을 먼저 다녀와야겠다. 그곳에 가면
그래도 단서가 있지 않을까?"

천룡의 말에 제자들이 물었다.

"거기가 어딘지 알고 찾습니까? 이럴 줄 알았으면 몇 놈
살려 둘 걸 그랬나 봐요."

"백황이라는 녀석의 기억을 끄집어냈다. 내가 어딘지 알아."

"네? 사, 사람의 기억을 끄집어내요?"

다들 깜짝 놀라며 묻자 천룡이 고개를 끄덕였다.

"딱히 좋은 기분은 아니다. 그래서 사용하지 않으려고 한 기술이지. 하지만 이제는 그런 것을 따지지 않을 생각이다."

심경의 변화가 있었는지 천룡의 태도가 달라졌다.

전에는 조금 방관하고 흘러가는 대로 놔두었다면 지금은 적극적으로 바뀌었다.

"이곳에 있어 봐야 방해만 될 것이고, 일단 그곳에 다녀오자."

"네!"

❧

망망대해(茫茫大海).

끝이 없이 펼쳐진 바다 위로 천룡과 제자들이 달려오고 있었다.

물 위를 달리는 데도 땅 위를 달리는 것처럼 평온했다.

한참을 달리던 그들 눈에 섬 하나가 눈에 들어왔다.

"아버지 저기입니까?"

무광의 물음에 천룡이 고개를 끄덕였다.

"그놈 기억에 의하면 저기가 맞다."

"이런 외진 곳도 모자라 바다 한가운데에 있는 섬이니 못 찾는 것도 이유가 있었네요."

"사람들이 문파라고 하면 전부 육지에 있을 거로 생각하니 찾기 힘들었겠죠."

"혈천교도 이런 식으로 섬에 있는 거 아닐까요?"

"그건 아닌 것 같다. 주로 북쪽에서 내려온 것을 보면……."

"하긴 미친놈들이라도 굳이 빙 돌아서 내려오진 않겠지 요."

한편 섬에서 경계를 펼치던 자들은 바다 위를 달려오는 사람을 보고 경악을 했다.

"바, 바다 위로 사람이 달려온다!"

"무슨 개소리야!"

"저, 저길 봐!"

무사가 가리키는 곳을 보니 정말로 바다 위를 빠른 속도로 달려오는 네 사람이 보였다.

"미친! 얼마나 엄청난 고수길래…… 뭐 해! 비상종 때려!"

땡땡땡땡땡-!

"하필 본 문의 정예 무사들이 모두 자리를 비웠을 때 이런 고수들이 오다니."

"우리가 막을 수 있을까?"

"천령강시가 있잖아. 그거면 돼!"

"맞다! 어서 그들에게 가서 말해! 도움이 필요하다고."

무사는 다급하게 어디론가 향했다.

한편 바다 위를 달려오던 천룡은 섬 전체를 살펴보고 있었다.

"딱히 특별한 놈들은 없다. 모용세가에 쳐들어온 놈들이 주력이었나 보군."

"그래요? 에이. 그래도 나름대로 기대하고 왔는데⋯⋯."

"잔챙이들만 정리하고 가겠네요."

"그래도 여기저기 잘 살펴봐. 무언가 혈천교를 찾을 단서 같은 게 있는지."

"네!"

이윽고 섬에 도착한 네 사람.

땅에 착지하자마자 무광이 섬 가운데 있는 성벽에 일권(一拳)을 날렸다.

콰콰쾅−!

순식간에 뻥 뚫린 벽.

그곳으로 여유롭게 들어가는 네 사람이었다.

"쏴!"

성안으로 들어오자 사방에서 날아오는 수백 개의 화살.

티티티티팅−!

하지만 투명한 강기에 막혀 튕겨 나갔다.

화살을 날리는 것에는 전혀 신경을 쓰지 않고 주변을 둘러

보는 네 사람.

"야, 신경 쓰이니까 좀 치워라."

무광이 태성에게 말하자 태성이 공중으로 뛰어올랐다.

"뇌화풍천!"

쿠콰콰콰쾅-!

"크아아악!"

"아아악!"

사방에서 비명이 들려왔다.

순식간에 화살을 날리던 무사들을 제압한 태성이었다.

땅에 착지하자 어디서 많이 들어 본 소리가 들려왔다.

"크르르르!"

혹시 하는 마음에 돌아보니 역시나였다.

"여기도 있네."

"그러게요. 도대체 얼마나 많은 아이가 희생되었을까요?"

세 제자가 강시를 보며 얘기하자 천룡이 물었다.

"저, 저것이 무엇이냐?"

"아! 사부는 모르시겠구나. 저거 천령강시라고 천 명의 아이들을 희생시켜 만드는 마물이에요."

천룡의 눈썹이 꿈틀거렸다.

"뭘 희생해?"

"천 명의 아이들."

"그, 그게 정말이냐?"

천룡의 물음에 제자들이 슬픈 눈으로 고개를 끄덕였다.

분노한 눈빛으로 변한 천룡.

조용히 천령강시를 향해 걸어갔다.

천룡이 다가오자 천령강시가 달려들었다.

"크아아아악!"

강기를 머금은 기다란 손톱이 천룡의 얼굴을 향해 날아왔다.

쩡ㅡ!

하지만 무형의 기운에 막혀 더 전진하지 못했다.

천룡은 슬픈 눈으로 천령강시를 바라보았다.

"불쌍한…… 녀석들. 영혼들이 울고 있다."

천룡은 강시를 바라보며 눈물을 흘렸다.

"너희들의 복수는 꼭 해 주마. 편히 쉬거라."

그리 말하고 천령강시의 머리를 쓰다듬었다.

그러자 놀랍게도 천령강시의 입가에 미소가 고이며 천천히 눈을 감는 것이다.

순식간에 무너져 내리며 바닥에 쓰러지는 천령강시.

털썩ㅡ!

그 모습을 지켜보던 마영문의 무사들은 혼비백산하여 도망가기 시작했다.

"미, 미친! 천령강시를 저리 쉽게 처리한다고! 도, 도망가! 괴물이다!"

운가장

"천 번을 죽여야 쓰러진다는 천령강시를 한 방에 쓰러뜨리다니! 도망가! 빨리!"

그런 그들을 천룡이 분노한 얼굴로 외쳤다.

"금수만도 못한 놈들! 네놈들에게 진정한 천벌을 내려 주지."

천룡이 손을 들었다.

하늘에서 먹구름이 몰려왔다.

"만뢰."

구르르릉-!

번쩍-!

빠지지지직-!

"크아아아악!"

"끄아아아아!"

"사, 살려……."

지금까지 천룡이 사용했던 만뢰와는 위력 자체가 달랐다.

모든 것을 지워 버릴 위력의 뇌전이 섬 전체를 덮었다.

온 섬 전체에 소낙비처럼 쏟아지는 천룡의 뇌전.

순식간에 섬 안의 모든 생명체가 사라졌다.

작지 않은 섬이었다.

그런데도 천룡은 너무도 쉽게 섬 전체를 뇌전으로 덮었다.

"대, 대단……."

"사부님을 보면 우리는 정말 작은 존재라는 것을 깨닫게 됩니다."

"보세요. 힘든 기색이 전혀 없으세요."

천룡은 숨소리 하나 달라지지 않았다.

주변을 둘러보던 천룡이 어딘가를 향해 손을 뻗었다.

슈아아앙-!

그러자 저 멀리서 무언가 인간 형태를 한 물건이 날아왔다.

순식간에 천룡의 손아귀에 잡힌 정체 모를 물체.

"끄으윽!"

사람이었다.

"억! 저놈 저거. 그때 도망갔던 그놈이잖냐!"

자세히 보니 저번에 절벽에서 무광의 손을 피해 도망간 자들 중 한 명이었다.

"밀교(密敎)?"

천룡이 보자마자 말했다.

천룡의 말에 남자의 동공이 커졌다.

그 어떤 말도 하지 않았고, 그 어떤 술법도 아직 펼치지 않았는데 대번에 자신의 정체를 파악한 것이다.

"아버지, 어찌 그렇게 쉽게?"

알았냐는 뜻이다.

"모르겠다. 보자마자 느껴졌다. 밀교라는 것이."

천룡의 손아귀에서 버둥거리던 남자가 이내 몸부림을 멈

추고 물었다.

"그, 그대는 누구요?"

어설픈 중원 말로 물어오는 승려.

천룡이 말없이 그를 바라보다 문득 기억이 난 것을 말해줬다.

"제석천(帝釋天)."

천룡의 입에서 나온 말에 승려는 경악했다.

"무, 무슨!"

경악하는 승려를 뒤로하고 머릿속에서 밀교의 기억들이 떠올랐다.

"너희들이 나를 그렇게 불렀더군. 제석천의 강림(降臨)이라고."

"마, 말도 안 된다. 그, 그분의 가, 강림이라니!"

"네가 믿고 안 믿고는 중요하지 않아. 내 기억에 그것이 떠올랐을 뿐이지."

어렴풋하게 나는 기억 속에 있는 천룡은 중원을 쳐들어온 밀교와 싸우는 모습이었다.

오로지 홀로 나서서 그들을 막았기에 그 누구도 알지 못했고, 기록에도 남지 않았다.

사람들은 몰랐다.

중원이 밀교라는 단체에 정복을 당할 뻔했다는 것을.

천룡이 이들을 막은 이유는 단 하나였다.

너무도 잔인했다는 것.

그래서 이들을 벌했다.

경천동지할 위력의 무공을 아무렇지 않게 사용하는 그를 보고 밀교인들은 제석천이 노해서 지상으로 내려왔다며 혼비백산했다.

그리고 엎드려 경배하며 다시는 중원 땅을 밟지 않겠다고 맹세를 했다.

겨우겨우 용서를 받고 자신의 땅으로 돌아간 그들이었다.

다시 현실로 돌아와서 밀교의 승려는 대대로 전해져 내려오던 구전을 기억해 냈다.

─하늘에 먹구름이 몰려오고 천지에 뇌전이 가득하면 무조건 엎드려 경배하라. 천(天)께서 지상에 강림하신 것이니 그분을 경배하라.

승려는 떨리는 눈으로 아까 자신이 본 풍경을 기억해 냈다.

"그것이 모두 사, 사실이었다니!"

경악, 감동, 격정.

이 모든 것이 담긴 눈빛이었다.

천룡은 그를 놔주었다.

털썩─!

"제석천 님을 뵈옵니다!"

자신은 제석천이 아니다.

하지만 굳이 그것을 정정해 줄 마음은 들지 않았다.

"네가 아는 것을 모두 말해라."

천룡의 말에 승려는 자신이 아는 모든 것을 줄줄이 말했다.

그리고 마지막에 용서를 구하며 자진했다.

"부, 부디 요, 용서를…….."

쓰러진 승려를 뒤로하고 천룡이 슬픈 얼굴로 하늘을 바라보았다.

"하아, 이게 맞는 것인지……."

천룡이 무엇을 말하는지 깨달은 제자들이 달려가 위로했다.

"아버지, 너무 상심하지 마세요. 하나를 죽여 열을 살릴 수 있다면 저는 그럴 겁니다."

"맞습니다! 사부님. 저 역시 그리했을 것입니다."

제자들의 위로에 조금 마음이 풀렸는지 살짝 미소를 지어보였다.

"그래. 고맙다."

그 모습에 제자들 역시 안심을 하고 웃었다.

"일단 이자가 말한 대로라면 천령강시는 조금 전에 본 것이 마지막이다. 그리고 여기 마영문은 백황이라는 녀석이 교주에게 잘 보이려고 밀교와 손을 잡고 일을 진행한 것이군."

"각자에게 맡기고 세력을 키우게 하다니. 만약 아버지랑 이렇게 돌아다니지 않았다면…… 새로운 세력이 창궐해서 중원에 쳐들어온 것으로 착각하고 방심했을 것 같네요."

"정말로 치밀합니다."

"사령마군 중 둘이 사라졌으니 저쪽에서도 무언가 행동을 해 올 겁니다."

"나머지 둘은 어디에 있을까요?"

"그들을 보니 혈천교에서 정말로 심혈을 기울여 키운 것 같습니다. 칠왕급은 상대가 되질 않겠더군요."

"그것도 그렇고 밀교와도 손을 잡았을 줄이야. 모르고 있었다면 정말로 크게 당할 뻔했습니다."

저마다 각자 이야기를 하자 천룡이 말했다.

"일단은 모용세가로 다시 돌아가자."

"네!"

천룡과 제자들이 다시 바다 위를 달려가며 점차 섬에서 멀어져 갔다.

❧

요녕성 모용세가.

모용세가 앞에 군대가 자리하고 있었다.

세가를 둘러싸고 압박을 하고 있었다.

"저건…… 또 뭐야?"

왜 군대가 세가를 둘러싸고 있는지 모를 일이었다.

궁금함에 청력을 극대화해서 모용승과 앞에 있는 장수와의 대화를 들었다.

"아니, 도대체 우리가 무엇을 했다고 이러십니까!"

"이곳에서 밤새 폭음이 들려왔다는 신고가 빗발쳤다! 바른대로 말하라! 화약은 어디에 숨겼는가!"

"아니, 정말로 없다니까요! 저희는 그냥 무림세가일 뿐입니다. 그리고 화약이라니요. 그것을 소지했다가는 어떤 꼴을 당하는지 뻔히 아는데 저희가 그것을 왜 숨기겠습니까!"

"그럼, 사람들이 들었다는 폭음은 무엇이냐! 많은 사람이 전쟁이 난 줄 알았다며 피난길에 오른 자들도 수두룩했다! 그 정도 폭음이 일어나려면 벽력탄(霹靂彈)이 아니고서야 불가능하다!"

모용승은 답답했다.

사실을 말해 줘도 사람이 어찌 그럴 수 있냐며 믿지 않았다.

제五장

아까부터 계속 똑같은 말이 되풀이되고 있었다.

가뜩이나 엄청난 손해를 입은 모용세가의 입장에서는 억울해 죽을 판이었다.

그렇다고 이들과 척을 지고 다툼이 일어났다가는 더 많은 군대가 몰려올 것이었다.

아무리 강한 무공을 가지고 있다 해도 수백만에 달하는 군대를 이길 수는 없었다.

"어찌하면 믿으시겠습니까?"

"우리가 직접 들어가 조사를 하겠다. 협조해라!"

가뜩이나 지금 세가를 정비하기 위해 노력 중인데, 이들까지 가세해서 뒤엎는다면 어느 세월에 세가를 정비한단 말인가.

그래도 다른 수가 없었다.

이들의 요구를 들어주어야 했다.

들어주지 않으면 강제로라도 들어올 기세였으니.

"하아, 알겠소. 내 그대들 뜻에 따르리다."

모용승이 결국 장수의 말에 수긍하자, 장수가 그럼 그렇지 하는 표정으로 말했다.

"진작 그럴 것이지."

그리고 뒤를 돌아보며 말했다.

"철저하게 수색하라! 수상한 물건이 있는지 없는지 빠짐없이 수색하라!"

"네!"

장수의 말에 병사들이 이동하려고 할 때 목소리가 들려왔다.

"멈춰라."

나직한 목소리.

하지만 모든 병사의 귀에 아주 정확하게 들렸다.

장수가 인상을 찡그리며 목소리가 들려온 곳을 바라보았다.

모용승 역시 고개를 돌렸다.

그곳엔 천룡이 서 있었다.

모용승이 기겁을 했다.

천룡이 이들을 잘 몰라서 한 행동이라 생각하며 다급하게 말렸다.

"으, 은인! 이, 이러시면 안 됩니다. 이들과 척을 지어서는 안 됩니다."

천룡이 곤란한 지경에 빠질까 봐 재빨리 장수를 말리려고 장수를 바라보았다.

그런데 장수의 동공이 이리저리 흔들리고 있었다.

"다시 말해야 하나?"

천룡의 말에 장수가 부복하며 말했다.

"아, 아니옵니다! 전하!"

장수의 갑작스러운 행동에 모용승은 지금 이게 무슨 상황인지 갈피를 잡지 못했다.

엉거주춤한 자세로 이러지도 저러지도 못한 채 서 있었다.

"내가 한 거다."

"네?"

천룡의 말에 장수가 고개를 들며 되물었다.

"그 폭음 내가 한 거라고."

천룡의 말에 장수가 다시 고개를 숙이며 말했다.

"아, 알겠사옵니다! 전하!"

"이왕 온 김에 좀 돕거라."

"충!"

그리고 재빨리 일어나 병사들에게 말했다.

"뭣들 하느냐! 전하의 말씀 못 들었느냐! 당장 이곳 정리를 도와라!"

"충!"

장수의 말에 일사불란하게 움직이는 병사들이었다.

수많은 병사들이 가세하자 순식간에 정리가 되어 가기 시작했다.

모용승은 어안이 벙벙한 얼굴로 세가 여기저기에 널려 있는 건물 잔해들을 합심해서 치워 주는 병사들과 천룡을 번갈아 가며 바라보았다.

조금 전까지 기세등등하여 자신을 압박하던 장수는 순한 강아지가 되어 천룡의 옆에서 고개를 조아리고 있었다.

'전하?'

분명 그랬다.

장수가 천룡을 보며 외친 그것.

그런 모용승의 반응에 아랑곳하지 않고 천룡이 장수에게 말했다.

"도지휘사더러 여기 지원 좀 보내 달라고 해."

"충!"

천룡의 말이 떨어짐과 동시에 빠르게 사라지는 장수였다.

그제야 모용승이 조심스럽게 다가와 물었다.

"으, 은인. 저, 저기 제가 방금 들은 것이 사실인지요?"

"무엇이 말입니까?"

"도, 도지휘사를 말씀하셨는데…… 그 도지휘사가 요녕성을 총괄하는 그 도지휘사를 말씀하시는 건지…….”

"맞습니다."

"……."

무슨 말을 해야 할까?

머릿속이 텅 비었다.

어제는 태어나서 처음 보는 엄청난 무공을 보여 주더니 오늘은 도지휘사를 동네 꼬마 부르듯이 부르는 천룡.

차마 무서워서 정체가 무엇이냐고는 묻지 못하는 모용승이었다.

"자, 자, 이만 들어갑시다. 조금이라도 더 치워야지 않겠습니까?"

천룡이 팔을 걷어붙이며 도우려 하자, 모용승이 기겁을 하며 말렸다.

"아, 아닙니다! 은인! 은인은 그저 편히 쉬십시오! 그것이 저를 돕는 일입니다!"

"아니, 그게 무슨 말입니까? 한 명이라도 더 붙어서 빨리 정리를 해야지요."

"그, 그렇지만."

"괜찮습니다. 이런 일은 여럿이 하면 금방 끝나니 걱정하지 마시고 가주께선 어서 가서 다른 이들을 지휘하시지요."

그리 말하고는 성큼성큼 걸어 들어가는 천룡이었다.

그 뒤로 제자들이 따라 들어갔다.

모용승은 감동한 얼굴로 천룡의 등을 그저 바라만 보았다.

"내 생각보다 더 대단한 분이시지 않은가!"

재빠르게 천룡의 뒤를 따라가는 모용승이었다.

며칠 뒤.

모용세가 앞에 또다시 수많은 사람이 모여들었다.

모용승이 다시 달려 나왔다.

"어디서 오신 분들입니까?"

모용승의 물음에 딱 봐도 높은 사람으로 보이는 자가 공손하게 다가왔다.

"이, 이곳이 상국전하께서 계시는 모용세가 맞는지요?"

모용승의 눈이 휘둥그레졌다.

'사, 상국전하? 그, 그래서 어제 장수가 그리도 쩔쩔매었구나.'

소문은 들었다.

황제가 가장 신임하는 자.

아니, 황제조차도 눈치를 본다는 소문이 있었다.

"네. 네! 맞습니다. 안에 계십니다."

"역시! 맞군요. 하하, 도움을 주기 위해 사람들을 좀 데려왔습니다."

"저, 그런데 누구신지……."

"아! 이런 인사가 늦었군요. 저는 요녕성을 맡은 도지휘사 원상이라고 합니다."

"헉! 그, 그게 정말입니까? 이, 이거 소생이 크나큰 결례를 저질렀습니다."

그러면서 크게 읍을 하는 모용승이었다.

이곳에서는 그야말로 무소불위의 권력을 누리는 자가 아니던가.

그런 모용승의 모습에 도지휘사가 손사래를 치며 말렸다.

"저, 전하께서 아시면 제가 큰일이 납니다. 그저 전하께 안내 좀 부탁드려도 되겠습니까?"

"네? 네! 아, 알겠습니다. 소, 소생을 따라오시지요."

모용승이 앞장서자 도지휘사가 뒤에 있는 사람들에게 잠시 대기하라고 말하고 뒤따라갔다.

그나마 멀쩡한 전각에서 차를 마시며 쉬고 있던 천룡.

갑작스럽게 온 도지휘사를 보며 놀랐다.

"아니? 여긴 어쩐 일인가?"

"전하! 신 도지휘사 원상 인사 올리나이다! 천세! 천세! 천천세!"

천룡을 보자마자 달려가 엎드려 절을 올리는 도지휘사였다.

그 모습에 모용승이 손으로 입을 가리며 매우 놀랐다.

'저, 정말이었구나.'

"일어나거라."

"망극하옵니다! 전하!"

"그래. 여기는 어쩐 일이냐?"

"전하께서 신에게 도움을 요청하셔서 모든 것은 제치고 이리 달려왔나이다."

"아니, 이렇게까지 안 해도 되는데……. 나랏일도 바쁜 사람을 내가 괜히 오라 가라 한 것 같군."

"아니옵니다! 전하께서 각 현의 지현들을 단속해 주신 덕에 그 어떤 때보다 훨씬 편하게 업무를 보고 있사옵니다. 이 모든 것이 전부 전하의 덕이요, 소신에겐 큰 은혜이옵니다."

모든 지현들을 불러 모아 놓고 한 천룡의 한마디.

'두고 보겠다.'

그 한마디로 인해 각 현의 지현들은 정말 최선을 다해 백성들을 보살피고 있었다.

그로 인해 불평불만이 사라져 그 어떤 민원도 들어오지 않아 도지휘사는 그 어떤 때보다 편하고 행복하게 업무를 하고 있었다.

"소신이 요녕성에서 장인으로 알아주는 목공들과 일꾼들을 모조리 데려왔습니다. 저들이라면 한 달 안에 세가를 원상 복구시킬 것이옵니다."

"고맙다. 그럼 신세를 좀 지겠네."

"신세라니요! 전하! 신이 감당할 수 없사옵니다!"

"어찌 그리 말하는가. 그대의 도움이 정말 큰 힘이 되었네. 고맙네."

"서, 성은이 망극하옵니다!"

도지휘사는 엎드린 채로 감동했는지 들썩였다.

도지휘사는 천룡에게 인사를 마저 하고 나가 사람들에게 지시했다.

세가를 원상 복구시켜 놓으라고.

그러자 사람들이 우르르 달려가 각자 자신들이 맡은 일들을 하기 시작했다.

모용세가는 빠른 속도로 재건이 시작되었다.

❧

며칠 후.

천룡 일행이 떠나기 위해 모든 준비를 마치고 모용세가를 나서고 있었다.

"어디를 가려 하십니까?"

"하하, 이제 가야지요. 해야 할 일도 있고."

"아니 됩니다. 은인! 제가 아직 제대로 대접도 못 해 드렸는데……."

"지금 세가의 상황이 이런데 어찌 저희만 편히 앉아서 대접을 받겠습니까. 가주님의 마음은 잘 알고 있으니 다음에 다시 초대해 주십시오."

"그, 그런⋯⋯."

모용승은 이대로 천룡을 보내기가 너무도 미안했다.

자신이 받은 은혜가 어디 보통 은혜인가.

무려 세가의 멸문에서 구해 주었다.

그것뿐인가?

지금 세가의 재건에 가장 큰 도움을 준 것 또한 천룡이었다.

평생을 갚아도 다 갚지 못할 은혜를 입었다.

거기에 천룡의 매력에 푹 빠져 있는 참이었다.

고금제일인.

모용승이 보았을 때 천룡은 바로 고금제일인이었다.

같은 하늘 아래 함께했었다는 사실만으로도 영광이라고 생각하는 모용승이었다.

"가주, 저희가 있으면 방해만 됩니다. 그리고 저희를 신경 쓰신다고 지금도 이렇게 와 계시지 않습니까?"

"모용 가주, 다음에 다시 오겠소. 그러니 아쉬움은 뒤로하고 다음을 기약합시다."

무광의 말에 모용승은 침울한 얼굴로 마지못해 고개를 끄덕였다.

"꼭 이른 시일 내에 세가를 재건하고 은인을 모시겠습니다. 그땐 소생이 직접 모시러 가겠습니다."

"아니, 그렇게까지 하진 않아도⋯⋯."

"아닙니다! 이게 제가 양보할 수 있는 최대한입니다."

결의가 느껴지는 눈빛까지 내보이는 모용승이었다.

"그, 그래요."

"감사합니다!"

그리고 옆에 서 있는 조방에게로 다가가 두 손을 꼭 잡으며 말했다.

"사위! 다음에 또 보세. 그때까지 건강히 잘 계시게. 그리고 저분을 잘 모시게."

갑작스러운 모용승의 말에 조방이 당황하며 말했다.

"네? 네! 아, 알겠습니다!"

허둥지둥하며 다급하게 말하는 조방이었다.

"허허, 이 사람. 장인 앞에서 그리 당황하고 그러나."

"그, 그리 불러도 되겠습니까?"

"당연하지! 자! 불러 보게."

"자, 장인어른."

"그렇지! 하하하하."

조방의 대답에 만족했는지 조방의 어깨를 두드리며 웃는 모용승이었다. 그런 모용승을 바라보며 행복한 표정으로 실실 웃는 조방이었다.

가장 큰 난관이라 생각했던 모용승에게 인정을 받은 것이
다. 모용승은 관천과 진천, 그리고 제갈군에게도 감사 인사
를 하였다.

　"가가, 빠른 시일 내에 가가 곁으로 갈게요⋯⋯."

　얼굴이 빨개진 채로 조방에게 말하는 모용혜까지.

　모용세가의 사람들을 뒤로하고 천룡은 운가장을 향해 길
을 떠났다.

　섬서성 화음현.

　그곳에 화산이 존재했다.

　화산의 서쪽으로 가다 보면 연화봉이 나오는데, 그곳의 정
상에 고즈넉한 전각들이 아름다운 산의 풍경과 조화를 이루
며 자리 잡고 있었다.

　바로 구파일방 중 하나인 화산파(華山派)였다.

　무당과 같은 도가 계열의 문파이지만 무당과 다르게 속세
와의 인연을 중시했다.

　그래서 중원 곳곳에 화산의 문하가 넘쳐흘렀다.

　그것이 화산파의 가장 큰 힘이었다.

　화산에 위기가 닥치면 바로 이 속가제자들이 주저 없이 달
려올 테니.

그런 화산파에 손님이 찾아왔다.

"허어, 이게 사실인가?"

화산파 장문인 천검(天劍) 선우진(鮮宇震)이 무언가를 보며 놀란 표정으로 되물었다.

"네! 장문인. 이것은 저희 개방에서 특별 감시를 한 결과입니다."

"아니……. 일개 장원이 이리도 강한 무인들을 다룬다고? 거기에…… 명왕이 들락거린다고?"

"무언가 수상한 점이 한둘이 아닙니다. 저희가 할 수 있는 것은 여기까지입니다. 그곳은 화산의 영역이니, 알아 두시라는 뜻으로 전하라 하셨습니다."

서찰을 보며 고심에 빠진 선우진이었다.

서찰의 내용은 이랬다.

운가장이라는 곳이 수상하여 감시하였는데, 그곳에 있는 자들의 동태가 수상하다는 것.

특히나 운가장에 명왕이 있다는 것이 눈에 띄었다.

"명왕이라……."

"이런 말씀을 드려도 될는지 모르겠습니다."

조심스럽게 말을 하는 거지였다.

"말해 보게."

"저희 예상입니다만, 현재 명왕이 이끄는 하오문은 정사 어디에도 붙지 않은 상태입니다. 거기에 그 운가장이라는 곳에 있는 무인들을 조사해 보았는데……."

"보았는데?"

"대부분이 사파에 살수 출신들이었습니다."

"그, 그게 정말인가?"

"그렇습니다. 저희 생각으로는 구룡방과 손을 잡고 섬서를 장악할 목적으로 장원을 세운 것이 아닐까 생각하옵니다."

"그, 그럴 리 없다. 그들이 미치지 않고서야."

"무황성과 천검문은 그들이 무엇을 하든 신경을 쓰지 않을 것입니다. 무림맹에서 보시지 않았습니까? 그들의 친목을. 아마 그들은 구룡방을 앞세워 분란을 일으키려 할 것입니다."

"그것이 우리 화산이고?"

"개방에서는 그리 생각하고 있습니다."

천하의 개방이다.

정보로는 하오문과 쌍벽을 이루는 집단.

그러한 집단에서 가져온 정보였다.

신빙성이 매우 높은 정보라는 소리다.

선우진은 깊은 고민에 빠졌다.

그들이 있는 영역이 여기서 제법 멀다고는 하나 그렇다고 무시할 수 있는 거리도 아니었다.

고수들이 마음먹고 달려오면 하루면 올 수 있는 거리였다.

그래서 더욱 신경이 쓰였다.

'끄응, 왜 하필 그런 정보를 들고 와서…….'

지금까지 너무나도 평온하게 지내 왔는데 이제는 그럴 수가 없게 되었다.

바로 발밑에 가시가 있다는 것을 알게 되었는데 어찌 편히 쉰단 말인가.

"잘 알았네. 방주께 감사하다고 전해 주시게."

"네! 그럼 소인은 이만 물러가겠습니다."

"그러시게. 고생하시었네."

거지는 포권을 하고는 산 아래로 뛰어 내려갔다.

"하아, 저놈 말이 사실일까? 알 수가 없구나."

거지가 사라지고도 한참을 서성이며 고민을 하던 선우진.

"직접 알아보아야겠구나. 여봐라! 거기 누구 있느냐?"

선우진의 부름에 한 청년이 재빨리 달려와 대답했다.

"네! 제자 황허 밖에 있습니다!"

"가서 장로들을 모셔 오거라."

"네!"

'일단은 장로들과 의논을 해서 정해야겠다.'

그리고 자리에 앉아 식은 차를 입으로 가져가는 선우진이었다.

모용세가를 떠난 천룡은 대장군을 만나 국경을 모두 돌아

봤다.

그곳을 담당하는 도지휘사를 전부 만나 주의를 주었고, 반항하는 놈들은 모두 철저하게 고통을 주었다.

그리고 자신에게 무서움을 보여 주라고 사주를 한 정천호들은 무광과 제자들의 방문을 받았다.

당연히 정천호들은 반항을 하며 자신들이 이끄는 군대로 공격을 했다.

수천에 달하는 군대의 공격.

하지만 상대는 인간의 경지를 넘어섰다는 삼황이었다.

군사들은 죄가 없으니 제압만 하느라고 시간이 좀 오래 걸리긴 했지만.

모두 제압을 하는 데는 성공했다.

그리고 정천호들은 죽기 일보 직전까지 처맞고 황궁으로 보내졌다.

그들의 실상을 모두 안 황제는 분노하며 즉결 처분을 시킨다.

일벌백계로 모두가 보는 앞에서 벌을 준 것이다.

군대가 무너지면 나라가 무너지는 것이다.

그랬기에 무엇보다 강력하게 벌을 내린 것이다.

그리고 황제는 천룡이 직접 오지 않은 것을 슬퍼하며 몇 날 며칠을 술로 지냈다는 풍문이 돌았다.

그 무렵 천룡은 운가장에 도착해서 잠시 생각을 하겠다며 폐관에 들었다.

제자들이 걱정스러운 눈빛으로 바라보자 천룡이 웃으며 말했다.

"그동안 떠오른 기억들을 정리하기 위함이다. 그러니 너무 걱정하지 말거라."

천룡이 폐관에 들어가고 운가장은 평소와 다름없이 평화로운 하루를 만끽하고 있었다.

제갈군은 장원의 진법을 강화하기 위해 연구에 연구를 거듭했고, 진천과 조방은 하루가 멀다 않고 대련을 하며 서로의 부족한 부분을 보완하고 있었다.

장천과 여월은 폐관을 마치고 나왔다.

이제 칠왕십제에선 적이 없을 정도로 강해져 있었다.

처음엔 좋았는데 이게 시간이 지날수록 괜히 강해졌다는 생각을 하게 된다.

하루가 멀다 않고 비무를 하자며 조르는 삼황 때문에.

한편 지하 감옥에서 한 명이 벽에 기대어 눈을 감고 있었다.

그는 북해빙궁에서 빙궁을 침입한 남자.

진호림이었다.

지하 감옥이라고는 하나 일반 객실처럼 꾸며져 있어서 생활하는 데 크게 불편함이 없었다.

끼니때마다 꼬박꼬박 식사가 나왔고, 식사의 질도 훌륭했다.

감옥 한 곳에는 여러 서책들이 꽂혀 있어 심심하지도 않았다.

처음으로 경험하는 신선한 감옥이었다.

진호림은 눈을 감고 지난날을 돌아보고 있었다.

'다시 어린 시절로 돌아간다면…… 다시 내게 선택을 할 수 있는 기회가 주어진다면…….'

후회하고 있었다.

그의 눈에는 그 어떤 독기도 남아 있지 않았다.

내공이 금제되어 사용할 수 없었지만, 오히려 그게 더 편했다.

덜컹-!

문이 열리는 소리가 들렸다.

"나름 잘 지내고 있나 보네?"

"무황이시군요. 네. 잘 지내고 있습니다."

"지루하진 않아?"

"딱히 지루함은 못 느끼겠군요. 덕분에 제 지난날을 되돌아보게 되었습니다."

"오호, 잘됐네. 부탁 좀 하러 온건데……. 우리 좀 도울래?"

무광의 말에 진호림이 고개를 들어 무슨 뜻이냐는 표정으로 바라보았다.

"이번에 너와 같은 사대호법 놈 중에 한 놈을 만났다. 널 제외하면 나머지 둘이 남았는데, 알고 있는 게 있으면 좀 알려 줘."

"누굴 만났는지?"

"멸령? 뭐라던데."

"아…… 그 미친놈."

"그렇더라. 딱 봐도 미친놈이더라."

"그놈은 죽었습니까?"

진호림의 질문에 고개를 끄덕였다.

"너무 나갔어. 아버지가 분노해서 처단했다."

"그렇군요. 하긴 그놈은 저희 중에서도 가장 잔인하고 뒤가 없는 놈이었죠. 그놈 수하 놈들도 제정신이 박힌 놈이 없었지요. 그분이 나섰다면 뭐 당연한 결과군요."

"그래서 이젠 우리도 좀 진지하게 준비하려고 한다. 도와줄 수 있겠느냐?"

무광의 말에 진호림이 피식 웃으며 물었다.

"절 믿을 수 있겠습니까?"

진호림의 질문에 무광이 답했다.

"널 믿는 게 아니다. 우리 아버지를 믿는 거지."

확신에 가득 찬 그의 대답.

진호림은 인정을 하고 고개를 끄덕였다.

자신이 생각해도 맞는 말이니.

"알겠습니다. 제가 아는 한 최대한 돕겠습니다."

"좋아! 나와."

그러면서 감옥 밖으로 데리고 나갔다.

이곳에 온 지 백일 만에 보는 햇빛이었다.

눈이 부신지 인상을 찡그리며 태양을 바라보는 진호림.

왠지 웃음이 나왔다.

이런 사소한 것으로도 행복함을 느낄 수 있다는 사실에 기뻤다.

"왜 웃나?"

무광의 질문에 진호림이 웃으며 말했다.

"그저 이렇게 밝은 세상을 보는 그것만으로도 행복한데, 무엇 때문에 그리 버둥거리면서 살았는지 모르겠군요."

"미친놈. 그딴 소리는 무당이나 화산 말코들 앞에서나 해라."

"하하, 그런데 장주님께선 어디 가셨습니까?"

"아버지? 폐관 수련."

"네? 폐, 폐관 수련요? 아니……. 거기서 더 강해질 것이 있답니까?"

"나야 모르지. 그 경지까지 가 보질 않았으니. 암튼 정리할 것이 있다면서 들어가셨다."

진호림의 표정에 놀라움이 어렸다.

자신이 아는 한 현 중원에서 그를 이길 자는 없었다.

그런데도 이렇게 수련을 하다니.

다시금 반성하는 진호림이었다.

'이런 최강자도 자신을 채찍질하며 수련을 하는데……. 호림아, 너는 병신이었구나.'

남은 생을 자유롭게 살 수 있게 되면 그땐 정말 열심히 살겠다고 다짐하는 진호림이었다.

진호림을 사제들이 있는 방으로 데려간 무광.

그곳에는 술상이 차려져 있었다.

진호림을 자리에 앉히고 술을 따라 주는 무광.

"자! 일단 마셔라. 그동안 감옥에 있느라고 술 생각 간절했을 텐데."

자신의 눈앞에서 찰랑거리는 맑은 액체를 바라보며 군침을 흘리는 진호림.

자신은 엄청난 술꾼이었다.

하루라도 마시지 않으면 난리가 났었다.

이곳에 와서 강제 금주를 했지만, 그가 술을 사랑한다는 사실은 변함이 없었다.

"먹어 봐. 깜짝 놀랄 거다."

무광의 말에 궁금증이 더욱 커졌다.

조심스럽게 술잔을 들어 입으로 가져갔다.

꿀꺽-!

한 모금.

단 한 모금만 마셨을 뿐인데 눈이 번쩍 떠졌다.

"커헉! 이, 이게 무슨!"

너무 놀라 하마터면 귀중한 술잔을 놓칠 뻔했다.

초인적인 집중력으로 술잔을 지켜 낸 진호림.

놀란 눈으로 술잔과 무광을 번갈아 바라보았다.

"어때? 죽이지?"

죽이냐고? 죽인다.

진호림이 고개를 끄덕거렸다.

"도움만 잘 주면 몇 병이고 마시게 해 주지."

무광의 말에 진호림이 침을 꿀꺽 삼키며 술잔을 바라보았다.

그리고 다시금 입으로 가져가 마셨다.

꿀꺽- 꿀꺽-!

"크으으으!"

온몸이 짜릿했다.

살면서 처음 느껴 보는 쾌감과 몸 안 구석구석이 정화되는 기분.

정신 차려 보니 이미 술잔이 비어 있었다.

아껴 먹으려고 노력했는데.

진호림의 눈에 다시 생기가 어렸다.

목표가 생겼다.

진호림의 눈에 찰랑거리는 소리가 들리는 술병이 들어왔다.

더욱더 의지가 불타올랐다.

─야. 이거 생각보다 더 의욕적인데?

진호림의 표정이 열정적으로 바뀌자 오히려 당황한 무광이었다.

─크크크. 대사형. 이게 보통 술입니까? 남궁세가 가주도 각성시킨 술입니다. 그런 술을 내공까지 금제된 놈이 마셨으니 환장하지요.

전음을 주고받고 있는데 진호림이 말했다.

"무엇이든 물어봐 주십시오! 저는 모든 것을 말할 준비가 되었습니다."

우렁찬 대답과 함께 눈은 계속 술병에 가 있었다.

"그, 그래……."

"무엇부터 말씀드릴까요? 아! 사대호법에 관해 물으셨죠?"

"어? 그, 그렇지."

"멸령은 만나 보셨으니 아실 테고, 이제 남은 건 번개랑 불이네요."

"그놈들의 실력은 어느 정도냐?"

"수련 때만 같이 지내서 지금은 어떤지 자세히 모르겠지만, 일단 저 중에 가장 강한 놈은 뇌령입니다. 그 미친놈은 뇌기를 늘리겠다고 벼락까지 맞은 놈이니까요. 근데 그걸 정말로 성공한 놈입니다. 저희 중에서 가장 강할 것으로 생각됩니다."

뇌기를 늘리기 위해 벼락을 맞았단다.

보통 미친놈이 아니었다.

"그다음은 화령마군인데. 그놈이랑은 별로 안 친해서."

"왜? 상극이라?"

진호림이 고개를 끄덕였다.

"하지만 강합니다. 과거 염화마제와 비무에서 압도적으로 이긴 놈이니까요."

"뭐? 염화마제와 비무를 했다고?"

무광이 놀라 묻자 진호림이 고개를 끄덕이며 답했다.

"그것이 최종 시험입니다. 각 마제와 비무에서 이길 것. 저희야 어느 정도 손속을 봐주며 상대했지만……. 그놈은 정말로 가차 없이 공격하더군요. 또 그놈 특징이 다른 이의 화기를 흡수합니다. 그러니 더욱더 상대가 안 되었겠지요."

무광은 천의문에서 왜 염화마제가 그리 약해졌는지 그 이유를 알 수 있었다.

염화마제는 자신의 기운을 빼앗긴 것이다.

"그놈도 미친놈입니다. 불이라면 환장을 하거든요. 열양지기를 익힌 무인이라면 더 환장합니다. 마치 맛있는 먹이를 발견한 그런 모습?"

"왜? 그 양기를 흡수하려고?"

진호림이 고개를 끄덕였다.

"가만…… 네 말대로라면 그놈은 유인하기 편하겠네."

"네?"

"그렇게 양기를 좋아하는 놈이라면…… 화룡을 보면 환장하겠네?"

무광의 말에 진호림이 깜짝 놀라 물었다.

"화, 화룡이라니요?"

"있어. 그런 놈이. 그럼 화룡이 있다는 소문을 그놈 귀에 들어가게 하면 찾을 수 있다는 거잖아."

"그, 그렇습니다. 전설의 화룡지체라면…… 교고 나발이고 미쳐서 달려올 겁니다."

"그놈이 대충 어디에 있냐? 그래야 그쪽에 소문을 내지."

"제가 듣기론…… 남만에 위치한 봉황산에 있는 것으로 알고 있습니다."

"봉황산?"

"네. 화산입니다. 중원에서 가장 뜨거운 장소지요."

진호림의 말에 천명이 곁들였다.

"아직도 용암이 흘러내리는 산입니다. 봉황이 살고 있다고 해서 봉황산이지요. 그곳 사람들에겐 신성시되는 산이기도 합니다."

"가 봤냐?"

무광의 물음에 천명이 고개를 끄덕였다.

"정말 아버지 찾으러 안 다닌 곳이 없구나?"

다시 고개를 끄덕이는 천명.

"고생했네."

해맑게 웃으며 계속 말을 이어 갔다.

"가뜩이나 더운 동네인데 화산의 영향까지 있어서 사람이 살기는 힘든 동네입니다. 그런 곳에서 살고 있다니……."

천명의 설명에 무광이 진호림을 바라보며 물었다.

"아니, 근데 왜 사방팔방에 퍼져 있냐? 니네가 무슨 사방신이냐?"

무광의 말에 진호림이 화들짝 놀라며 답했다.

"어? 어찌 알았습니까? 교에서도 저희한테 그렇게 말했습니다. 너희는 본교의 사방신이라고."

농담으로 던진 거였는데 사실이었다.

"……그, 그러냐……."

"네! 그리고 사방에서 일시에 중원을 공략한다는 방침이었지요. 그래서 저는 북쪽, 멸령은 동쪽, 화령은 남쪽, 뇌령은 서쪽 이렇게 나뉘어 있습니다."

그 후로도 여러 가지 정보를 끊임없이 떠드는 진호림이었다.

말하다 보니 점점 신이 났는지 자신의 과거 이야기부터 어릴 적 이야기까지 풀어놓았다.

"그, 그래. 마, 많은 도움이 되었다."

찰랑─!

"자, 이제 이건 네 것이다."

무광의 손에 들려 있는 술병.

진호림의 입에서 침이 줄줄 새어 나왔다.

"거기에 성실하게 대답해 줘서 고맙다는 의미로 한 병 더!"

찰랑─!

진호림의 눈이 황홀하게 변했다.

"가, 감사합니다! 앞으로도 궁금한 점이 있다면 소생을 꼭 찾아 주시길 바랍니다!"

술 몇 병 더 주면 아주 완벽히 받들어 모실 기세였다.

"그, 그래."

"저 인제 그만 감옥으로 돌아가도 되겠습니까?"

초롱초롱한 눈으로 술병을 소중하게 안은 채 묻는 진호림.

"어…… 그럴래?"

"감사합니다! 저 이만 가 보겠습니다!"

감옥으로 다시 가는데 감사하다며 달려 나가는 진호림이었다.

"저거도 제정신 아니네."

"그러게요. 그래도 저놈은 혈천교 같지 않네요."

"여기 와서 심경이 변한 것인지, 아니면 그런 척하는 것인지 모를 일이지. 조금 더 지켜보자."

"네."

&

어두운 동굴 안.
천룡이 눈을 감고 그동안 떠오른 과거 기억들을 정리하고
있었다.
하나하나 되짚어 가며 기억을 되찾기 위해 노력했다.
그러자 조금씩 맞춰지며 기억이 돌아오기 시작했다.
그리고 떠오른 사부의 기억.
천룡은 깊은 명상에 빠지며 과거 속으로 들어갔다.

-천룡아, 네가 가야 할 길은 험난하고 외로운 길이다. 수
호자의 길은 그런 것이지.

희미하게 떠오르는 사부의 기억.
인자하고 포근한 인상을 한 도인 같은 모습이었다.
천룡의 사부는 어린 천룡의 머리를 계속 쓰다듬어 주었다.

-너는 이제 우리 영웅문의 후계자다. 일인 전승이니 너의
곁에는 아무도 없을 것이다. 그래도 이겨 내고 중원을 수호
해야 한다.

−스승님, 이제 제 정체를 숨겨야 하겠지요.

−그렇다. 너는 음지에 살며 양지에 사는 사람들을 지켜 주어야 한다. 간혹 중원인들이 막지 못하는 큰 화가 닥치면 네가 지켜 주어야 한다. 그것이 바로 우리 영웅문이 해야 하는 역할이다. 할 수 있겠느냐?

어린 천룡은 고개를 끄덕였다.

−껄껄껄. 나한테 무슨 복이 있어 이리도 이쁜 놈이 왔을꼬. 허허허.

장면은 전환되며 청년의 천룡이 보였다.

−사부님! 정말로 가시는 겁니까?

−이 녀석이? 언제까지 사부를 부려먹을 셈이냐! 이제 네놈이 이어받아서 지켜야지!

−하지만…….

−천룡아, 이 사부도 이제 좀 쉬자. 사부의 소원이다.

−사, 사부님…… 제자는 아직 멀었습니다.

−허허, 겸손도 과하면 독이니라. 넌 이미 나를 한참 전에 능가했다. 우리 영웅문 역사 중에서도 너만큼 강한 사람은 없었다. 그러니 걱정하지 말거라.

－사부님⋯⋯.

－너라면 이 사부가 믿고 선계로 갈 수 있겠구나. 천룡아,
부디 중원을 잘 부탁한다.

천룡이 눈물을 흘리며 점차 희미해져 가는 사부를 바라보
았다.

－사부님, 부디 선계에서 편안한 삶을 사시길 바라겠습니
다.

－껄껄껄. 오냐. 우리 이쁜 제자 믿고 이 사부는 올라가서
편히 쉬마.

그 후로도 끊임없이 전환되는 장면들.

마교와의 일전. 유가연과 천의 관홍과의 만남.

그리고 기억의 끝에 그가 등장했다.

－크하하하, 있었구나! 내가 살아갈 이유가!

자신을 바라보며 해맑게 웃으며 서 있는 마진강.

바로 그였다.

그의 등장과 동시에 극심한 고통이 머릿속으로 밀려 들어
왔다.

"크윽!"

눈을 뜨고 보니 온몸이 땀으로 범벅이 되어 있었다.

그래도 기억이 났다.

그와의 첫 만남이.

"만난 적이 있었구나……. 그랬군……. 나에게도 사부님이 계셨어. 그리고…… 나는 영웅문의 문주였구나."

오랜 시간의 명상 끝에 돌아온 기억들은 꽤 많은 양이었다.

그래도 아직 드문드문 채워지지 않은 기억들.

"조금씩 돌아오고 있는 것이 느껴진다. 머지않아 모든 기억이 돌아오겠군."

나름대로 성과를 보았다고 생각을 했는지 천룡의 입가엔 미소가 지어졌다.

밖으로 나오니 제자들이 걱정 가득한 얼굴로 기다리고 있었다.

"아버지!"

"사부님!"

"사부!"

그리고 다른 쪽에는 자신의 수하들이 역시 걱정 가득한 눈빛으로 바라보고 있었다.

"주군!"

그들을 천천히 둘러보는 천룡.

행복한 미소가 지어졌다.

"모두들…… 고맙다."

천룡의 말에 다들 입을 다물고 바라보았다.

"나에게 와 줘서……."

애정이 가득 담긴 눈빛으로 자신의 사람들을 바라보는 천룡을 제자들이 달려들어 안았고, 수하들은 감동한 눈빛으로 바라보았다.

화산파 장문인실에 한 사람이 무릎을 꿇고 장문인인 천검 선우진과 독대를 하고 있었다.

"우정아, 너에게 큰 임무를 맡겨야겠다."

"말씀하십시오. 사부님!"

칠왕십제 아래 중원 백 대 고수가 있다.

언제든 칠왕십제의 자리를 차지할 수 있는 자들.

천화검(千化劍) 조우정.

세상에 악은 존재해서는 안 된다고 생각하는 자.

가장 증오하는 건 사파와 한 번도 만난 적 없는 혈천교였다.

"운가장이라는 곳에 구룡방의 무인들로 보이는 자들이 눈에 띄었다는구나."

"운가장이 어딥니까?"

"섬서 상락 지방에 있는 장원이라는데……. 나도 자세히는 모른다. 그러니 네가 가서 알아봐 주겠느냐?"

"알겠습니다! 감히 화산 아래에 사파 무리가 돌아다닌다니요. 제자가 가서 모조리 도륙을 내고 오겠습니다."

"아니…… 아직 확실치 않으니 일단 조사만 해 오너라."

"……네. 사부님."

제자가 살짝 뜸을 들이고 대답을 한 것이 걸리긴 했지만, 그래도 천성이 나쁜 아이가 아니니 믿고 맡기기로 했다.

"혹시 모르니 화산구검(華山九劍)을 데리고 가거라."

"아니, 그 아이들까지 말입니까?"

"만약을 대비하는 것이다. 정말로 그곳이 구룡방의 지부라면 위험할 수도 있다."

"그렇군요. 알겠습니다."

자신을 무시하는 것이냐며 반발을 할 법도 한데, 그저 묵묵히 따르는 조우정이었다.

그런 제자에게 흐뭇한 미소를 보이며 선우진이 말했다.

"조심, 또 조심해야 한다. 너는 우리 화산의 미래니라. 알겠느냐?"

자신의 스승이자 장문인이 그리 말하니 얼굴을 붉힌 채 고개를 숙이고 대답하는 조우정이었다.

"아, 알겠습니다. 사부님."

"허허, 녀석. 그럼 가서 준비하거라."

조우정이 나가고 선우진은 차를 마시며 고민에 빠졌다.

'정말로 그곳이 구룡방이면…… 한바탕 폭풍이 불어오겠군. 장로들의 의견도 맞아. 대화산의 발밑에 그런 수상한 자들을 가만히 놔둘 순 없지.'

결연한 표정을 지으며 주먹을 꽉 쥐는 선우진이었다.

❧

장원으로 돌아온 천룡은 그동안의 일들을 보고 받고 있었다.

"장원에 설치된 진법이 어설픕니다. 저에게 맡겨 주시면 최고의 진법으로 그 누구도 침범할 수 없는 곳으로 만들겠습니다."

의욕 가득한 얼굴로 천룡을 바라보며 말하는 제갈군.

"진법? 그런 게 설치되어 있었어?"

금시초문이라는 표정으로 오히려 물어보는 천룡.

그러자 옆에 무광이 머리를 긁적이며 말했다.

"하하, 급하게 설치한다고 했는데…… 많이 어설프냐?"

무광의 말에 제갈군이 고개를 끄덕이며 말했다.

"네! 나름 고급 진법을 사용하려고 노력한 흔적은 있는데 이건…… 쓰레기입니다. 전혀 쓸모가 없어요."

제갈군의 말에 천룡이 고개를 끄덕이며 허락했다.

"그래. 너의 실력을 한번 발휘해 봐라. 우리 군사."

천룡의 말에 제갈군의 표정이 변했다.

"네?"

"뭘 그리 놀라? 내가 말했잖아. 기회를 봐서 신분 올려 주겠다고."

천룡의 말에 제갈군은 아무 말 못 했다.

"앞으로 잘 부탁한다."

그 소리에 제갈군은 재빠르게 부복을 하며 말했다.

"신! 제갈군! 앞으로 충심을 다해 모시겠습니다."

기뻤다.

세상 그 무엇도 자신의 공허함을 채울 수 없을 것으로 생각했다.

하지만 이곳에 와서 그런 마음은 바뀌었다.

인정받고 싶다는 욕구.

다른 사람들이 천룡에게 인정받고, 그의 곁에서 칭찬을 받고, 그의 격려를 듣는 것이 너무도 부러웠다.

제갈군의 꿈이 바뀌었다.

바로 천룡에게 인정받는 것.

천룡의 품으로 들어가는 것.

그것이 오늘 이루어졌다.

그런 제갈군의 등을 토닥이며 말하는 천룡.

"고맙다. 나에게 와 줘서."

감동해서 들썩이는 제갈군을 잠시 그대로 내버려 두었다.

제갈군을 뒤로하고 여월이 보고하였다.

"최근에 장원 주변으로 거지들이 많이 보입니다. 저희를 경계하고 있는 것 같습니다."

"거지?"

"네. 소신이 보기엔 개방도로 보였습니다. 허리에 매듭이 있는 것을 보아 확실한 것 같습니다."

"아니, 그들이 왜?"

"최근에 저희 장원이 급격하게 커지는 것을 보고 정보를 캐기 위해 모여든 것 같습니다."

"그래?"

별 대수롭지 않게 말하는 천룡과 달리 무광과 태성의 표정은 심각해졌다.

그것을 본 천룡이 물었다.

"왜? 저들이 장원을 감시하면 안 되는 거야?"

천룡의 물음에 태성이 답했다.

"그런 것은 아닌데…… 개방이면 저희 광룡대를 알 겁니다. 그리고…… 광룡대가 이곳에서 생활하는 것을 봤겠지요. 그래서 저리 몰려온 것 같습니다."

"아…… 맞다. 저들과 적이라고 했던가? 예나 지금이나 달라진 것이 없구나."

천가부지
윤가장

천룡의 말에 다들 그게 무슨 소리냐는 표정으로 바라봤다.

"아, 기억이 어느 정도 돌아왔다. 내가 누구인지."

순식간에 관심도가 이쪽으로 쏠렸다.

"그, 그것이 정말입니까?"

"사, 사부가 누구였는데요?"

다들 눈빛이 초롱초롱하게 변해서 천룡을 뚫어져라 쳐다
보았다.

"거지 얘기하다 말고?"

"지금 거지들이 중요합니까? 말씀해 주세요."

다들 무광의 말에 격하게 고개를 끄덕이며 동의했다.

그 모습에 피식 웃으며 말해 줬다.

"나는 영웅문이라는 곳의 문주다. 후계자를 따로 만들지
않았으니 지금도 문주인 것은 변함없지."

"영웅문요?"

"첨 들어 보는데……."

"그런 문파가 있어요? 아니…… 사부처럼 엄청난 분이 문
주로 있는 문파인데 알려지지 않았다는 게……."

다들 이해가 가지 않았다.

천룡이 문주로 있었다면 유명한 정도가 아니라 중원을 좌
지우지하고 있어야 맞았다.

지금의 무황성처럼 말이다.

"영웅문은 일인 전승이다. 문주는 나 하나. 문도는 없다."

"네? 그런 게 어디 있어요?"

"영웅문은 음지에서 중원을 지키는 역할을 하는 문파다. 중원이 멸망할 일이 생기면 영웅문이 나서서 정리하는 것이지. 이를 테면…… 그래. 힘의 균형을 맞춘다고 해야 하나?"

천룡의 말에 무광이 손뼉을 치면서 말했다.

"아, 그래서 마교를……."

천룡은 고개를 저었다.

"마교 같은 경우는 애들이 너무 과해서 막은 것이고, 실질적으로 무림이 정말로 멸망할 뻔한 적은 딱 한 번 있었지."

천룡의 말에 다들 놀랐다.

"전에 말했었지. 나와 동급인 남자를 만났다고."

"네!"

"그자다. 그자가 바로 무림을 멸할 뻔했지."

"……!"

"그 이상은 기억이 나지 않는다. 거기서부터 기억이 다시 끊겼어."

다들 숨소리조차 내지 않고 침을 꿀꺽 삼켰다.

천룡과 비슷한 무력을 지닌 남자라니.

천룡의 제자들은 이미 들어서 알고 있었지만, 나머지 사람들은 경악하고 있었다.

'세, 세상에 주, 주군과 동급의 무인이라니…….'

'정말로 그런 자가 있다면…… 멸망하는 것도 문제가 아니

구나.'

'주군이 계셔서 정말 다행이다.'

저마다 각기 천룡의 존재에 감사했다.

"일단 내가 있기에 그 남자는 쉽사리 움직이지 않을 것이다. 그러니 다들 항상 긴장하고 수련에 박차를 가해."

"네! 알겠습니다!"

"그리고 거지들은 그냥 놔둬. 뭐 큰일이야 있겠어?"

"네. 알겠습니다."

이미 개방에 대한 기억은 저 멀리 사라진 사람들이었다.

천산에 위치한 천마신교.

천마와 군사가 무언가를 논의하고 있었다.

"이제 교가 어느 정도 정리가 되었지?"

"그렇습니다. 하하. 천형에서 벗어나니 다들 의욕도 높아져서 무공의 경지 또한 엄청나게 올라갔습니다."

"하하하하, 그것참 즐거운 소식이구나. 그럼 이제 슬슬 은인을 모셔야지?"

"흐흐흐흐. 그래야지요."

"그런데 순순히 오실까?"

"오시게 만들어야지요."

"어떻게? 군사는 좋은 방법이 있는가?"

"흐흐흐, 제가 다 알아서 하겠습니다. 교주님은 그저 옆에서 지켜만 보시면 됩니다."

군사가 호언장담하며 웃자, 교주는 궁금해 미치겠다는 표정으로 재촉했다.

"무언가? 답답하네. 말 좀 해 주게."

"정말로 궁금하십니까?"

군사의 말에 천마의 고개가 위아래로 흔들렸다.

"사실 별거 아닙니다. 이런 서찰을 보내면 되지요."

그러면서 자신의 품속에서 두루마기를 꺼냈다.

"아니, 벌써 준비를 다 해 놓았던가?"

"그렇습니다. 이건 처음부터 준비하기 시작했죠."

"크하하하하! 역시 우리 군사군. 대단해! 하하하."

크게 웃으며 군사가 내미는 서찰을 받아 든 교주.

그리고 서찰을 펼쳐 천천히 읽어 보았다.

잠시 후.

"크크크크. 정말로 오지 않고는 못 배기시겠군. 군사 자네는 정말 천잴세."

"하하, 감사합니다."

"좋아! 이대로 보내게. 그리고 성대하게 환영할 준비를 하시게."

"알겠습니다."

그들의 음모가 담긴 서찰은 그렇게 천마신교를 떠나 운가장으로 향했다.

æ

"장주님! 서찰이 왔습니다."

나른한 오후, 낮잠을 즐기려고 막 침상에 누우려는 찰나에 들려오는 하인의 목소리.

"들어오너라."

하인은 송구한 표정을 지으며 들어와 말했다.

"죄, 죄송합니다. 장주님. 낮잠 시간인 것을 알고 있었지만 급한 서찰이라고 신신당부를 하여서……."

"하하, 괜찮다. 그게 어찌 너의 잘못이더냐. 가서 일 보아라."

천룡의 말에 하인이 서찰을 천룡의 손에 쥐여 주고 인사를 하며 나갔다.

천룡은 서찰을 이리저리 훑어보며 어디서 온 것인지 확인하려 했다.

"뭐지? 어떤 표식도 없는데?"

궁금증에 서찰을 풀어 읽기 시작했다.

"……."

서찰을 다 읽은 천룡은 서찰을 놓친 채 멍하니 앉아 있었다.

바닥을 뒹구는 서찰.

정신을 차리고 자신이 읽은 것이 정말인지 다시 확인하는 천룡.

다시 봐도 내용은 자신이 방금 읽은 그 내용이었다.

운가장주님 친전(親展)

장주님, 아니 은인이라고 불러 드려야 더 맞는 표현일까요? 안녕하십니까. 저는 신교의 군사 백무위입니다. 이렇게 서찰로 인사를 드려 정말로 죄송합니다. 은인께서 저희에게 베푸신 은 혜가 너무도 하늘 같아서 그것을 조금이나마 갚고자 초대를 하 옵니다. 부디 다시 찾아 주셔서 저희가 조금이라도 은혜를 갚을 기회를 주시옵소서.

여기까진 괜찮았다.

하지만 그 아래 내용이 문제였다.

은인께서 오시지 않는다면 저희도 부득이하게 직접 움직일 수밖에 없는 점을 양해 부탁드리겠습니다. 때마침 은인께서 계 시는 장원 주변이 저희가 가도 될 정도로 광활하고 넓더군요. 하여 오시지 않는다면 저희 신교가 직접 그곳으로 자리를 옮겨 은인을 모시려고 합니다. 부디 저희의 정성을 보아서 방문하여

천하무적
운가장

주시면 감사하겠습니다. 저희는 은인을 맞을 준비를 하며 겸허히 기다리고 있겠습니다. 꼭 방문 부탁드립니다.

"미친!"

천룡이 벌떡 일어났다.

비상사태다.

지금까지 자신을 따르겠다며 따라온 자들과 격이 다른 규모다.

당장 제자들을 만나기 위해 방을 나서는 천룡이었다.

제자들은 뜰에서 한가로이 사색을 즐기고 있었다.

"애들아! 비상! 비상!"

갑작스럽게 달려오며 소리치는 천룡을 보며 다들 화들짝 놀라서 벌떡 일어났다.

"비, 비상요? 무, 무슨 일입니까?"

"그 남자가 쳐들어왔습니까?"

"사, 사부 얼굴이 사색입니다. 그 정도로 위급한 일입니까?"

제자들의 말에 천룡이 다급하게 고개를 끄덕이며 말했다.

"아주 중대한 사안이다. 다들 모여!"

순식간에 동그랗게 원을 그리며 모인 제자들.

그 제자들에게 천룡이 서찰을 건넸다.

여섯 개의 눈이 일제히 서찰에 꽂히고 잠시간의 시간이 지났다.

"미친놈들이네!"

"와! 이건 생각 못 했는데요?"

"우리도 제갈군이 불러서 대책 세워야 하는 거 아닙니까?"

다들 경악을 금치 못하며 한마디씩 했다.

"어쩌냐? 이거? 응?"

천룡이 왜 사색이 됐는지 이유를 알게 된 제자들이었다.

왜냐고? 자신들의 얼굴도 사색이 되었으니까.

"아, 아버지. 일단은 가 봐야 하지 않을까요? 은혜를 갚겠다고 초청하는 건데 무슨 일 있겠습니까?"

"그래요. 그들이 미치지 않고서야 사부님께 해코지하지는 않을 테니……."

제자들의 말에 천룡이 정색하며 말했다.

"갔다 왔는데 영 아니라면서 정말로 여기로 온다고 하면?"

그건 문제였다.

천룡의 말에 다들 표정이 심각해졌다.

그때 지나가던 제갈군이 그 모습을 보고 고개를 갸우뚱하며 다가왔다.

"무슨 일이 있으십니까? 다들 표정들이 심각해 보이십니다."

제갈군이 나타나자 다들 표정이 환해지며 제갈군에게 달려갔다.

"오! 우리 군사! 그래, 우리에겐 소와룡이 있었어!"

"어이쿠! 우리 군사 오셨는가."

격하게 반겨 주니 어리둥절한 표정으로 천룡을 바라보는 제갈군이었다.

천룡은 그런 제갈군에게 현 상황을 설명하고 서찰을 보여 줬다.

"헉! 마교요? 아니……. 그 전설에 나오는 마교? 맞습니까?"

경악하는 제갈군을 보며 고개를 끄덕이는 네 사람.

제갈군은 정신이 없었다.

상상도 못 했던 단체가 튀어나왔기 때문이었다.

"아, 아니, 제가 여기에 와서 놀랄 일이 정말 끊이질 않네요. 이제 하다하다 마교라니요."

"그만 놀라고 대책이나 말해 봐."

"대책이요? 지금요?"

제갈군이 눈을 동그랗게 뜨고 되묻자, 네 사람이 고개를 끄덕였다.

"저, 저기요. 그 대책이라는 건 상대를 알아야 나오는 거거든요. 저는 마교에 대해 전혀 모르는데요? 아니, 오늘 첨 들었다고요. 책에서나 보던 단체를 갑자기 말씀하시고 대책을 말하라고 하시면……."

제갈군이 당황스러운 얼굴로 빠르게 말했다.

"마교에 대해 우리가 설명해 주면 되냐?"

"아니, 그런 문제가 아니라니까요."

"그럼?"

"일단은 초청에 응하세요. 저도 같이 따라가서 봐야 대책이 나올 것 같아요."

제갈군의 말도 일리가 있었기에 수긍하는 모습을 보이는 네 사람이었다.

"하긴 알지도 못하는 것을 가지고 대책을 세우라는 것도 말이 안 되긴 하지. 어찌할까요?"

무광의 물음에 천룡이 잠시 생각을 하더니 말했다.

"가자. 뭐 별일이야 있겠냐?"

"그래도…… 그 난리를 쳐 놓고 왔는데 정말로 괜찮을까요?"

"평생 한이었던 천형을 고쳐 주었는데……. 그리고 안 가면 어찌할 건데? 진짜로 걔들이 여기로 몰려온다고 생각해 봐. 감당할 수 있어?"

천룡의 말에 다들 꿀 먹은 벙어리가 되었다.

제갈군이 천형이 무슨 소리냐고 묻자, 무광이 자세히 설명을 해 주었다.

"아! 그러니까 장주님께서 저들의 천형을 치료해 주셨군요. 이들은 그 은혜를 갚겠다고 이 난리고."

"그렇지."

"에이, 평생의 한을 고쳐 주었는데 그까짓 똥 밭이 문제겠습니까? 걱정하지 않으셔도 될 것 같습니다."

제갈군의 말에 어느 정도 안심이 되었는지 표정이 풀리는 네 사람이었다.

"그럼 이번에 같이 갈 사람들을 꾸며 봐. 준비되는 대로 빨리 다녀오자."

"네, 알겠습니다."

여느 때와 같이 평화로운 운가장 정문.

점심을 먹고 얼마 지나지 않아 식곤증이 밀려올 무렵, 하품하는 수문위사의 눈에 한 무리의 사람들이 들어왔다.

"하아, 또인가? 이번엔 어딜까?"

한숨을 쉬며 동료에게 말하는 수문위사.

"그러게. 복장을 보니…… 화산이네."

머리에 검은색 도관을 쓰고 하얀 무복을 입고 걸어오는 그들.

검에는 매화문양이 새겨져 있었다.

"화산이 여긴 웬일이지? 우리는 무가도 아닌데?"

"그러게? 자기네 영역이라 와 본 건가?"

"그런 거치곤…… 기세가 사나운데?"

그 말에 다시 보니 정말로 그랬다.

"뭐지? 마치 범죄자를 잡으러 가는 모습인데? 뭔가 큰 오해를 하고 오는 듯하군."

"흐흐, 그래 봐야 뭐 자기들이 어쩌겠나."

"그건 그렇지."

또다시 재미난 구경거리가 생겼다는 식으로 대화를 하는 두 사람.

그렇게 대화를 하고 있을 때 바로 코앞까지 도착한 화산의 무인들.

"이곳이 운가장이오?"

가장 선두에 서 있는 자가 포권을 하며 물어왔다.

역시 명문 정파답게 지금까지 와서 다짜고짜 반말로 얘기하던 놈들과는 질이 달랐다.

역시 정파라는 생각에 수문위사 역시 포권을 하며 대답했다.

"맞습니다! 화산의 도사님들이시군요. 어쩐 일로 본 장에 방문하셨는지요?"

"저는 화산 매화단을 이끄는 수장 천화검(千化劍) 조우정이라고 합니다. 이곳에 수상한 자가 있다는 신고를 받고 왔습니다. 실례가 되지 않는다면 잠시 장원을 살펴보아도 되겠습니까?"

말은 정중한데 내용은 전혀 그렇지 않았다.

이마에 핏줄이 살짝 솟은 수문위사.

"하하, 갑자기 오셔서 그런 말씀하시는 것은 좀 결례라고 생각이 드는데…… 도사님 생각은 어떠신지요?"

나름 정중하게 거절의 뜻을 보였다.

"지금 수상한 자를 숨기고 있다는 뜻으로 들리는데요?"

어찌 해석해야 저리 들린단 말인가?

"지금 과하시다고. 생각 안 드십니까? 남의 장원에 와서 이리 무례하게 말씀을 하시다니요."

"제가 언제 무례를 저질렀습니다. 정중하게 요청을 드리지 않았습니까? 수상한 자를 보았다는 신고가 들어왔으니 잠시 수색을 할 수 있도록 협조 바란다고."

정상적인 놈들이라고 생각했는데 아니었나 보다.

이놈들도 제정신이 아니었다.

그래도 이 지역의 패자 아닌가.

수문위사는 정중하게 다시 말했다.

"일단 제가 결정할 문제가 아니군요. 저희 장주님께 먼저 말씀드리고 허락을 받아 오겠습니다."

조우정은 그러라는 표정으로 고개를 끄덕였다.

'아까 역시 정파라는 말은 취소다! 이 싸가지야. 누가 보면 네가 주인인 줄 알겠다.'

속으로 그리 생각을 하며 안으로 들어가는 수문위사였다.

잠시 후.

천룡에게 보고하는 수문위사.

"뭐? 화산에서 찾아왔다고?"

"네! 다짜고짜 장원을 수색해도 되냐고 묻고 있습니다."

수문위사의 말에 무광이 어이가 없는 표정으로 버럭 댔다.

"뭐? 이거 미친놈들 아냐? 자기들이 뭔데 남의 장원을 수색하네 마네 하는 거야? 아버지, 제가 가서 다 교육할까요?"

"사부님! 그런 건 제가 전문입니다. 제가 교육해서 얌전하게 만들어 데리고 오겠습니다."

다들 서로 자신들이 나가서 혼내고 오겠다고 나섰다.

천룡이 손을 들어 조용히 시키고 제갈군에게 물었다.

"네 의견은 어떠냐?"

천룡의 물음에 제갈군이 수문위사에게 그들의 수장이 누구냐고 물었다.

"아! 천화검……. 그자라면 좀 까다로운데요."

"왜? 정파라며? 같은 정파니까 네가 나가서 설득하면 되지 않을까? 같은 무림맹 가입 문파잖아."

"아니요. 그자는 자신의 문파의 명만 듣는 자입니다. 화산에서 이곳이 의심스럽다고 조사하라고 명했다면 무슨 일이 있어도 그것을 실행하려 할 것입니다."

"무슨 일이 있어도? 그럼 강제로 진입할 수도 있다는 거네?"

천룡의 물음에 제갈군이 고개를 끄덕였다.

"그래? 어찌해야 할까?"

고민하는 천룡에게 제갈군이 말했다.

"일단 소신이 나가서 잘 말해 보겠습니다."

제갈군의 말에 천룡이 고개를 끄덕였다.

제갈군이 수문위사를 따라 나가자, 천룡이 제자들에게 말했다.

"별일 없겠지?"

천룡의 말에 제자들은 고개를 돌리며 시선을 피했다.

"왜?"

"그, 글쎄요. 일단…… 준비를 해 놓을까요?"

"뭔 준비?"

"화산 쳐들어갈 준비요……."

"……."

"하지 말까요?"

"……혹시 모르니 그냥 대화하러 갈 준비만 해 놔라."

"네."

한편 밖으로 나온 제갈군은 천화검을 만나고 있었다.

"안녕하십니까. 저는 이곳 운가장의 관리를 맡은 제갈세가의 제갈군이라고 합니다."

제갈군이 자신을 소개하자, 다들 놀란 얼굴로 그를 바라봤다. 특히 천화검은 그게 사실이냐는 표정으로 바라봤다.

"하하, 정말입니다. 가문을 속였다가는 뻔히 들통이 날 것인데 어찌 거짓을 말하겠습니까."

제갈군의 말에 그제야 표정을 풀고는 포권을 하며 말하는 천화검이었다.

"아, 제가 큰 실례를 했습니다. 저는 화산 매화단을 이끄는 수장 천화검 조우정이라고 합니다. 제갈군이라 하시면 소와룡 제갈군이 맞는지요?"

"네. 제가 바로 그 소와룡 제갈군입니다."

"천하에서 명성이 자자하신 소와룡을 만나 뵙다니…… 정말 반갑습니다."

자신보다 훨씬 어린 제갈군을 대하는 데에 조금의 무례함도 보이지 않았다.

아까 수문위사를 상대할 때와는 다른 모습이었다.

수문위사는 그것을 보고 속으로 투덜거렸다.

'쳇, 이래서 가문과 명성이 중요하다고 하는구나.'

"아까 저분께도 말씀드렸지만, 이곳에 수상한 자들이 목격되었다는 제보가 있었습니다. 실례가 되지 않는다면 장원을 한 번만 둘러봐도 되겠습니까?"

"그럼 나머지 분들은 이곳에 계시고, 천화검 님만 저와 같이 장원을 둘러보시겠습니까?"

제갈군의 말에 천화검도 그 이상은 우기지 않고 고개를 끄덕였다.

누가 보든 장원을 살펴보기만 하면 되는 것이니.

천화검은 제갈군의 안내를 받아 안으로 들어갔고 남은 화산의 매화단은 주변을 경계하며 그곳에 서 있었다.

❧

구름 한 점 없는 높은 고원.

수많은 산양이 무리 지어 풀을 뜯어 먹고 있는 평화로운 풍경이 펼쳐져 있는 곳.

그곳에 있는 천막 안에서 백발 머리의 젊은 남자가 두루마리 서신을 펼쳐 읽고 있었다.

그 앞에 부복한 검은 두건을 쓴 남자는 연신 식은땀을 흘리며 긴장하고 있었다.

"흐음."

백발 남자의 입에서 작은 소리가 나자 부복한 남자가 움찔했다.

"그러니까…… 마교를 장악해라?"

"그, 그렇습니다. 제, 제가 전달받은 사안도 바로 그것이옵니다."

"마교라……. 그 전에…… 마교가 존재하긴 하나?"

"네! 알아본 바로는 존재하는 것으로 확인되었습니다. 정보에 의하면 세력이 생각보다 크고 강한 것으로 보인다고 합니다."

"오호, 생각보다 크고 강하다?"

"그, 그렇습니다."

"그래? 하하하하. 그건 재밌겠구나. 마침 무료했는데 잘됐다. 너도 같이 가는 것이냐?"

"그, 그렇습니다. 제가 안내를 맡았습니다. 뇌령마군 님."

혈천교 신 사대호법 뇌령마군 사마중달.

이 남자의 정체는 바로 뇌령마군이었다.

사마중달이 자리에서 벌떡 일어나 드넓은 풍경을 바라보며 사자후를 날렸다.

"모두 집합!"

우웅— 우우웅—!

"크으윽!"

부복하고 있던 두건의 남자가 귀를 막으며 고통스러워했다.

"아, 맞다. 너 있었지? 미안."

뇌령마군의 사과에 두건 남자는 사색이 되어 엎드렸다.

"아, 아닙니다! 소, 소신이 약한 것이 잘못입니다. 부, 부디 소신을 벌하여 주십시오."

온몸을 덜덜 떨면서 엎드린 남자를 보며 사마중달의 눈이 반달로 휘었다.

"나에 대해 자세히 알고 왔구나? 하하하, 좋아. 그런 자세 아주 좋아. 용서하지."

"가, 감사합니다."

뇌령마군(雷令魔君).

그는 언제 돌변할지 모르는 특이한 성격을 지닌 자였다.

지금처럼 나긋나긋하게 말하다가도 살짝이라도 기분이 나
빠지면 잔인하게 변하는 성격.

그것을 알기에 두건 남자가 이리도 덜덜 떨면서 몸을 사리
는 것이다.

잠시 후.

사방에서 가죽옷을 입은 무인들이 달려와 사마중달의 앞
에 서기 시작했다.

그 수가 수천은 되어 보였다.

"무슨 일이십니까?"

선두에 있던 남자가 물었다.

"일."

단 한마디에 전부 얼굴이 환해지기 시작했다.

선두에 있던 남자가 환하게 웃으며 물었다.

"일요? 드디어! 중원을 먹으러 가는 겁니까?"

남자의 말에 사마중달이 고개를 저으며 말했다.

"아니야. 일은 일인데 중원 침공은 아니고, 마교를 접수하
러 간다."

사마중달의 말에 사람들이 웅성거리기 시작했다.

"저기, 마교요?"

"응. 마교."

"그러니까 저희 혈천교 전에 존재하던 그 최강의 세력이라는 마교요?"

"응, 그 마교."

"그게 정말로 존재하는 거였습니까?"

"그렇다고 하네? 왜, 겁나나?"

어리둥절하다가 갑자기 환하게 표정이 바뀌는 그들.

"겁나다니요? 좀이 쑤셔서 죽을 맛이었는데. 뭐가 됐든 한때 최강이었다는 말 아닙니까? 크하하하. 가서 신나게 날뛰면 되는 겁니까?"

남자의 물음에 사마중달은 안내를 맡은 남자를 바라보았다.

사마중달의 시선에 두건 남자가 재빨리 설명했다.

"아, 아닙니다. 마교를 휘하에 넣으라는 명이셨습니다. 반드시 휘하에 넣어야 한다고 신신당부하셨습니다."

"아니…… 왜? 어차피 세상에 알려지지도 않은 애들인데…… 가서 몰살시켜도 세상은 모를 거 아니야."

"구, 군사께서 천마의 힘을 얻으셨다고 합니다. 그래서 그들을 꼭 포섭하라고 신신당부하셨습니다."

"아…… 군사께서?"

그 말에 사마중달도 물었다.

"그게 정말이야? 군사께서 천마의 힘을 얻으셨다고?"

"네! 그렇습니다."

"이야, 그 양반 맨날 자기에게 힘만 있었다면 하면서 징징 거리더니 결국 소원 성취했네."

사마중달은 잠시 턱을 쓰다듬으며 고민을 했다.

짝-!

"자! 애들아, 군사님이 원하신단다. 천마신교 따다 군사께 선물로 드리자."

"좋습니다! 하하하."

"자, 그럼 시간 끌 필요 있나? 바로 출발하지."

그런 그를 말리는 두건 남자였다.

"안 됩니다. 지금 이대로 가시면 어찌합니까? 계획도 세우고 준비도 하셔야지요."

"준비? 우리를 못 믿는 건가?"

눈이 가느다랗게 변하며 두건 남자를 노려보았다.

"군사님께서 작전을 짜 주셨습니다. 그러니 부디……."

군사라는 소리에 그제야 표정을 풀고는 두건 남자의 등을 팡팡 치며 말했다.

"하하하, 그걸 먼저 말했어야지! 알겠네. 일단 성으로 가서 작전도 짜고 준비를 해 보세."

사마중달이 동의를 하며 자신이 머무는 성으로 이동을 하자, 이마의 식은땀을 닦으며 따라가는 남자였다.

제갈군의 안내를 받아 장원 내부를 매의 눈으로 살피는 천화검.

특별하게 눈에 띄는 이상함은 보이지 않았다.

장원이라 하기엔 규모가 클 뿐, 사기가 느껴진다거나 하지 않았다.

오히려 지나가는 무인들을 보며 감탄하고 있었다.

"호오, 대단하군요."

감탄하며 바라보는 그였다.

'백날을 살펴봐라. 여기 있는 사람들 전부 무황성에서 온 무인들이니.'

제갈군이 그리 생각을 하며 계속 안내를 했다.

사실 제갈군이 이리 당당하게 안내를 한 이유가 있었다.

천화검이 이곳에 온 이유를 대충 짐작을 하고 있었기 때문이었다.

'분명히 광룡대를 누군가 봤겠지. 그것을 화산에 얘기한 것이고.'

의외로 샅샅이 안내해 준 덕에 장원 전체를 빠짐없이 살펴본 천화검.

천화검은 속으로 생각하고 있었다.

'역시 무림맹에서 심어 놓은 사람답게 내 뜻을 잘 알고 삳

삵이 안내해 주는구나.'

흐뭇하게 제갈군을 바라보는 천화검이었다.

소문을 들은 적이 있었다.

제갈세가의 소와룡을 어느 문파에 잠입시켰다는 소문.

뜬소문으로 치부했다.

잠입시키기엔 너무도 명성이 알려진 자가 아니던가.

그런데 이곳에 와 보니 정말로 소와룡이 있지 않은가.

그 순간 생각했다.

무림맹에서도 이곳을 수상하게 여겨 소와룡을 심어 놓은 것이라고.

서로가 각기 다른 생각을 하며 운가장을 돌아보고 있었다.

한편 운가장 정문에서는 매화단 말고 다른 손님이 접근하고 있었다.

갑작스럽게 들려오는 소란에 수문위사와 매화단의 시선이 모두 그곳으로 쏠렸다.

"지금이라도 늦지 않았습니다. 돌아가시지요."

"이놈이! 당장 따라오지 못하겠느냐!"

"아, 아버지! 정말로 이러시면 안 됩니다!"

"닥쳐라! 내 직접 확인을 할 것이야! 내 아들에게 무슨 수를 썼길래 이리 바보로 만들어 놓았는지!"

"수를 쓰긴 무슨 수를 썼다는 말씀이십니까? 저는 정말로 멀쩡하다니까요! 그리고 정말로 가시면 안 됩니다! 제발, 아버지!"

아비로 보이는 노인이 씩씩거리고 있고, 아들로 보이는 자가 매달리며 말리고 있었다.

그 옆에는 손자로 보이는 사람이 둘 사이에서 이러지도 저러지도 못하고 있었다.

"조, 조부님! 정말로 가시면 안 됩니다. 아버지 말이 사실이라면 그곳은 절대로 가시면 안 됩니다!"

손자로 보이는 자까지 말리기 시작했다.

"이, 이! 닥쳐라! 무형지독을 한 움큼 처먹이기 전에!"

소란을 피우는 자들은 바로 당가의 사람들이었다.

말리는 두 사람을 떨쳐 내고 정문 앞으로 성큼성큼 걸어오는 노인.

그러다가 매화단을 보고는 말했다.

"너희들은 뭐냐? 보아하니…… 화산 말코 놈들이군. 네놈들도 이곳에 볼일이 있느냐?"

"그렇소. 그리 말하는 그대는 누구시오. 대화산의 무인들임을 알고도 그딴 소릴 하다니!"

노인의 말에 발끈한 매화단원이 화를 내며 물었다.

"나? 왜? 한판 해보게? 나는 화산을 무서워하지 않는다."

노인이 매화단을 향해 손을 쓰려는 순간 당가주가 달려와 말렸다.

"아, 아버지! 안 됩니다! 지, 지금 뭐 하시는 겁니까!"

"뭘 하긴! 존장을 보고도 예의를 제대로 표하지 않는 놈들 버릇을 좀 고쳐 주려는 거지."

"버릇을 고치더라도 다른 곳에서 고치십시오. 저, 절대 이곳에서 그러시면 안 됩니다."

"이놈이? 진짜 이 아비 속을 언제까지 긁으려고 하는 것이냐!"

화산과 적이 되면 안 된다는 소리가 아니었다.

이곳에서 공격하면 안 된다는 소리였다.

그 소리에 매화단 전체가 발끈했다.

저들이 하는 말은 명백히 자신들을 무시하는 처사였기 때문이었다.

"지금 하신 그 말…… 그냥 넘기기 어렵겠소. 화산을 얼마나 우습게 보았으면 그런 소리를 우리 앞에서 서슴지 않고 한단 말인가."

매화단이 기세를 올리며 바라보자, 노인 역시 같이 기세를 끌어 올리기 시작했다.

노인이 기세를 잔뜩 끌어 올리며 말했다.

"크크크크, 이놈들이? 내가 방금 말하지 않았더냐? 나는 화산을 두려워하는 사람이 아니라고."

노인과 달리 매화단은 긴장을 하기 시작했다.

노인의 기세가 심상치 않았기 때문이었다.

차차차창—!

매화단원들이 일제히 검을 뽑아 들고 노인을 경계하기 시작했다.

"오호라! 내 앞에서 검을 뽑아? 허허허. 아들아, 내가 정말로 무림 생활을 오랫동안 안 한 모양이다. 내 앞에서 저리 당당하게 검을 뽑다니."

그리 말하며 자기 아들을 바라보았는데 아들의 안색이 사색이 되어 있었다.

"이놈이? 설마, 저딴 놈들 때문에 겁을 먹은 것이냐?"

정작 아들은 다른 이유로 사색이 되었다.

바로 이곳에서 천룡에게 맞았던 기억.

그때의 공포와 언제 끝날지 모를 고통.

"네 이놈! 당가주라는 놈이 그리 심약해서 되겠느냐!"

결국, 노인의 입에서 호통이 나왔다.

노인의 입에서 나온 단어는 매화단을 놀라게 했다.

당가주라니.

당가주의 아버지라고 했다.

그렇다면 저 노인은⋯⋯.

"서, 설마! 만독암제(萬毒暗帝)?"

누군가의 말에 매화단 전체가 경악했다.

이제야 저 노인의 정체를 안 것이다.

왜 화산을 두려워하지 않는지도 말이다.

만독암제(萬毒暗帝) 당천군(唐天君).

칠왕십제 중에서도 가장 기피하는 인물.

성격이 불같고, 타협이라는 단어를 모르는 사람.

단지 독을 잘 사용해서 저 칭호를 받은 것이 아니었다.

그는 무공도 정말 강했다.

"내가 네놈들 친구냐? 별호를 그렇게 막 부르게?"

다시 매화단으로 시선을 옮기는 당천군이었다.

자식 보랴 매화단 보랴 바빴다.

한편 수문위사들은 지금 상황을 정말 재밌게 보고 있었다.

남의 집 앞에서 먼 지랄인지는 모르겠지만, 저들의 미래가 훤히 보였기 때문이었다.

매화단과 당천군이 서로 기세를 올리며 대립하고 있을 때 다른 곳에서 또 목소리가 들려왔다.

"여긴가? 와! 사람이 많은데?"

"왠지 한바탕할 분위기인데요?"

"크크, 싸움 구경이 제일 재밌지. 뭣들 하시나? 한판 할 거면 빨리하지?"

갑자기 등장한 또 다른 인물들.

매화단과 당가 사람들의 시선이 전부 그쪽으로 쏠렸다.

"허허허허, 이것들은 또 뭐야? 죽고 싶은 거냐?"

당천군이 어이없어 하며 말하자, 도끼를 들고 있던 남자가 크게 웃으며 말했다.

"크하하하, 내가 누구냐고? 그리 궁금해하니 알려 주지! 나는 패천부왕 울지랑이다!"

자신에 관해 물으니 신나서 대답하는 자는 바로 장강수로채주 울지랑이었다.

"자, 장강수로채주!"

매화단에서 누군가가 또 크게 외쳤다.

"허허, 여기가 만남의 광장인가? 중원에 이름 있는 놈들은 다 모이는구나? 사파 따위가 여기에서 뭘 주워 먹겠다고 기어 올라왔느냐?"

당천군의 말에 매화단이 고개를 끄덕이며 울지랑을 바라보았다.

군사는 울지랑이 천룡에 대해 말하기 전에 막으려고 했다.

"하하하, 이곳이 바로 나의 주군께서 기거하고 계시는 곳이다! 이제 알았느냐? 그러니 소란 피우지 말고 조용히 있다가 가거라."

말리기엔 늦었다.

"뭐, 뭐라고? 칠왕십제에게 주군이 있다니?"

"그, 그런 말도 안 되는!"

당가주 당벽은 다른 부분에서 놀랐다.

"헉! 패, 패천부왕도 장주님의 수하였단 말인가?"

당벽의 말에 당천군이 고개를 갸웃하며 물었다.

"도? 아니……. 그럼 다른 누군가도 여기 장주의 수하란 말이냐?"

"제가 말씀드리지 않았습니까! 이곳은 절대로 건드리면 안 된다고요. 아버지, 지, 지금이라도 늦지 않았습니다. 어서 돌아가시지요."

거의 애원하다시피 말하는 당벽을 보며 이제는 화가 나기보다 호기심이 더 커진 당천군이었다.

지금 상황을 보니 아들이 한 말이 아주 거짓은 아닌 모양이었다.

'패천부왕을 수하로 들일 정도의 강자라.'

만나 보고 싶었다.

자신 역시 무인이었기에 호승심이 샘솟았다.

반면 매화단은 일제히 검의 방향을 장강수로채주 쪽으로 돌렸다.

당가는 엄밀히 따지면 정파이기 때문에 시늉만 냈지만, 장강수로채는 다르다.

자신들 기준으로 저들은 사파였다.

"이, 이곳이 어디인지 알고 왔단 말이오! 우리와 해보겠다는 뜻이오?"

매화단의 외침에 울지랑이 귀를 후비며 말했다.

"아! 거 새끼들 목소리 겁나 크네. 방금 내가 말하지 않았느냐. 나의 주군이 살고 계신 곳이라고. 네놈들이야말로 왜 여기에 와서 행패냐?"

"그, 그렇다는 얘기는 이곳 주인도 당신과 같은 사파란 말이오?"

"뭐? 아니, 왜 이야기가 그렇게 되는데? 그리고 나 개과천선했어. 이제 사파 아냐."

그 말을 누가 믿는단 말인가.

"이곳은 화산의 영역이오! 당신은 지금 화산의 영역에 들어온 것이오!"

매화단의 말에 어이없는 표정으로 바라보는 울지랑.

"이곳이 너네 땅이냐? 명색이 정파라는 놈들이 영역이나 정해 놓고 패악질이나 하고 다니는 꼴이라니. 설마, 여기도 만만해 보여서 돈 뜯으러 온 거 아니냐?"

"닥치시오! 지금 우리 화산을 모욕하는 것이오?"

"내가 언제 너희를 모욕했어? 사실이 그렇다는 거지."

당장이라도 울지랑에게 달려들 기세였다.

"멈춰라!"

밖에서 소란이 이는 소리에 달려온 천화검이었다.

"무슨 일인가?"

매화단이 조금 전에 있었던 일들을 설명했다.

한편 같이 따라온 제갈군은 이게 지금 무슨 상황인지 어리둥절했다.

당가는 왜 여기 있으며, 장강수로채주는 또 왜 여기 있단 말인가?

거기에 화산까지.

'뭐, 뭐지? 이거 한바탕 난리가 나는 거 아냐?'

일단 장원에 있는 사람들이 누구인지 알기에 크게 걱정하지는 않았지만, 그래도 커다란 소란은 피할 수 없어 보였다.

왜 이들이 여기 모여서 이런단 말인가?

제갈군이 열심히 머리를 굴렸다.

접점이 보이질 않았다.

그때 저 멀리서 장천이 무언가를 양손에 들고 걸어오고 있었다.

반가운 마음에 장천을 향해 손을 들려는 찰나, 패천부왕이 먼저 반기며 달려가고 있었다.

"장천 형님!"

"오, 아우 왔는가?"

그러더니 당벽을 보며 말했다.

"당벽 가주님도 오셨소."

장천의 말에 당벽이 재빨리 고개를 숙이며 말했다.

"그, 그렇습니다. 오랜만에 뵙습니다. 명왕."

당벽의 입에서 명왕이라는 별호가 나오자 또다시 술렁이는 장내였다.

"지, 지금 이곳에 칠왕십제 중에 세 명이 모여 있습니다. 어찌해야 합니까? 본 파에 알려야 하는 거 아닐까요?"

"패천부왕에 명왕이라니…… 필시 화산을 노리고 저 둘이 연합을 한 것일 것이다.”

“그, 그럼 우리는 당가와 힘을 합쳐야 하지 않을까요?”

그러고 당가를 보니 당가 사람들도 당황하고 있긴 마찬가지였다.

“며, 명왕이라니! 네가 여기에 왜 있느냐!”

당천군이 놀란 목소리로 말하자, 명왕이 웃으며 답했다.

“하하, 이게 누구십니까? 만독암제 어르신이 아니십니까? 그동안 강녕하셨습니까?”

“서, 설마, 너도 이 장원에 머무는 것이냐?”

“잘 알고 계시는군요. 가주께서 말씀해 주셨습니까?”

“너, 너도 이곳 장주의 수하냐?”

당천군의 물음에 장천이 고개를 끄덕였다.

“허얼…….”

기가 막혔다.

자신과 같은 칠왕십제 중 둘이 한 장원의 장주의 수하란다.

이곳에 있는 장주는 중원 최강이라도 된단 말인가?

매화단은 장천이 고개를 끄덕이자 경악을 하고 있었다.

천하의 명왕에게 주인이라니.

있을 수 없는 일이었다.

지금 상황을 보아하니 화산 역사상 가장 큰 위기였다.

하지만 이해가 되지 않았다.

바로 제갈군의 존재였다.

제갈세가의 소와룡이 있는 곳이다.

머리가 아파 왔다.

지금까지 살면서 이렇게 혼란스러운 상황은 없었던 것 같았다.

"어, 어찌합니까?"

수하 중 하나가 물어왔다.

"그, 그게……."

쉽게 답이 나오지 않았다.

그러다가 명왕의 손에 들려 있는 사람들을 보게 되었다.

"헉! 개, 개방."

명왕의 손에는 기절한 거지가 들려 있었다.

"이놈들이 담벼락을 넘어오길래 수상해서 일단 잡았소."

"그들은 개방이오! 당장 풀어 주시오!"

"개방이면 남의 집 담을 넘어도 되는가? 그게 어느 나라 법도인가?"

"이, 이유가 있었을 것이오. 그대들이 얼마나 수상하면 개방이 그리 행동을 했겠소."

"수상? 지금 수상하다고 했나?"

명왕의 기세가 바뀌었다.

거세게 휘몰아치는 명왕의 기운.

그곳의 있는 사람들이 모두 매우 놀랐다.

'마, 맙소사. 과연 명왕이라 불릴 만하구나.'

당천군이 감탄했다.

'이, 이게 명왕! 어, 엄청나구나!'

매화단이 긴장을 하기 시작했다.

그들은 명왕의 기운에 대항하기 위해 모두 힘을 합쳐 대응하기 시작했다.

"형님 저도 돕겠습니다! 괘씸한 놈들! 감히 주군이 사시는 곳을 의심하다니."

패천부왕이 가세하여 기세를 올리기 시작했다.

패천부왕은 칠왕십제 중에서 가장 약하다고 평가받는 인물.

아니, 간신히 걸쳤다고 소문이 나 있었다.

그런데 소문과 달리 패천부왕 역시 경지가 절대 낮지 않았다.

"이, 이게 패천부왕이라고? 소, 소문과 다르다!"

매화단의 외침에 패천부왕의 이마에 힘줄이 생겼다.

"나에 대한 소문이 어떤지는 모르겠다만, 오늘 확실하게 알려 주지. 내가 어떤 인물인지."

매화단은 다급하게 당천군에게 지원을 요청했다.

"도, 도와주십시오!"

매화단의 요청에 당천군이 어찌해야 하나 고민했다.

그러자 당벽이 다급하게 말하며 말렸다.

"저, 절대로 끼어들어선 안 됩니다! 절대로! 아시겠습니까?"

"이, 이놈이? 저리 안 비켜? 명색이 정파를 지탱하는 기둥 중 하나인 우리 당가가 이런 일을 피한단 말이냐! 네가 그러고도 대당가의 가주란 말이냐!"

다음 권으로 이어집니다

꿈의 도약, 로크에서 하십시오
(주)로크미디어에서 신인 작가를 모십니다

즐거운 세상, 로크미디어는 꿈을 사랑하고 도전을 두려워하지 않는 작가 분들의 참신한 작품을 기다리고 있습니다. 21세기 장르 문학계를 이끌어 갈 차세대 선두 주자 (주)로크미디어에서 여러분의 나래를 활짝 펴 보시길 바랍니다.

모집 분야 판타지와 무협을 포함한 장르 문학
모집 대상 아마추어 작가, 인터넷 작가
모집 기한 수시 모집
작품 접수 시 유의 사항
    1. 파일명은 작가명_작품명.hwp형식을 갖춰 주십시오.
    1. 파일에 들어갈 내용은 다음과 같습니다.
       — 성명(필명인 경우 실명을 밝혀 주세요), 연락처, 이메일 주소.
       — 제목, 기획 의도.
       — A4 용지 1장 분량의 등장인물 소개.
       — A4 용지 2장 분량의 전체 줄거리.
       — 본문.
    1. 작품이 인터넷에 연재되고 있다면, 게시판명과 사이트의 구체적이고 정확한 주소를 기재해 주십시오.

선택된 작품은 정식 계약 후 출판물로 간행되어 전국 서점에 유통됩니다.
작가분은 (주)로크미디어의 전폭적인 지원하에 전속 작가로 활동하시게 됩니다.
※ 자세한 내용은 로크미디어 홈페이지(rokmedia.com)를 참조하세요.

(04167)서울시 마포구 마포대로 45 일진빌딩 6층
(주)로크미디어 편집부 신간 기획 담당자 앞
전화 : 02 - 3273 - 5135
www.rokmedia.com   이메일 : rokmedia@empas.com